こんなところに 神様が……

毎日、ふと思う⑮　帆帆子の日記

浅見帆帆子
Hohoko Asami

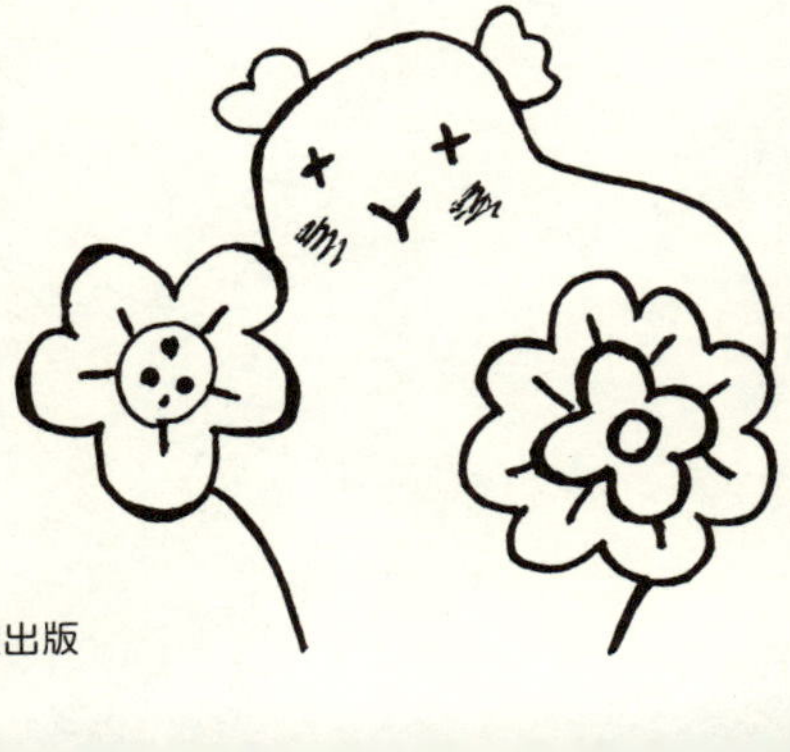

廣済堂出版

カバー・本文イラスト／浅見帆帆子

つれづれなるままに、日くらし、硯《すずり》にむかひて、

気の向くままに　毎日パソコンに向かい

心にうつりゆくよしなし事を、

ふと思いつく何気ないことを

そこはかとなく書きつくれば、

なんとなく書いていると

あやしうこそものぐるほしけれ。

不思議なほどワクワクしてくる

吉田兼好

浅見帆帆子

2015年2月23日（月）

ガーン……なんと……今年のはじめからきのうまでの2ヶ月近くの日記が消えた。パソコン上のどこにも、ゴミ箱にも、ない。

クー、なぜだろう……思えば、さっきパソコンを開いたときに、「前回保存せずに終了したものを修復しますか?」みたいなメッセージが出ていた、あれかも……。でもそういうときは、その前に上書き保存した分までは残っているはずなのに、それもなくなっている。ネットで「修復プログラム」というのを見つけてやってみたけど、たいていの「こういうもの」がうまくいかないように……うまくいかなかった。

ふ〜、あきらめよう!

パソコンやスマホなどで、たまに「突然データが消える」ということがあるけど、あれは、「一度リセットしたほうがいい」ということだと思うので、今回もそうなんだろう。

午後一番で宝島社、次にKADOKAWAと打ち合わせ。

KADOKAWAさん、一体、どこまで大きくなるのだろう。合併って、一般的には穏便にいったことになっていても、中の社員にとってはいろいろ複雑だろう。元どこの会社出身かによっても……。

ここからはKADOKAWAさんの話ではないけれど、自分が直接見ていないものや、直接会っていない人の「〜らしい」という話って、ほぼ事実と違う。その当事者から聞いたことでも、しょせん自分が経験していないので、その人のフィルターを通して伝えられている。
嫌な意味で「あの人ってこうらしいよ」というのを聞くとき、それは事実ではなく、「あなたがそういうふうに思いたいんだね」と私は捉える。「自分はこう思う」という意見ならいいけど、まるで他の人もみんな同じように思っているかのような伝え方をしたり、さらには「あなたもそう思うでしょ?」と同意を求めてくるような人って……なんなんだろう。その人のことを放っておけないんだよね、気になるんだよね。本当にどうでもよかったら、人は無関心になるから。ゆがんだ愛情の裏返し……チーン。

2月24日（火）

日記が消えたことだけど、考えれば考えるほど、「この2ヶ月間の日記は本にしなくていい」ということのような気がする。そう思うと、すっごく楽。

さて、今晩の便でカンボジアに行く。
地雷処理活動の高山良二さんの村に行くのだ。決して私が望んだわけではない旅……どうなるんだろう……。

2月25日（水）

朝5時にバンコクに着く。ボーッとしたままタクシーに乗って、バンコク市内のショッピングセンターの駐車場で降ろされる。まだ薄暗い。

ここからカンボジア行きのバスに乗って、国境で高山さんと会う予定なのだけど、本当にこのバスでいいのだろうか？　しかもこれ、一般のバスなんだね。この旅の手配をしてくれた現地の人が用意した、私たち用の乗り物ではないいんだね……。国境に向かうタイ人やカンボジア人や、なぜかアフリカ系の人もいる……。

高山さんともうまく電話がつながらないし、少しの不安を抱えて3人で乗りこむ。

今回の前半の旅メンバーは、この旅をセッティングしたOさんと、カンボジアで「ドリーム・ガールズ・プロジェクト」という団体を運営しているサリーさん。

今知ったのだけど、国境まで5時間もかかるらしい。事前に送られたという旅程表、ちゃんと見てなくてよかったぁ。知ってたら、来なかったかも……。


はじめの1時間はおしゃべりをしてあとは眠ったので、ワープしたみたいに着いた。

国境に、いつもの軍服姿のような服装の高山さんが手を挙げていた……笑ってる笑ってる。

高山さんの指示どおりに入国に必要なお金を払ったり、書類に記入したりしていたら、あっという間にカンボジアに入っていた。こんなに簡単に隣の国に入れてしまうとしたら、そりゃあいろいろ起こるだろうという簡単さ。

国境の真上の橋の上でパシャリ。

でも、このスムーズな入国は、高山さんが現地の人と築いてきた信頼関係があるからこそ、だという。本当は、ビザを取るのも入国審査もいちいち手間取るし、既定の倍以上の金額を請求されることもあるし、その金額も役人のその日の気まぐれで変わったりするそう。でも高山さんが役人の肩をポンッと叩いて、「頼むよ！」と一言言っただけで、すんなり通過。

そこから15分ほど、国境の村、タサエン村を走る。

なんとか舗装されている道の左右にポツポツと並ぶ貧しい露店。

カンボジアの田舎の風景……数年前に来たときのことを思い出してきた……。この、すべてに目を奪われる貧しさ。そもそも、「掃除、清潔」というようなものに対しての感覚が日本のそれとは違うから、もう少し豊かになってもこの汚さは変わらないだろう……おい、なんとかしろよ、そういうことなんだよ、すべては……という、なんとも言えないやるせなさ。


四つ角を一回だけ曲がって、高山さんの小屋がある敷地に着いた。

え……私たち、本当にここに泊まるのだろうか……。

これは……高床式倉庫だ。思っていたよりひどい。

1階は倉庫。2階への木の階段（はしご？）を上ると、板張りの床が広がっている。床には穴が空いていて、下から光が入ってくる。ものすごく汚い犬がその床を歩きまわり、部屋の隅には猫が寝ているダンボール箱。そんな中に人間のベッドがひとつ。右手前が個室になっていて、そこにもベッド。このしっとりとした布団は……洗ったこと、あるのだろうか……（あるよね、ある、きっとある！）。でも、洗濯機はないらしい。

リビングの奥に土間のキッチン。その左に高山さんの寝室。

この床も……拭いたりしたこと、あるんだろうか、ないね、ないよ。

機内のスリッパを持ってくれればよかった。

1階のトイレに案内される。トイレは……トイレは……ああやっぱり、水のたまった水槽から手桶で水を汲んで流し、手でお尻を拭くという……去年体験したバリ島と同じスタイル。同じ空間にシャワーを浴びる場所がある。ベチャベチャとしたタイルの床、隅に泥（泥でありますように！）が盛り上がっているこの床で裸足でシャワーを浴びるなんて……ムリ。ほんっとうに無理！

シャワーはお手製のペットボトルシャワーで、ペットボトルに開けた穴から水が噴き出る仕組み、もちろん水だけ。屋根はトタン。蜘蛛の巣、見たことのない虫、イモリ……クー〜（泣）。


でも、風は気持ちいいし、こんな経験ができるのは今回だけかも……と思いこんで気持ちを盛り上げる。

お昼は2階のテラスのようなところで食べた。ここは気持ちがいい、風が通り抜けていく。敷地の入り口のヤシの木の近くに、日本の国旗が揺れていた。夜は、地元の警察官が警備に立ってくれるそうだ。そんなに物騒なのか……。

ハウスキーパーのマオちゃんが、鮭のような魚をすりつぶしたものと、豚肉の煮込み、白いご飯を運んできてくれた。とても美味しかった。日本のティッシュも出てきた。


食事のあと、地雷処理現場へ。

途中の小さな四つ角で、「この交差点はね、タサエンの銀座四丁目と言われているんですよ～ウヒヒヒヒ」とか言っている高山さん。

側道に入るとコンクリート舗装の道はすぐになくなる。左右には掘っ立て小屋。南国特有のこのボーッとした人たち……みんなそんなにボーッとしてなにを考えているの？

10年近く前、高山さんがはじめてここに来たとき、このあたりはジャングルで、車の通れる道はなかったという。しかも奥地には地雷。その現場まで、毎日3時間近く歩いて通っていたという高山さん……一体、なにがあなたをそこまで……。


現場では、高山さんの育てた現地の地雷処理班の人たちが待っていてくれた。

防弾ベストを着てヘルメットをかぶる。

地雷が埋まっている場所まで畑の中を歩き……そのときに思い出したのだ！　今から6年ほど前、あるサイキック（本来は見えないものが見えたり聞こえたりする能力者）に、

「何年か後、あなたがヘルメットをかぶって地雷の埋まっている場所を歩いているのが見え

ます。ダイアナさんのように」

と言われたことを。

あのときはまだカンボジアという国自体と出会っていなかったし、そんな活動にも興味はなかったので「それはまずないと思います！」と否定していたけど……歩いてるじゃん！

畑の向こうに、わかりやすく、地雷が埋まっていた。対人地雷と対戦車地雷。あのドクロマークの赤看板が立っている。

しゃがんで、穴の中を見つめる。ここを踏んだだけで体が吹っ飛ぶなんて……実感が湧かない。目の前のこれがおもちゃにしか感じられない。非日常すぎるから全然恐くないのだ。

畑の中を戻り、避難していた村人たちと合流する。

このあたりまで来れば大丈夫じゃない？　というあたりでとまって振り返ったら、「もっと向こうへ行って!!」と高山さんに「シッシ」とされた。

カメラの録画機能をセット。それから10分後くらいに拡声器のサイレンが鳴り響き、高山さんや地雷処理の人たちが四方に走っていくのが見えた……その数分後に、爆発。

驚くと、人は声が出ない。音の大きさ、煙の高さ、お腹に響く爆発の振動、すべてが想像以上だった。他のふたりはビックリしすぎて、録画ボタンを押すのを忘れたらしい。

もちろん、これは私たちに見せてくれるためのパフォーマンスの域で、現実はこんなに簡単なものではないだろう。でも、聞くのと見るのとは大違いだ。

現場には、ものすごく大きな穴があいていた。隕石が落ちたかのような巨大なくぼみをジーッと見る。


畑で、地元の人たちとスイカを食べた。地元の人は皮やゴミはそのあたりに捨てる。日本人の私たちは、種を捨てるのでさえためらわれた。


それから近くにある中学校を見学して、作業中に亡くなった作業員の霊を弔う碑にお参りする。

高山さんから、いろいろ聞いた。この活動の大変さがわかったとたん、急に手を引いて逃げ出した日本の国の団体や、お役人の責任逃ればかりしている態度のお粗末さ……さもありなん、という話がいろいろ。

もうね、国の団体をあてにしなくていいと思うよ。すべてがそうとは言わないけれど、保身とコネの確保に奔走する人たちだらけ。個人の発信力と地道な活動は本当の人たちを引き寄せるから大丈夫、とみんなでうなずき合う。

あたりが一望できる石段に上ったら、内戦でほとんどが破壊されていて、見渡す限りの平野だった。木も山もない。


高山さんの宿舎で開いている日本語学校の授業を見学する。

高学年の今日の教科書から、日本語のロールプレイングを見せてくれた。「バスに乗り遅れた姉妹」という場面設定。

妹「ああ、バスが行っちゃった〜」
姉「次のバスまで30分もあるって」
妹「お姉ちゃんが出がけにモタモタしているからいけないのよ⁉」
姉「仕方ないでしょ⁉　タクシーで行きましょう」
妹「どのくらいかかるの？」
姉「1500くらいよ」
妹「1500円⁉」
姉「大丈夫よ、最近バイト代が入ったばかりなんだから」

かなり高度。先生役の女生徒は、ほぼ完璧な日本語を話す。この学校の第一期生で、今は現地にある日本の工場で働いているんだって。

ここまで日本語が話せるのはエリートだろう。みんなパソコンやスマートフォンを使っているけれど、今まで見かけた小屋のどこにこんな機械があるのだろう……。

夕食前に、いよいよシャワーを浴びた。ビーチサンダルのまま、目をつぶって「えいッ！」と一気に浴びる。外が暑いので、お湯が出ないのは問題なかった。壁にはヤモリ、床は泥っぽく、天井には蜘蛛の巣……ヴヴ。

　夕食は、また美味しかった。ここでの食事は、だいたいおかずが二品と白いご飯らしい。高山さんが教えたんだろう、日本人好みの味付け。

「女性のほうが柔軟性がありますよね。男性は、『これは絶対に食べられない』とか言う人もいましたよ」

　と言っていた。前に来たある芸能人は、表向きは食べていることにして、裏ではカップラーメンを食べていたって……フッ。でもまあそれって、どんなことが自分の許容範囲か、ということだよね。私はあのシャワーはどうしてもダメ、でも食べ物はなんとか……だし。そもそも、「食べ物がひどいかもしれないから食材を持っていこう、という考え自体がなかったあたり、食にそれほど関心がない。

　奥の工場で作っているという自家製のラム酒をいただいた。カンボジアの産業のひとつにしようと高山さんが開発したらしい。

　独特の味わいでとても美味しい。ラムコークにするともっといい。

「本当においしいですね〜、ラム酒って、原材料はなんでしたっけ？」

高「サトウキビです」

「日本の焼酎のような味がしますね」

高「いいラム酒は、独特の香りがするもんですよ」

「なるほどね〜」

とさんざん話したあとに、

「それにしても、ほんっとうに美味しいですね〜」

高「やっぱり、焼酎の香りがしますよね〜」

「……でも……サトウキビなんですよね」

高「いや、イモですよ!?」

「……え?」

高「イモですよ!?」

この言い方が、まるで「さっきからイモって言っているじゃないですか!?」というような「え? それがなにか?」だったので、大笑い。

正確には、ラム酒もあるけど、今飲んでいるボトルが、売りだす前のなにも書いていないガラス瓶だったので、ラム酒だか焼酎だかわからなくなってしまったということらしい。

「このラム酒『イモですけど、なにか?』っていう商品名にするといいんじゃない?」

とか言って、笑う。

酔っぱらった勢いで、眠ろう。

クーラーはないので窓を開け放し、虫よけスプレーを全身にかけ、しっとりした布団は足元に押しやって、代わりに全身にショールをかける。蚊帳に守られている感じ。

2月26日（木）

明け方の3時頃、ニワトリが鳴いた……早すぎだろう。
そして5時くらいにまた闇を切り裂く「コ～ケコッコー」だ……。

今日は、誘致されている日本企業の工場をまわる。
高山さんの車が日本企業の敷地に入ったとたん、空気感が変わったのがわかった。
手入れの行き届いた芝生、きれいに並べられた植木、水の流れる噴水……きれいなこと、
清潔なこと、見た目が整理整頓されているということは、本当に大切だと思う。ここに来る

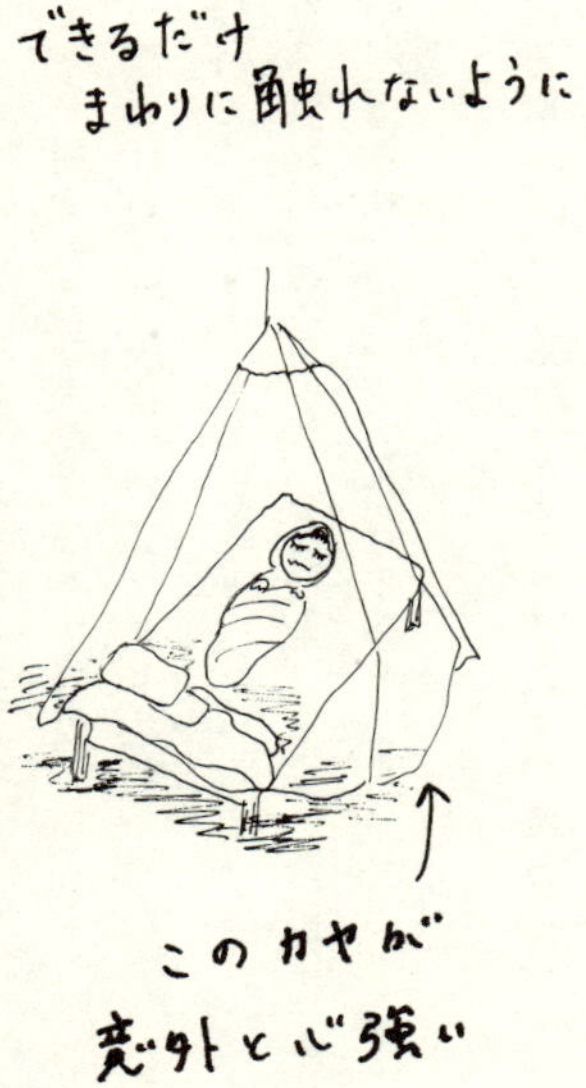
できるだけ
まわりに触れないように
このカヤが
意外と心強い

だけで、仕事をする気になってくる。

主に、日本の格安ショップなどに置かれている文房具が作られていた。熨斗《のし》袋やタトウ紙まで。女の子たちの作業は職人並みで、見ていて飽きない。手を動かしながら音楽を聴いたり、使いやすいように材料の置き場所を考えたりなど、自分なりに工夫している。

床では子供たちが遊んでいた、連れてきていいんだね。

日本人学校の小学生たちに将来の夢を聞いたときに、「会社員」と答える子が多かったのは、ここで働く人たちのことだったみたい。農業ではなく、クーラーの効いたきれいな環境での仕事が増えたために、女の子たちの肌はだんだんと白くなり、肌質まで変わったという。

午後は、山村に点在する日本人が寄付した井戸を見に行く。

高山さんが到着すると、村人たちが大勢集まってきた。寄付してくれた人たちに、井戸の様子を写真で送っているらしい。支援者へのアフターケアって大事。なんでも、始めることより維持することのほうが大変だし、大事だと思う。

ここでも、不衛生な子供たちの様子が気になった。えぐれた傷口に蠅がとまっていたり、ツメのはがれた部分が泥まみれになっていたり……そこを見ないようにして、子供たちの体を井戸水で洗った。

それからみんなでゴミ拾い。ゴミ拾いを定着させるまでに5年かかったという。

こんな中でも、みんなをまとめてテキパキと動くたくましい男の子がいるもので、その子の動きを目で追った。子供の手を引いて汚そうなものを率先して拾い、枝を集めて燃やしている。

いくつか村人の家にも寄ったけど、その中のひとつ、元ポルポト兵の家では、お父さんの両足が義足だった。64歳、高山さんと同い年だという。

「年齢なんて適当ですよ。何歳だかなんて、どこにも記録されてないもの」と高山さん。だよね……。

元ポルポトのお父さんは歯がなくてヘラヘラしていて、手にナタを持っていた。恐かった。いきなり私のことを「あなた見たことある」と言ってきて、「私、あなたの父親、あなたは私の娘」とか言って、いきなり手をつかまれたときには驚いた。

慌てて手をひっこめた……仕方ないと思う。あれを、「なんとも思わない、急に近くに寄ってこられて手を握られても嫌ではない」というほうがウソだと思う。

ものすごい貧しさだけど、家の裏でクミンの実を栽培していて、苗木を増やしているところだ、と一生懸命に説明してくれた。

「はじめ300本だったのが、今では500本近くになって、もうすぐ畑の広さも増やすらしいよ」とクメール語のわからないOさんが通訳するので、「なんでわかるの?」と聞いたら、「なんとなく（笑）」と言ってた。

高山さんがむいてくれたパパイヤを食べて、みんなに手を振って車に乗る。

そこからさらに舗装されていない道を走り、もっと山奥の村へ。

そこの井戸には、カタカナで「オートロチェッチェ村」とあった。

O「オートロチェッチェ……これは覚えられるね」

帆「そうだね、お寿司のオートロとチェッチェだもんね」

サリー「はじめて覚えたわぁ、クメール語……」

そこからすっかり「オートロチェッチェ」という言葉が気に入った私たち。会う村人に「オートロチェッチェ」と言いまくる。みんな、笑ってる。

「スコールがくる！」と高山さんが慌てているので、急いで車に戻った。たしかに、向こうの空がほんの少し曇り空？　すぐにポツポツと小粒の雨が降ってきた。

向こうから、バイクに乗った男性がやってきて、心配そうな顔で高山さんと話をしている。「後ろに乗っている妻と子供だけ、車に乗せてくれないか」と言ってきたらしい。

ここでOさん、その男性に向かって静かに「オートロチェッチェ？」と聞いた。

帆「ねえ（笑）！　今、『どうしたの？』って聞きたかったんでしょ？　でも言葉がわからないから、オートロチェッチェで言ったんでしょ？（笑）」

O「そう、韓国語のケンチャナヨ？（大丈夫？）というニュアンス。わかった？（笑）」

そして本当に、それから数分後にものすごい雨。台風並み！

そのあまりの激しい雨に私たちは茫然、あっという間に、道は深い水たまりを作り始めた。

日本の「舗装されている道」というものが、いかにありがたいものかを思い知る。舗装されていない道に水がたまると、あっという間に深さは30センチ以上になる。しかも、赤土の泥水。

はじめはジェットコースターのようでキャーキャー言っていた私たちも、ランドクルーザーのタイヤが滑りだして、水の中にハンドルがとられているのを感じておし黙る。

このままタイヤがはまったら、誰も助けのこない農道でずっとこのまま……。前回、タイヤがはまったときは、ここで一夜を明かしたらしい。

車が左に傾くと、無意識に右に体重移動する私たち。

大雨のフロントガラスの目の前で、赤ちゃんを抱えた女性のバイクが転倒した。赤ちゃんは水たまりの泥水に顔を突っ込み、ドロドロの女性が大慌てで赤ちゃんを拾いあげる。バイクは重すぎて起こせず……後ろからきたバイクの男性がやっと救出。

1メートル先も見えないくらいの雨。

40分ほど走り、やっと舗装された道に出た。これだけで、もう転倒の心配はない。

後ろの荷台に乗っていた女性と子供を、通りかかった現地の車に引き渡す。引き取った人たちは、無言で巨大なマンゴーをふたつ置いていった。物々交換……。

無事に宿舎に帰りつき、

「あぁ……、オートロチェッチェだったねえ」

「ほんとほんと、あんなオートロチェッチェ、見たことない」

とか言いながら、シャワーを浴びる。

以前、この小屋に泊まったことがあるという安倍昭恵さんからメッセージあり。

「帆帆ちゃん、あそこに泊まったの~!? ビックリ~!」

「昭恵さんが泊まったほうがビックリですよ！」

「私のときなんてシャワーもなくて、その溜まり水で歯を洗ったんだよ~！」

あの、虫がわいていそうな、トイレの横の溜まり水？ ……クラッとした。

日本人学校の生徒たちが食材や機材を運んできてくれて、夜は屋外で鍋パーティーとディスコパーティーになった。私たちの最後の夜ということで。

ラムコークを飲んで酔っ払ったOさんがはじけ、学生と一緒に踊り狂った。それはもう激しく、時代を超えた動物本来の踊りのような……、私は慌てて動画を撮った。

日本人はみんなこういう踊りをするのかと思われたらしく、「あなたも遠慮せずにどうぞ！」なんて引っ張り出されそうになったのだけど、「オートロチェッチェ」と言って逃げ切る。「カンナムスタイル」の曲など、知っている曲もあった。

2月27日（金）

サリーさんが二日酔いの今日、朝食にお粥《かゆ》が出てきた。

お味噌汁と緑茶も。マオちゃんの素晴らしい気配り。

ここでは毎朝、地雷処理の人たちと高山さんとの朝礼がある。今日が最後なので、みなさんから一言ずついただいた。それを訳してくれる日本人学校の生徒が、最後に必ず「帰るときに、元気で」と訳すのが面白かった。

「気をつけてお帰りください、って訳すといいと思う」と教える。

今日はポーサット州へ南下する。

高山さんの運転はとても力強い。この年齢とは思えない力強い走りとスピード。自衛隊の名残か……。

そう、高山さんは、自衛隊のＰＫＯ活動で、はじめてカンボジアに来た。任務が終わって帰国するときに、また絶対にここに戻って来る！　と思って、定年後、本当にカンボジアに来て地雷処理を始めたのだ。

「プップププ」とクラクションを鳴らして、反対車線から前の車をどんどん追い越していく。なにもないところでも「プップププ〜」とよく鳴らすので、

「今のは地元の人同士の合図？」

と聞いたら、

「いや……気まぐれです」

とか言ってた（笑）。

それから、何十匹も鳥をぶら下げて走っているバイクを見ながら、「あのバイクは、もうすぐ飛び上がりますよ」とか言ってる……フッ。

道路脇を牛が通りすぎていった。ここでは、時間帯によって牛と車の優先順位が変わるらしい。夕方５時までは車優先の時間なので、牛と交通事故を起こしても車のほうが正しいことになるけれど、５時をすぎたら牛の時間なので、ぶつかったら車側が責任をとらなくてはいけないらしい。

５時間弱走って、ポーサット州に着いた。

お昼は町の食堂に入る。蒸した魚と、パパイヤサラダと、野菜炒めとトムヤムクン。それからモンキーバナナ。タサエン村から来ると、ここでもかなり都会に感じる。

そこから10分ほどで、孤児院「夢追う子どもたちの家」に着いた。

里子のタン・ヴィサール君はすごく大きくなっていた。相変わらずはにかみやで、話しかけたときだけニッコリするおとなしい子。夢は会計士。この孤児院を運営している「School Aid Japan」の日本人会計士の話を聞いて、なりたいと思ったらしい。

「なにをしているのが一番楽しい？」の質問に、しばらく真剣に考えてから「勉強しているとき」と静かに答えていた。

本当かな。この子、成績優秀だから本当だとは思うけれど、園の子供たちは、みんな里親の寄付で生活できていることを知っているから、そう答えたほうが気に入られる、とか思っている場合もあると思う。

ヴィサールの弟は相変わらずのやんちゃ坊主、上のお兄さんも相変わらず穏やかで優しそう。そして3人ともハンサム。

日本からのお土産に用意してきた靴は、私が3人の年齢を間違えていたようで、長男が入らなかった。お兄さんにはプノンペンで買って送ることにして、余った一番小さな靴は他の子供にあげることにする。

先生が名前を呼ぶと、座って私たちの様子を見ていた園の子供たちの中からひとりの男の子が出てきた。ふざけた人気者らしく、私が靴をはかせようとするたびに、フニャフニャしたり、みんなになにか言って笑わせたりしていた。てっきり、小学校1、2年生かと思っていたら、6年生なんだって。

「どうしてか……ずっと小さいんですよね」

と日本人の先生が言っていた……。

みんなで育てているという有機栽培の畑を見たり、宿舎を見たり、補習授業を見学したりする。ヴィサール君からは、ヴィサール君から、自分で折ったという折り紙のモビールをもらった。

ヴィサール君からは、年に2回ほど手紙がくるけど、この国での彼の将来を思うと気が沈む。この環境から抜け出すには、とにかく勉強して良い大学に入り、良い場所に就職するしかない……。私は、毎月のわずかなお金がその助けになるなら、という気持ちで援助させていただいている。そんな程度だけれどやらないよりはいいかと思い、まずは長く続けることだと思っている。

この「School Aid Japan」という団体のトップのように、どうしてもカンボジアのことが頭から離れない、という人がその先を進めればいい。

そういう活動をしている人って、「偉い」というよりも、その人が本当にそこに興味があるから、なんだよね。役割の違い。その人がそんなこととは無縁の生活を始めたら、たとえまわりから見てそっちのほうが楽そうでも、その人は満足感を得られないはずなのだ。

そこまでそこにこだわりたくなるというのが、まさに前世からのいろいろなものを引っ提げた、その人の「縁」。だから、どうにも仕方ないのだ。

今日のホテルは、ポーサット市内にある外資系のKMホテル。周辺からは想像もできない綺麗で豪華なホテル。Wi-Fiも完備。

Wi-Fiといえば、高山さんが、私たちの到着する10日ほど前に突然スマートフォンを購入、Wi-Fiや移動充電器（太陽光で充電できるもの）も用意してくれていたので、私たちは移動中もネットにつながっていて本当に助かっている。

高「いやぁ、私はこういうものにまったく興味がなかったのに、なぜか突然これが欲しいと思ったんですよ～」

帆「それは私たちのために用意されたってことですね!?」

高「ウヒヒヒヒ」

とか笑っていたけど、高山さんって、知れば知るほど、すべてのことを自然に受け入れていて、とても柔軟。

「今年の1月くらいから、ものすごく運がいいんですよ～」と言うので、「それは私たちと会っているからですよ」と冗談半分で言ったら、「そうかもしれない、いやたしかにそうだと思います」と真剣につぶやいていた。とにかく、団塊世代の日本人男性にありがちな考え方の枠がまったくない。

そしてすべての活動に心がある。地道にきちんと。派手さはないけれど、この活動を本当に理解してくれる人とだけつながっていけばいい、という丁寧さが感じられる。

数年前、愛媛講演のときにはじめて出会ったときに、「この人は好きだな」と感じた私の感覚は間違っていなかったと思う。


テラスからポーサット川と夕日の写真を撮る。

久しぶりにゆっくり体を伸ばしてベッドに入る。

2月28日（土）

起きたら、なんとなくお腹の調子が悪い。Oさんもそうらしく、朝食をパスした。

私も恐る恐るビュッフェを食べる。ビュッフェと言っても、食べられるものはパンくらい。あとは、野菜をグチャグチャに煮た（焼いた？）ものと、内容のわからないお肉。卵料理などは、一切ない。

そこからまた3時間車に揺られて、首都、プノンペンに着く。サリーさんは、相当お腹の調子が悪いらしく、おしめをして車に揺られていた。

3年ぶりのプノンペンは、ずいぶん都会になっていた。明らかに景色が変わっている。

前は、メイン通りから一本裏に入れば舗装されていなかったし、外資系のお店なんてなかったし、夜も暗かった。それが、町に奥行きができたし、車の数が増えたし（外車まで）、ちょっとこぎれいなカフェまである。ビックリ。

そして、出ました、イオンモール。今、カンボジア人の最大のおしゃれスポットらしい。中は……日本だった、まずこの空気、香りがそう。日本の食材もお惣菜もあるし、アディダスやロクシタンやSHISEIDOまで入っている。

プノンペンからサリーさんとは別行動になり、代わりに友人のBちゃんが早朝に日本から着いた。先にチェックインしているはずのBちゃんのために、香草たっぷりの細麺スープをテイクアウトして、高山さんのためにうどんとお寿司を包んでもらって、他にもフルーツやお水やお菓子をたくさん買って、ホテルにチェックインする。

今回は、はじめて泊まるヒマワリホテル。私は前回と同じラッフルズホテルがよかったのだけど、「あそこはお化けがいるから、私は別のところにするね～」というBちゃんの話を聞いて、変えたのだった。良い霊？だから私に害はないらしいのだけど、見えてしまう人にとっては嫌だろう。

部屋は、ツーベッドルームで大きな川に面しているとても広い清潔な部屋だった。

ここでちょっとした行き違いが。

本当は、私がひとり部屋でOさんとBちゃんが同じ部屋のはずだったんだけど、私の部屋がツーベッドルームにアップグレードされており、Bちゃんはそこが自分たちの部屋だと思って、すでに荷物を広げてしまっていた。Bちゃんたちの部屋は、アップグレードされていない普通の部屋。広さはふたり用だけど、景色がひらけていなくて薄暗い。

はじめBちゃんは、それがわかってすぐに移動してくれようとしたのだけど、Oさんがお腹を壊して午後いっぱい休みたいというので、そのまま私とBちゃんが眺めのいい広い部屋になり、Oさんが薄暗い部屋となった。荷物の移動もしなくていいし、Oさんは落ち着いて静かに眠れるから、ひとり部屋で薄暗いほうがいいらしい。うまくできてるな、と思う。

ランチを食べながら、Bちゃんとおしゃべり。

人との付き合いについて。

結論としては、

「親や夫、子供や親戚など、自分ではない他の誰かによる七光が自分の力だと勘違いしている人と付き合う必要はまったくないね」

とBちゃん。その通り！

それから、私たちは、「人間関係においてすばしっこい人、上手にやろうとする人」が基本的に苦手だね、という話も。特に女性で、人とのつながりを広げるのが巧みすぎる人や、人脈だけで自分の価値を上げようとする人（これは男性にもよくいる）とは、たいてい合わない。「〇〇さんと知り合い」ということをすごいと思えないからだ。たとえ、その〇〇さんがどんなにすごい人であっても。

そんなことより、あなたが人生をどんなふうに楽しんでいるか、今なにに興味があるかのほうが、私たちにとっては大事。

改めて、基準がわかってスッキリ。旅って、こういうことがたまに起こる。

「その話、海外旅行中にしなくてもいいんじゃないの？」というようなドメスティックな日常話の延長に、「それを聞くためにこの旅行があった」と感じるようなこと。

夕方から、クラタペッパーの倉田さんのお店を訪ねる。

カンボジアのことをとても真摯《しんし》に考えている、想像以上にアツイ方だった。

今、カンボジアには急激に外国資本がなだれこみ、そのためにパッと見はとても進化したようだけど、その裏には問題が山積みだという。

たとえば政府の役人が地方の土地の買収を始め、なにもわからない農民（土地所有者）は、まとまったお金が入ることに目がくらみ、信じられない安さで簡単に土地を売ってしまうらしい。ふと気付くと、その土地で小作人として働く「大土地所有制」の形ができあがってしまっている。かつて、その体制をうちやぶるために立ち上がって選挙に勝った人たちも、上の立場になると同じことを繰り返すという。

また、プノンペンの治安も悪化。お金が入ってきたことで上層部が潤うと、そこと対等に付き合いたい中間層の子供たちが、お金ほしさに外国人を襲ったりして、たった数十ドルのために人を殺してしまうこともあるという。そしてもちろん警察は機能していないので、犯人なんて絶対に捕まらないのだ。広島出身の日本人が殺されたときは、日本の警察がやってきて犯人を逮捕。日本人に手を出すと捕まる、という感覚を植え付ける布石にはなったらしいけれど、それだけで犯罪が減るとは思えない。

目先の利益だけが目当てで、カンボジアに根付く産業を興してくれる外資企業はなく、儲からなくなると一気に手をひくために、中は空っぽのビルも増えているらしい。

そういう意味では、倉田さんの胡椒はもともとカンボジア生まれのもの。内戦時代に死に絶えてしまった製造方法を復活させ、素晴らしい品質も復活させたのだ。

このお店に貢献するためには……とブラックペッパーやホワイトペッパーを「そこからあそこまで」とみんなで大人買い。

夜は、「トパーズ」というフレンチレストランへ。おしゃれなお店。お客さんはほとんど外国人。牡蠣《かき》や牛肉をいただいて、高山さんもうれしそう。

高山さんの友人である政府高官ファミリーとバッタリ出会った。

女性はみんなシャネルだった。

3月1日（日）

ヒマワリホテルの朝ご飯は、ホテルらしいビュッフェだった。

今日は「ドリーム・ガールズ・デザインコンテスト」の授賞式に出る。カンボジア女性の地位を向上させるために、デザインコンテストを開き、そこで受賞した人の作品を商品化して、仕事の場を与えるという取り組み。創業者の温井和佳奈さんの思いがよく伝わる、応援したくなる団体だ。

朝食のあと、部屋で着替えていたらサリーさんがやってきて、私が日本から送ったスピーチ原稿やプロフィールが届いていないという。メールの送信歴はあるのに……確認するの、遅すぎない？　そもそも、この原稿を提出してほしいという連絡があったのが、出発する2日前。ものすごく忙しいときにいろいろ考えて、英語バージョンも送ったのに、確認するのは当日の朝だなんて……みんなで苦笑。


受賞作品はどれも本当に素晴らしく、甲乙つけがたかった。「夢追う子供たちの家」からも、ふたりがノミネートされていた。日本人にはない色彩感覚と、独創性のあるデザイン。どうしてこんなモチーフを思いつくのだろう、という自由さに溢れていて、どれもいい。前に、フェラガモ（エルメスだったかな）のスカーフに、アフリカの子供が描いた絵が採用されたということがあったけど、その感覚に近いような気がする。

私のスピーチも、無事に終わった。テレビの取材もあった。

来賓席で隣に座ったカンボジアの文化庁の役人と話が盛り上がった。


それから場所を移動して、日本からのサポーターや審査員の方々と食事をして、イオンモールに入っているWAKANAショップで買い物。受賞したデザインを使った小物や雑貨が売られている。ここでも、みんなで大人買い。

でも……もう少し、質が良くて高いものがあってもいいのにな、と思う。これだと、「お土産」にしか使えない。

私が好きなのは、カンボジアやバンコクの空港にも入っている「ARTISANS ANGKOR」というお店、フランス人がオーナーと知って、納得。あれくらい上質で洗練されていると、もっと高くても買うのになぁ。今後に期待。


ホテルに戻ってエステを受ける。ハーバルマッサージ、90分で4000円！

気持ちよかったけれど、体に薄いタオルが一枚かけられただけだったので、もう一枚タオルをお願いして、全身をくるんでもらった。紙パンツも言わないと出てこないし……まだ、エステの文化自体がないんだろう。

終わってくつろいでいるときに、突然Bちゃんに言葉が降りてきて、私の近未来についてすごくうれしいことをいろいろ言われた。

↓一年近く経った今
すべてその通りに
なった!!

夕食は、みんなで北朝鮮のレストランに行く。あの「喜び組」が接待をしてくれるらしい。

そうか、カンボジアとは国交があるのか……。

でも結果から言うと、2時間近く迷い続けて、結局たどり着けなかった。

私、Oさん、Bちゃん、そして高山さんの通訳さん（カンボジア人）の4人が高山さんの運転する車に乗り、和佳奈さんと和佳奈さんのお店のスタッフがヒマワリホテルからのタクシーに乗って、私たちの車についてきた。サリーさんと別のスタッフは現地集合。

ところが後ろからついてきているタクシーの運転手が「自分の好きな道で行く」と言い出してはぐれてしまい、そこからはタイミングの悪いことの連続……。

お店の住所は間違っているし、お店に電話しても言葉が通じないし（いつもは通じるそうなのに）、タクシーの運転手が怒りだして法外な値段を言われたり、それを助けてくれた通りがかりのトゥクトゥクの運転手が登場したり、和佳奈さんの携帯の充電がなくなって音信不通で会えなくなったり、とにかく1時間以上走りまわって、到着できなかった。

正確には、私たちの車は最終的にお店の前に着いたんだけど、もう一台の車とのあまりのずれっぷりに、「これはもう、別のお店に行ったほうがいいってことだよね」と、かなり早くから意見がまとまっていたのだ。

これだけずれているのは、神様のストップだよ、という感じ。高山さんもまったく同じように思っていたらしく、やっと再会できた和佳奈さんがトゥクトゥクに乗りかえて、またこりずに私たちのあとをついてくる、と言ったときには、「もう、ダメ。早くこの車に乗りなさい！」と言い切って、別のフレンチレストランに行ったのだった。

フレンチレストランにしたとたん、流れはスムーズに。ちょうど個室が空いているとのことで、到着と同時にガラス張りの素敵な部屋に通され、洗練された内装で……「やっぱり、こっちだよね」とみんなでうなずき合う。

「完全にエネルギーの違う場所に行こうとすると、こういうことが起こるんだよね」「やっぱり、キタチョーは遠かった！」と乾杯。

一方、現地集合だった別のスタッフとサリーさんは、レストランに時間通りに着いていたそうで、「来ないねえ、来ないねえ」と言いながら2時間近く、女性ふたりで喜び組の踊りを見させられたという。

そこは、中国人をはじめとするアジア人のおっさんばかりで、北朝鮮の美女を見たいというエロさ丸出しの様子だったらしい。ダンサーたちはダンスの前に男性に花を配り、ダンスのあと、今度は男性が気に入った踊り子に花を渡す（たぶん、チップも一緒に）という……。作りこまれた卑猥《ひわい》な悲しいきれいさだろう。

外貨を稼ぐために、海外で暮らすことが許されている唯一の北朝鮮女性たち。

3月2日（月）

今日はまた車で7時間かけて、世界遺産のアンコールワットがあるシェムリアップに向かう。この移動時間の長さってば……フ～。

高山さんが外務省でパスポートを受け取るというので、まず外務省へ。係の人がまだ来ていないらしく、私たちは近くのホテルのラウンジで待つことにした。

濃くて甘いコーヒーをいただく。

高山さんはみんなを待たせていることに恐縮していたけれど、私はそのおかげで日本と仕事のやりとりができたし、みんなもゆっくりできたので、よかった。

きのうのホテルの部屋間違えもそうだったけど、Bちゃんといると、こんなふうな「結果的に、本当にうまくできている、こうなってよかったね」と感じる小さなことがたくさん起こる。たぶん、同じことは日常でも起きているんだけど、それに気付けるかどうか、感じられるかどうか、だ。そのタイミングのよさや、神様の素晴らしい采配を同じように感じられる人といるのは大事。逆に、そういうことをまったく感じない人って、相手が悪いとかこっちが悪いとかいうことではなく、そもそものエネルギーが違うから、実際にそういうことも起こりにくいし、なにをしてもずれることが多い。


パスポートをもらって出発。

2時間ほど走っても、ずっと景色の変わらない赤土の道。

「お昼ご飯には、いいところがあるんです」とか高山さんが言っているけれど、もう全然期待していない。ところが、Bちゃんも言い始めた。

「うん、広くて綺麗なレストランがあるって。もう少し先を左に曲がって、その奥だって」

そこは、高山さんが予定していた（でも最後の曲がるところを覚えていなかった）、ものすごく素敵なレストランのことだったので、Bちゃんの力をそれほどわかっていなかった高山さんは驚いていた。

そこは、地元のお金持ちが作った楽園らしく、こんなところになぜ？　と驚く気持ちのよい空間だった。水の豊かな池と、たっぷりと手入れされている花、広がる青々とした緑。

鳥の丸ごとの唐揚げと、トムヤムクンスープと、野菜炒めとチャーハンを頼む。チャーハンも、どことなく美味しい。


そこからまたグングン走り、世界遺産のあるシェムリアップの地域に入ったとたん、空気感が変わったのがわかった。

滞在するソカ アンコール リゾートに着いた。安心なきれいさ。

すぐに予約していたスパへ。ホットストーンマッサージと、ハーブリラクゼーションと、トラディショナルオイルマッサージを受ける。スパのショップで、これまでの気持ちが解放されたかのように買い物をする。

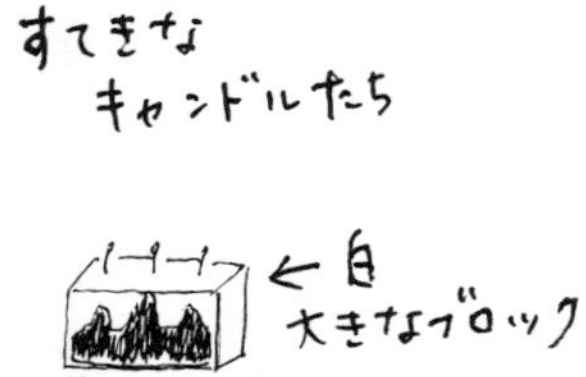

夕食は、さっき果物屋さんで買ったマンゴーとパイナップル。

Bちゃんはドリアンが大好きらしく、露店の果物屋さんでカットしたものをホテルに持ちこんだ。においでばれるかと思ったけど、大丈夫だった。昔より、においが薄くなっているような気がする。

この広くて気持ちのいいホテルの一室で、思ったこと。

アツイ使命感を持って始めることって、案外続かなかったりする。たとえば私は本を書くのが好きだけど、「どうしてもこれを伝えたい」とか、「どうしても作家になりたかった」というようなアツイものはほとんどなかったし、今でもあまりない。だから、一冊一冊とても楽しく書いているけれど、書き上がったものはほとんど読まないし、書き終わったあとの達成感のようなものも、それほどない。

「意外と、そういうことのほうが使命だったりするんだよね」

と、昔ある人が言っていたけど、そうかもしれない。

これまでにないようなアツイ気持ちの盛り上がりを感じて始めたことって、それを続けるには、いつもそのエネルギーを維持しなければならないだろう。

始めるきっかけとして、そういう気持ちの盛り上がりが必要なときもあるけど、逆に言えば、「その勢いを借りないとそういう気持ちにはならなかった」ということだ。でも、「なんとなくそういう流れになって、やってみたら静かに楽しい」ということは、はじめからその人の自然なことの延長だから、いつまでも続けられるんだろう。

3月3日（火）

久々にやった……朝の5時にホテルのロビーに集合してアンコールワットの朝日を見にいくはずが、起きたのが4時58分！　飛び起きて、急いでみんなに連絡……でも、その6分後には下にいた。やればできるものだな。

まだ薄暗い中、アンコールワットの入場カウンターで証明書用の写真を撮られ、お金を払う。一日券で20ドル。そこから1分ほど車に乗って、アンコールワットの入り口で降りて、正面にある蓮《はす》の池に向かって歩く。

まだ真っ暗だけど、すでにたくさんの人が池のまわりに陣取っているのがわかる、影で。薄闇にそびえるアンコールワットを、まずはパシャリ。

だんだん明るくなって、空も白くなってきているのに太陽の姿が見えない。

「今日は曇っているから、もう太陽は昇っているのに見えないのかもね……」というくらいまで明るくなったので、みんながあきらめかけていたときに、さっきからいなくなっていたBちゃんが「こっち、こっち!!」と私たちを呼んだ。

行ってみると、塔と塔の隙間から太陽が昇ってきていた。地平線から半分出てきた太陽は、卵の黄身のようにトロンとしている。

太陽の光と、ここにオマツリされている神様にお祈りをした。正直に、たっぷりと思いのたけを話し、あとはここに来ることができた感謝を繰り返す。

池に写りこむアンコールワットの写真もたくさん撮った。

十分満足、というだけ眺めてから、アンコールワットの正面の「ここが一番エネルギーの強いところ」という参道で、Bちゃんからひとりひとりへのメッセージを聞いた。

私へのメッセージを聞いて再確認したことは、とにかく「自分の苦手なことは、本当に本当にしなくていい」ということ。たとえば世間で「その方法はうまくいく（やったほうがいい）」とされていることでも、「その方法が私は苦手」という場合、それをするには無理をしたり、気持ちを奮い立たせたりしなくてならない。スタートが、その「無理」なエネルギーで始めると、先に進んでも「無理」になる……だから、無理なことはしなくていい、というのはとても理にかなっていることなんだと思う。とにかく、気持ちが楽なこと、楽しいことに手をつけよう。今までもできるだけそうしてきたけれど、まだまだぶれていた。

今日から、私は苦手な方法はとらない！

他の人が、私の苦手なそれをしていても、「私もそうしたほうがいいかな」なんて思わない！

きのうから、すっかりBちゃんのパワーを信じ始めた高山さんや、カンボジア人の通訳さんまで、真剣な面持ちで自分へのメッセージに聞き入っていておかしい。

こんな場所で、みんなで輪になっちゃって。

Bちゃんいわく、アンコールワットでの私たちのミッションは、朝日の中で、池に写るアンコールワットを見ること！　だったらしいので、他の遺跡を見るのはやめることにした。みんな疲れていたし、他の場所に行くと、朝日の印象が薄れちゃうし。

ホテルに戻り、ゆっくりシャワーを浴びて、ゆっくりパッキングをして、森本喜久男さんの工房に行く。

ここは、旅の直前に、ママさんがこの人の番組をテレビで見て、「ぜひ寄ってきてもらいたい」と言われたところだ。カンボジアシルクを復興させた職人、森本喜久男さん。

森本さんは村の蚕《かいこ》祭りの準備のために会えなかったけど、上質なシルクのショールをたく

参道のまん中で、
かなり他の人の邪魔

さん買うことができた。黒2本とチャコールグレーとベージュイエローとオフホワイト、それからコットンの大判の麻色。日本のママさんと電話しながら色を決める。植物で編まれた素敵な箱に入れてくれた。

高山さんおススメのカンボジア料理のお店で、最後の晩餐《ばんさん》をする。まだ昼だけど。カンボジア人のオーナーご夫妻が、とてもよかった。特に奥様、私の好きなタイプのニコニコ顔。写真を撮るときにそばに寄ったら、いい香りがした。ウヒャ。

「皆さんの観光の仕方は、とてもいいですね」

と高山さん。

「普通、日本人はあっちもこっちもギュウギュウに予定を入れて動きまわるけれど、自分たちにとって本当に大事だと思えるところだけを味わう感じ、とてもいいですよ」

こういう感覚がわかる高山さんも素晴らしいよ、と心の中で思う。

そう言えば、アンコールワットは、元ヒンズー教の寺院だったところだ。去年のバリ島行きから続いているヒンズー教の流れか……なるほどね。

今、バンコクの空港で、羽田行きの搭乗を待っているところ。さっき、シェムリアップからバンコク行きの搭乗手続きをするときに、不思議なことがあった。

チェックインカウンターに並んでいるときのこと、私たちはその飛行機の優先搭乗資格を持っていなかったので、普通の列で順番を待っていた。ものすごく混んでいて、隣の優先レーンはガラガラ。事前にウェブチェックインをしていれば優先レーンに行けたそうなので、「やってくればよかったね」と言いながら、なかなか動かない列に並んでいた。

するると、空港の係の人が突然私のところにやって来て、「Are you pregnant ?」と聞き、私たち3人を優先レーンに案内してくれたのだ。

た、たしかに、今日の私はマタニティードレスのようなシルエットのピンクのワンピースを着ている。シルクでできていて、胸のところで切り替えがあるので、胸の下からフワッと盛り上がった形に固定されるワンピース……でも別に、妊婦そうに苦しそうにしているわけでもないし、とにかく、なんでそう言われたのかわからなかった。

ボーッとしていたら、あれよあれよという間に優先レーンに連れて行かれ（この時点で、否定するのも、もうこの係の人にとって面倒だろう、という感じだった）、スーツケースに「助けが必要です」というポーターの札まで下げられて、手ぶらでカウンターを通過したのだった。

すごいなと思ったのは、Bちゃん。私はとっくにあきらめてここで並ぼうと思っていたのに、Bちゃんはなんとかして向こうの列に行きたいと思っていて（ちょっと気分が悪かったらしくて）、なんとかなる！と思っていたんだって。なんとかなる！って言ったって、ねえ。

その意識が引き寄せたのかもね（笑）。

あの素敵な「アルチザンアンコール」のお店に入り、買い物をする。

3月4日（水）

帰国した。日本は……きれい。今の私は、日本の空港だったらどんなところでも寝転がれる。隅のほうにすら、埃《ほこり》が落ちていない。

朝8時頃家に着き、朝ご飯を食べて10時から寝る。

夕方5時まで眠った。夜は、友人たちと食事へ。少しのワインと健康的な食事。香ばしいコーヒー、濃厚なチョコレートケーキ……ああ、日本。

3月5日（木）

目が覚めて、アンコールワットの朝日を思い出す。あの感覚で進もう。

自分のホームに帰ってきたとたん、体全体のむくみがとれた。

一日家にいて仕事ができるのがうれしい。

先にあるちょっと面倒な作業を思い出しそうになったときには、すぐにアンコールワットの朝日を思い出す。

午後は旅行の荷物を片付けた。たまっていた録画のドラマも見る。「ゴーストライター」と「問題のあるレストラン」と「〇〇妻」。〇〇妻が面白かったのははじめだけ。「問題のあるレストラン」は、はじめて見る役者がたくさん出ているのがよかった。それから、このストーリーも。これ、実は女性差別がテーマの作品。こんなビックリするような差別が、今も社会（企業）にははびこっているんだろうなあ、と思う。

3月6日（金）

今日も朝から仕事をしているけど、どうしようもなく眠い。

作業の合間に昼寝。

夕方、スタッフとミーティング。

カンボジア旅行の報告をして、今後のいろいろに向かって一致団結する。

「嫌なことや苦手なことは本当にしなくていいんだねぇ」という話のところで、みんなでうれしい気持ちに。それは逃げではなく、苦手なところは、それが得意な人にまかせればいい。苦手なことを克服している時間がもったいないない。

50代のひとりが「私たちの場合は、無理なことや苦しいことをすると、もうホントに体にきますからね〜」としみじみ言ったのがおかしかった。

彼女たちと話していても思ったけど、今回のカンボジア旅行は、日本という国の素晴らしさを再認識することにも大きな意味があったと思う。

たとえばゴミを拾うということひとつをとっても、日本人は太古の昔からDNAに染みついている。習ったからするとか、それが偉いからする、ではなく、本能として備わっているのだ。そういう日本人の民度の高さを再確認すると、生きているだけで自分が認められているというか、自分のことを大切に思えるようになる。自分の存在を全肯定されたかのような、誇りに思える感覚。

妙に背筋が伸びたかのような、目の前のことに楽しく淡々と進もうという清々《すがすが》しいやる気が湧きおこってくる。

3月7日（土）

今日こそ早起きしようと思ったのに起きられず、はじめに起きたのは9時。録画した番組を見ながらまたうつらうつらする。

そして、今3時。自分のダメさ加減にへこむ。

アンコールワットの朝日をボーッと思い出す。


さて、今、夜中の2時。夜、友人の家での会食から帰ってきたところ。

春たけのこ、肉厚な焼きサバとフィレ牛肉、ホクホクポテトの明太ソースやサラダ、そして手打ちのお蕎麦をいただいた。

はじめて、チャネリングというのを見た。

知人Mさん（女性）の能力、聞いてはいたけれど、面白かった。

この数年、Mさんがつながっているのは、なんと地底人。地球を一番はじめに開拓して、地底内部で暮らしている人たち、すべての真実を知っている人たち。

はじめに、地底人とつながるためのきっかけとなる小さな質問を、私たちがする。つながるためのきっかけなので、内容は重要ではなく、どんな質問でもかまわない。たとえば、お料理を上手に作るにはどうしたらいいですか？　とか。ここも深いよね。宇宙からの答え（サイン）をもらうときも、私たちの質問ありき、だから。

で、数秒後にMさんが地底人とつながる、と、まず顔つきが変わる。普段は静かで落ち着いた感じで話すMさんの目がグッと開かれ、話すスピードが3倍くらいになって、たたみかけるように言葉が出てくる。

まず、はじめの人が質問。

「私、会社でも、ずっと自分に分不相応な運のいいことばかりが起こっていて、それにどうやって感謝したらいいかわからないんですけど……」

う〜ん、その質問の意味自体が私にはわからなかった。そんなの、ただありがたいと思って幸せを感じていればいいのでは？

以下、地底人（とつながっているMさん）と質問者のやりとり。

M「あなたはなにに感謝しているの？　なにか形がなければそれに感謝できないの？」

女「今まであまり失敗をしてこなかったから、それがありがたいなあと思って」

M「違う。それはあなた自身が作ったこと。あなたが最も感謝すべきは自分自身。そしてすべて。あなたがすべてを引き寄せてあなたが作ってるの」

女「そう思うのは傲慢《ごうまん》かな、と思って」

M「なぜ？」

女「……自分に自信がないからなんでしょうね」

M「まわりがそれを認めていても、あなた自身がそれを認めようとしていない。あなたは内在している意識によって『自分を認めたい』と思っているから、自分にそれ（その環境）を与えている。でもあなたは自分の顕在意識によってそれを消している。その顕在意識は誰が作ったの？　分不相応だと思うのは、あなた自身がそう決めているから。あなたが自分で自分に自信を持ったら、あなたはもっと力を出せる」

というような話が延々続いていた。

自分のまわりに起きていることは、全部自分が主導で自分が原因なのに、良いことが起こるとそれを分不相応と言うのは、むしろ傲慢な気がする。他の誰かがそれを与えたというのかな。

私は、特に聞きたいことがなかったので、「これから先、○○学というような学問や、理論や、学問として体系づけられているなにかを学んだほうがいいですか？」というようなことを聞いた。なんといっても、私の本はすべて自分自身の実体験だから。

すると、「学ぶというのは、今この瞬間、すべてから学べる」というようなことを言われた。

たしかにね。目の前の人の話から「今日はこれを聞くためにあったたな」と感じ入ることもあるし、私のまわりを囲むすべての出来事がサインだ。よかった、じゃあ、もしなにか勉強するとしたら、私が興味の湧いたものだけすればいいんだね。

M「楽しいと思うことは、すべての人が入りたいと思うこと。ネガティブな感情では誰も動かない。止まる、固まる。あなたが楽しむことによって他者を巻きこむ。子供と同じ。人を集めたくて遊んでいるんじゃない。あなたが楽しむことによって、あなたの舟はどんどん大きくなる。あなたの夢の中の住人はどんどん大きくなる。そうやって影響を与える。まわしていくの、それにはあなたが思いっきり夢を見なくちゃ。すべては夢なんだから」

だって。

「すべては夢なんだから」かぁ。いいね～!!　深いねぇ!!

ああ、あの夢の中の気持ちのいい世界をもっともっと膨らませていっていいんだな。


他にもいろんな人がいろんな状況の質問をしたけど、そのすべての人たちへの地底人からの言葉を聞いて思うのは、ひとりひとりが完璧に「創造主（神）」だということ。最も有力な神はあなた自身、わたし自身。自分が経験したいと意識を向けたことだけを現実に表している。誰でも思う通りに生きている、ということ。


M「たとえば今ここに重力があるのは、誰かがその重力を理論づけして、あなたにそれを与えたからなの。だからあなたたちはその影響を受けている。この重力ですら、あなたがその影響を受けないと決めれば、あなたは重力から解放される」

重力ですら、そこからの影響を受けないと決めれば解放される。な、る、ほ、ど～！

信じる力、すべては自分が創造主。

そして、もっと夢を見ていいってこと。いいじゃ～ん。

3月8日（日）
今日は、朝5時半に起きて家の掃除。それから仕事。

ランチに、豚肉のしゃぶしゃぶ丼とポテトサラダとほうれん草のおひたしとナスとミョウガのお味噌汁を作る。

3月9日（月）

今日は、長年、つかず離れずの心地のいい友達に会う。小動物的な宇宙人のような彼女。彼女と会う日は、いつも雨。

カンボジアからのお土産と新刊を渡す。カンボジアに行く前にも会ったけど、この一ヶ月、お互いに起きていたこと、深く考えていたことがやはりシンクロしていた……やっぱりね。

私と彼女は、人への距離のとりかたが似ている。これは、人と仲良くなるときにけっこう重要な要素で、そこが似ていると、他のいろんな部分も似てくると思う。

「たとえばね、会う約束をしていた人が、私の知らないその人の友人とか知人を勝手に連れてこられるのとか、私は嫌なの」

と静かに言う彼女。

わかる、わかる。だって、今日私はあなたに会いに来たのに、他の人が来たらエネルギーが変わってしまうよね。

「それから、行ってみたら、思っていたより多人数で、こんなにたくさん来るなら、私、こなくてもよかったじゃん、っていうこととか」

と私が言ったら、爆笑していた。

誰でもたくさん連れてきたほうがいいと思っていて、さらに「あなたと絶対合うと思ってた」なんて紹介されて（それはこっちの決めることなのに）、そういう広げ方をまったく望んでいない人にとっては、ずれているもいいとこだ。そういう人って、人に人を紹介することで自分の価値を上げようとしているんだよね。

もちろん、相手はそれをこちらが喜ぶと思ってやっていることだから、別にいい。単に、「この人とは人に対してのスタンスが違うんだな」というだけのこと。

石の仕事をしている彼女のパートナーが、「石は、会わなくてもいい人や受けなくてもいいトラブルをうまく避けるために、身を守るためにつけるものだ」と言っていたことも印象的だった。

そう、いい人と出逢うなんてことは、自分の魂と精神にふさわしい人が自然と引き寄せられてくるから心配する必要なしで、それよりも、本来会わなくていい人なのに、なにかの拍子に出会ってしまい、そのせいで思わぬことに巻きこまれ、ベクトルがあっちに向いて、またあっちに向いて……と本来の道からそれていってしまうことのほうが恐ろしい。そういうことを防ぐためにパワーストーンはある、と……なるほどね。

3月10日（火）

仕事のことで、ちょっと違うんじゃないかな……と違和感のあったことを、先方にはっきり伝えたので、今朝はさわやか。

本当の意味での適材適所で成り立っているとき、そこにあるのは相手への信頼感だけだ。相手をまるごと信頼してあずける、ということ。

午後、カナダから一時帰国している知人と会う。そこでもまた、人間同士の交わりの話になった、なんなんだろう。結局、自分自身のエネルギーがすべてに影響を与える、という話。自分のエネルギーは、他者（まわりから入ってくる事柄、触れ合うもの、交わる人）からのエネルギーにかなりの影響を受ける。だから、ただただ人数的に多くの人と会うのは、その人自身によほどのミッションがない限り、その人自身のエネルギーを漏らしていく。

「このあいだ、『私、とにかく相手を喜ばすことが好きなんです』と言っている人がいて、『ああ、その段階かぁ』と思っちゃった」

「わかる。もちろん相手を蹴落とす人よりはずっといいけど、そこに『喜んでもらいたい』という押しつけがあったり、実は相手のエネルギーを奪っていたりすることもあるんだよね」

「上手に隠された、かなりの思惑ありだよね」

「本物の人って、相手に喜んでもらうかどうかはそれほど考えていなくて、自分がそれをやりたいからやっているだけなんだよね。ただ、それが好きだからやる、という。だって、喜んでもらうのが好き、なんてわざわざ言わなくても当たり前じゃない？」

3月11日（水）

東日本大震災から今日で4年。

今年は、より密に、よりコアな活動をしていきたいと思う。大人数の講演会を少し控えて、ホホトモサロンを充実させたい。

目の前のその人だけに向かって話をするような、大事なひとりに対して本を書くような感覚……ああでもそれって、わりと前からやっていたな。本はいつでも、特定の誰かひとりに向けて書いている。または自分自身に書いている。

今日もきのうと同じホテルで同じ時間に、人に会う。

数年前に会った編集者さん、この2年くらいでいろいろなことがあり、しばらく海外ですごして、この春から新しい会社で働くという。

3月12日（木）

このあいだのカンボジア旅行は、一体どんな意味があったんだろう。

地雷処理現場の訪問とか、里子に会いに行くとか、表彰式でのスピーチとか、目に見える目的はいくつかあったけど、それは後付けで、とにかく私自身はそんなに行く気はなかったのに、放っておいたら行かざるを得なくなった旅。もちろん、高山さんの活動は素晴らしいし、それはこれからも応援するけれど、実際に現地に行くのは肉体的にもハードだったし、事前に知っていたらやめていたかもしれない、ということも多かった……。

でもたぶん、見えないレベルでなにかの役目を果たしたのだろう、と思う。

みんな、けっこうそういう理由で、いろんな場所へ動かされているんじゃないかな。自分で決めていると思っているけれど、それは過去の自分が今の人生の自分に託した「今回の人生でしておく必要のあること」で、いろんな理由をつけられて、やらなくてはいけないことなのだ。とにかく、その動きをしただけで、見えないレベルでいろいろなことが成就して、「ひとつ、ミッション終了〜」みたいな。

逆に言うと、なんとなく行きたくなった場所は、そのときに行かないと（行かなくても）また、必ず行きたくなったり、行かされることになったりするんだろう。

なんにしても、現地で十分なサポートをしてくれた高山さんと、現地スタッフの皆さまには心から感謝しているし、これからも応援したいと思う。

部屋に太陽の光がたっぷり差しこんでいる、この時間に部屋で仕事をするのが大好き。

一番いいときは一瞬なんだよね〜。

夜はロシア大使館で中澤きみ子さんのヴァイオリンを聴く。

3月13日（金）

さて、今日も朝から忙しい。やるべき仕事を順番に書き出して、上からひとつずつつぶしている。午後、夢の中で活動……お昼寝。

3月14日（土）

おじさまふたり（KさんとMさん）とゴルフ。8時45分のお迎え……今日はずいぶんゆっくり。きのう、Kさんの秘書から、「日曜日が雨のようで、週末に出かける人たちが土曜日に集中すると予想されるため、待ち合わせ時間を5分早めようと思います」というメールが来た。……5分？　読み間違えかと思って何度もメールを確認したけれど、間違いではなかった。5分にどんな差が……。

車中でのKさんとの話は、今日も実に勉強になった。ゴルフ場に着く頃には「貴重なご講演、本日もありがとうございました」と頭を下げたくなる気分。

ゴルフの最中も、みんなよくしゃべった。

たしかに今日のゴルフ場は混んでいて、あがり3ホールで前に2組もつまってしまうなんて、珍しい……。

「これはもう、終わりにしよ」のMおじさまの一言で、15番ホールからクラブハウスに戻る。ゆっくりお風呂に入って、レストランで餃子《ギョーザ》と焼売《シューマイ》を食べた。

そのときに私がなにげなく話したこと、

「新しい時代の考え方、明るいものだけに焦点をあてて楽しく進化していく人たちと、世の中の苦しいことやつらいことやまわりの環境の嫌な点ばかりを批判してますます息苦しくなっていく人たちが、以前は乗る列車は違ってもプラットホームは同じだった。それがこの数年、プラットホームの時点でずれてきたと思う。違う世界にいるみたいに、もう出逢わなくなってきているような気がする」

という話をKさんがいたく気に入ってくださり、帰りの車中で、ひたすらその話。

家に帰って、衣替えをした。コートをクリーニングに出して、クローゼットの中を整理。

そして、さっきいただいた村上開新堂の箱を開ける。

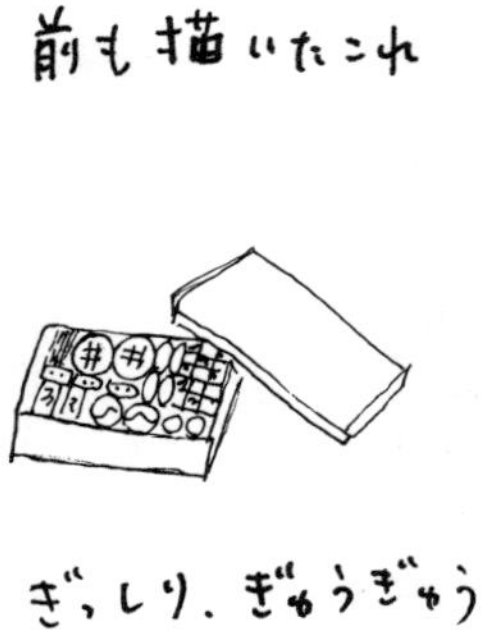

3月15日（日）

フェイスブックって、本当に仲のよい人やその関係性を大事に思う人こそ、今日会っていることの写真なんて絶対に出せない。不特定多数の人に露呈するようなものではないから。そして、芸能人のような外に出ることが仕事の人は別にして、社会に本当に影響力を持っている人こそ、プライベートで会ったときの顔出しはＮＧだ。だって、横のつながりがわかってしまうし、それは、「すべてをオープンにする」という清々しさとはまったく違う次元のことだから。

新刊、２００冊にサイン。

本を丸く並べ、真ん中に座って写真を撮る。本を地面に置くのはどうかと思ったけど、楽しんで書いているからいいかな……。

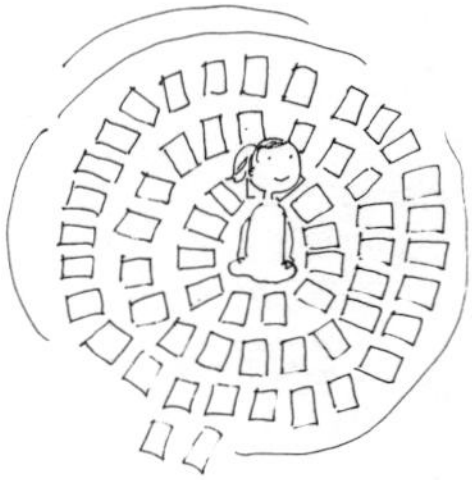

外はだんだんと春の様子。この香りが！

出番の少ないオレンジ色の革のコートを着る。

これから、大好きな人と美味しいものを食べに行く、という幸せ。

これに似た言葉、来月新刊の写真と詩の本に書いたなあ。

牡蠣、ホワイトアスパラガスとポーチドエッグ、グリーンピースのスープ、ネギのパスタ、子牛と鴨を食べて、デザートはワゴンから選んだ。ピーナッツペーストと生クリームのシュークリーム、ベリーのジュレ、桜とほうじ茶のムース、ゴルゴンゾーラとグリーンピースのアイスクリームを食べる。

そして家に帰って、ホワイトデーのチョコレートを食べて、きのうのクッキーを開ける。

3月16日（月）

ショックなことが！　きのう、髪の毛をクルクルさせるコテがおでこにジュッとあたって、「アッツ」ってなったのだけど、今朝起きたらうっすらとシミみたいな火傷になっている。

きのう書いたサイン本200冊を世界文化社の人に渡して、小学館からのバイク便にゲラを渡して、メルマガを確認して、ＡＭＩＲＩの新作を検討する。

それからちょっとゴロゴロ。このゴロゴロをなんとかやめようと思うのだけどできないので、「これは私の作業に欠かせない重要なこと」と思うことにした。


夜は、20代前半の優秀な女子ふたりと、紹介人のＭおじさまと食事。優秀な若い女子の友達がたくさんいるＭおじさま。お孫さんが生まれてから、ますます好々爺。

全力で話して、十分に話が通じる優秀な20代前半女子。その理解力と話の深みに、年齢を超え充実した感覚を味わった。

こういう時間に比べると、ただ集まって汚い言葉でくだらない話に笑っているあの集まりは、やっぱりあまり出たくないなと思うので、もう参加するのはやめようと思う。私もくだらない話は大好きだけど、やはり質というものがある。

3月18日（水）
午前中、図書館に行く。
渋谷区立図書館は……かなりレトロな昭和の世界が広がっていた。
大きな机で調べものなどをしている人も昭和な感じで、思わず観察。小さな頃に覚えのある図書館となにも変わっていない。

午後は、田端志音さんの展示会へ。柿傳ギャラリー。

相変わらず、私と母の好きな作風であり、この自然で飾らないお人柄。

今回、私たちの中で一番人気だった焼き物の豆雛《まめひな》をじっくり観察していたときに、母に「あら〜、浅見さんだったら自分で作れるわよ〜」なんて言う飾らなさ。

3月19日（木）

今日は、先日のロシア大使館に引き続き、少人数で中澤きみ子さんのヴァイオリンを聴きに行く。千駄ヶ谷にあるヴァイオリン工房が30周年ということもあって、フィンランドとドイツからピアニストとチェリストをお招きして。

よかった。この人数（30人くらい）でこの質の音楽を聴くことができるとは、主催者のHさんに感謝。

3人でのモーツァルトやシューマンの演奏のあと、ピアノのみで「フィンランディア」を演奏してくださった。

私はこのフィンランディアの途中に挟まっている讃美歌の部分がとても、とても好きで、小学生のときからこれを聴くと涙が出るくらいなので、うれしかった。このピアニストがフィンランド出身の方だからかな。讃美歌以外の部分は、フィンランドの革命の思いを表した曲なので激しく、私が好きなのは讃美歌の部分のみ。家で聴くときは、讃美歌の部分だけ何度もリピートしている。

中澤きみ子さんは、ヴァイオリンはもちろんだけど、話も好き。それから衣装のセンス。今日も、黒のロングスカートにピンク色の太い腰帯をしめてらした。スカート前面の真ん中あたりからは、黒のチュチュがのぞいている。この腰帯の質感も、トップスにきている真っ白なブラウスも、すごく私好み。

「日本の音楽家がよく着るロングドレスのキラキラテロテロした素材の衣装が、どうも好みじゃなくてね。外国では、もっとみんな違うのよ!?」

帆「わかります～。私もあれ、好きじゃない（笑）。どうしてみんなああいう感じのを着るんでしょうね」

とかって話す。

それから、ウィーンをはじめ、ヨーロッパには大人が楽しめる文化がたくさんある、という話について。たとえば、どうしてウィーンで国際会議が多いかというと、会議のあとの夜の時間に、舞踏会やオペラなど大人の楽しめる場がたくさん用意されているからだという。それに比べて日本って……、アフター5で遊べる場所というのも、「男が遊ぶ場所」という設定が基本的には多い。

3月20日（金）

午前中、気だるく起きる。マンションの水道管定期検査があるというので、台所を掃除。

それから、仕事の資料を読みながらウトウトする。すると、眠りに入る直前にすごくいい夢、みたいなものを見て、仕事の映像がどんどん浮かんできたので慌ててメモする。

この夢の中の感覚をもっと広げていきたい。そんないい感じで1時間ほどうつらうつらして、午後はコニーとPさんと打ち合わせ。

だいたい終わった頃に、

「今日の六白金星は、アイディアが湧き出てくるんだって」

とコニーが言う。

帆「あ、さっき、アイディア出てきた！」

P「え？　ボクも六白金星」

なんと……3人とも六白金星。そして私よりコニーが、コニーよりPさんが18歳上。さらに全員B型ということがわかって、一同爆笑。

だからかぁ。この3人での打ち合わせのあとはいつも明るい気持ちになって、妙にやる気が湧くのだけど、その原因はこれかも。みんなB型で自己肯定が強いから、「これでいいんだ」という安心感に包まれて、自分の好きなことに楽しく向かう気持ちになる。

それからコニーが最近フェイスブックで読んだという「B型のうた」というのを見て、みんなで笑う。もう、はじめの2段落くらいで爆笑。

「B型のうた」

我儘結構、自己中結構、
今日も行きます我道を。
他人が何と思おうと、人生悔いはありません。
陽気で寡黙な性格です。
躁鬱病ではありません。
ついてこなくて結構です。
こちらも勝手にやってます。
（以下、続く……）

打ち合わせが終わって長老Pさんは帰り、ふたりでおしゃべり。
コ「ねえ、帆帆ちゃんの価値観というか一番大事にしていることを一言で言うとしたら、なに？　さっき、歩いているときに、突然思いついたんだよね」
帆「……本音で生きる、だな。」
コ「なるほどね～。うん、すべて自分の本音の感覚で選ぶ、進む……そうか、なるほどね。それがすぐに出てくるのって、やっぱり帆帆ちゃんすごいわ。で、私が突然思いついたのはね、『贅沢は素敵』っていうことだったの」
帆「ウケル！　贅沢っていうか、豊かさ、でしょ？」
コ「そうそう、豊かさ」

帆「じゃあね、はい、質問です。あなたにとっての豊かさとは、なんですか？　こんな状態、っていうのでもいいよ？」

コ「ああ、それね、あるよ、言いたいこと。でもうまく言えないな。う〜ん、自分の思いを実現していくこと、っていうか、そういう時間、っていうか」

帆「それ、私の言いたいことと近いと思う。私が思う豊かさっていうのは、自分のやりたいことをやりたいときに自分でやれる力があること、だと思うの」

コ「それそれ!!　言いたかったこと」

帆「この力っていうのには、自分の能力もあるし、時間的自由もあるし、経済力とか仲間とか家族とか、いろんな要素があると思うけど、とにかく、自分のやりたいことをやりたいときにできるのが豊かさ。で、それができる人は成功している人だと思う。やりたいことの事柄の大小はどうでもよくて……たとえば、家族と一緒にすごしたい、と思ったときに、実際に幸せな気持ちを味わい合う家族がいるか、とか、時間的自由があるか、とか、いろいろな要素が必要じゃない？　ものすごく小さなことでも、枠があるとできないこともあるよね。たとえば、どうしてもあそこのカフェでコーヒーを飲みたい、というのが今やりたいことの場合、それをするには、自分で自由に時間をコントロールできる環境とか、他のことを中断しても実行する心の自由とか、いろんなことが必要だからね」

コ「わかる〜。私が一番幸せを感じるときは、なにも予定のない休日に朝起きて、今日はなにをしようかな〜って考えるとき」

帆「ママかと思った（笑）。ママもよくそれ言う」

楽しかった。

夜、「世界の村で発見！こんなところに日本人」の番組を見る。バルト三国特集だって。エストニアで合唱の指揮を勉強している女性。エストニアは95％が合唱をやっているそうで、生きることは歌うこと、なんだって。

3月25日（水）

手帳を見ると、今日と明日はなにも予定がない。それなら……と急に軽井沢に行くことにした。

8時頃にママさんを迎えに行く。

のんびりとドライブ。富士山が、真っ白く固そうに見える。

着いて、まず「ツルヤ」へ。

大きくて新鮮な野菜をいろいろ買う。毎回懲りずに思うことだけど、すべてが驚くほど安い。大きなアボカド、こんもりしたブロッコリー、あのおいしいトマトもう始まっている。トロとブリとホタテ、いくら、うなぎを買う。ちょっとお楽しみのたこ焼きとか、パンも。

「お酒を買いましょう」

とママさんが言って、ママさんはベイリーズ、私は梅酒の瓶を籠《かご》に入れる。「なんだか、楽しくなってきたわね～」とか言いながら。

家に着いて、ママさんはすぐに暖炉に火をつけ、私は家中の床暖房を入れてから食事の準備をする。スナップエンドウと里芋としいたけのお味噌汁、セロリとアボカドのサラダを作って、お刺身を切り、トマトを洗う。

「あなたが率先してキッチンに立っているなんて信じられな～い」

とママさんがゲラゲラ笑ってる。

帆「ホント……変われば変わるものだよね」

マ「これを見ると、お料理ができないと困るから、なんて小さいときに無理にさせる必要なんて全然ないわね～」

帆「え？　そんなことしていたことあったの？」

マ「ないけど（笑）」

将来やりたいことについて話していたら、

「そんなに詳しく見えているなら、○○に話してみたら？」

と、私のまわりにいるサイキックな友人の名前を言ってきた。

「そうだねぇ」と思いながらふと顔をあげたら、テレビの字幕に「話しちゃダメ」と出ていた。

昨年、私のバリツアーに参加しようかどうしようか考えていたホホトモさんが、迷いながら新聞を開いたら、「無理をしてでも旅に出よう！」という記事が書いてあって……（笑）という話を思い出した。たしかに、まだ話さなくていいな。気持ちがそこまで盛り上がっていない。

私の部屋の小さなキャビネットの引き出しに、ママさんがいつのまにか天使の絵を描いていたので、写真を撮る。２階のほとんど見ない本棚を物色したり、そこで見つけた北欧のデ

ザインブックを見たり、合間にお菓子を食べたりして、気ままにすごす。

3月26日（木）

起きて、今日も暖炉の前で思いつくままにいろいろ話す……が、午後になった今、もうほとんど内容を覚えていない。

ブランチに、春野菜をいろいろ茹でて、ネギと里芋のお味噌汁を作った。固くて小ぶりの美味しいトマトもたくさん。ここに来ると素材が美味しいので、ものすごいご馳走をいただいている気分になる。

ママさんは、テラスにかぶせてあるシートを外して、裏から薪《たきぎ》を運んでからロフトに上りたいと言う。

「ロフトにアクリルペンキの残りが入っているかどうかを確認することが、今回の一番重要なミッション」とか言ってる。

今日も軽井沢な一日。

3月27日（金）

軽井沢にいると、私の想像力はムンムン膨らみ、今年の書き初めで書いた「創造性の進化」という言葉にピッタリ。早く帰って、この思いをもう少し醗酵させたら物語の本を書こうっと。

お昼頃に軽井沢を出て、夜は、大人の友人Cさん&Yさんと食事。広尾の美味しいお店。お店はいつもグルメなCさんに頼ってる。

4月2日（木）

昼間、宝島社と打ち合わせ。6月の末に本の仕事でドバイに行くので。今回もママさんと一緒。

でも、まだドバイに行って書くことが見えていない。

編集者さんたちは、「これまでの旅行本のように、なにかすごいことが起こることを期待しています」とか言ってる。すごいことって、なによ?

まあ、こうしているうちにまとまってくるだろう。いつもそう。この本が、「本当に出す必要があるもの」であれば、内容に必要な情報は勝手に集まってくる。もう十分だよ、というくらい同じことが、いくつもシンクロニシティで起こるので、これを書けばいいんだな、とわかる。

夜は、世界文化社の編集Tさんと、元共同通信の記者Kさんと新刊の打ち上げ。共同通信の「NEWSmart」で連載していたコラムをまとめた本『あなたの可能性』が2冊同時発売になる。私の原稿を4年半もチェックしてくださり、いつも注意深くてウィットに富んだ感想を寄せてくださるKさん。

4年半も経って、ようやくKさんのプライベートな部分が垣間見えた。漢方学についての見識が深く、長く研究されているらしい。

「どうして、今まで一度も言わなかったんですか?」

「そんなこと、普通、メールで書かなくないですか?」

まあ……たしかに。私とKさんは、メールをとおしての関係がほとんどなので、こうして直接会ったのは数えるくらいだ。

Kさんって、特に学生時代は他者に対してものすごく閉じていたんだって。そして、もっとバランスをとらなくては、と思い（もちろんそれだけじゃないと思うけれど）、外に向かって発信する役目のある記者になったらしい。ある意味、真反対の、自分には合わない選択。

「まず、そこが私たちとは違いますね」

「ほんと、バランスをとろうとか思わないかも」

と私とTさん、マイペースなふたり。

今日の会場は日本橋のお寿司屋さんだった。魚が苦手なのにお寿司屋さんには行くというTさんの弟さんが、あらゆる手巻きを食べた結果、ここのお寿司屋さんが一番美味しい、と太鼓判を押しているお寿司屋さんだそうだ。で、それの決め手となるのが納豆巻きだという……。手巻きや卵焼きの美味しい寿司屋は美味しい、とは聞くけど、納豆巻きで判断って……そもそも、魚が苦手という人に寿司屋のおススメを聞くって、Tさん……。

もうひとつ、Kさんのすごい特徴を聞いた。

お酒が入ると、そこで話したことをまったく覚えていないらしい。泥酔状態の話ではなく、その場では素面《しらふ》そのもので、仕事の取材ができるほどちゃんとしている。でも翌日、なにを話したかまったく覚えていないんだって。

あるとき、取材相手に接待されてお酒が入り、その状態で取材したときの音声をICレコーダーで録音しているのを翌日に聞いたときに、たしかにそれは自分の声だし、とてもまともな応対でいいことを突っこんで質問しているのだけれど、その記憶が微塵《みじん》もないことがわかったという。

それ、珍しいよね。すごいよね。

「でも恐いですよ～。自分の知らないブラックボックスが存在するわけですからね」

と言っていたけれど、それも、たしかにそうだよね。

そして、以前の会社で起きた「殴打事件」の話をしてくださった。Kさんが血を流し、顔面が腫れ上がって帰宅したのだけど、なにがあったのか覚えていなかった。……それは明らかに、その晩に飲んでいた人との関係だよね。

でも、当時のKさんは自分の記憶が飛ぶことがわかっていなかったから、前の晩に一緒に飲んでいた人になにも聞かなかったんだって。でも、その腫れた顔を見てもなにも言わないのだとしたら、ますますその一緒に飲んでいた人があやしいよね。

一緒に飲んでいたその人は、ちょっといろんな問題がある人で、その後、会社を辞めさせられたらしい。そして、そのあと亡くなられたんだって。

「じゃあ、事件はますます迷宮入りですねぇ」

とつい、面白く聞いてしまう私たちだ。

その他、物理学の方面から研究されているパラレルワールドの話とか、ニュートンが最も偉大な科学者とされているのはなぜか、とか、文学歴史上の異性観の話など、面白かった。

4月8日（水）

友達と話していて、「私たちは基本的に商売気質の人とは合わないね」という話になった。特に女性。相手がどんなにいい人だろうと面白い人だろうと、だ。

社会で女社長として何十年も仕事をして、しかもうまくいっている人というのは、（もちろん全員ではないけれど）少なからず「お上手」という部分がある。

それはある程度当然だし、それがその人の魅力も作っているからいいのだけど、女の人って男の人に比べて公私混同が多いというか、近所の話や友達同士の話の延長線上で仕事の話をしているようなところがある。

たとえば、仕事の話をするために会っている商談の場か、または逆にもっと心を開いた、「ウッシッシ」という部分も含めた友達に腹を割ってする本音の話なのか、どっちにも入っていない売りこみ……あれ？　いつのまにか相手のペースになってない？　というような人。

それが「お商売上手」ということで、それは悪いことではないのだけど、いつの間にか相手の売りこみに参加しないといけないような話の持って行き方をする人って、タイプとして合わないね、ということ。

腹を割った正直なお誘いや頼みごとならいつでもウェルカムなのに、いつのまにか……というところが。

さて、今日は数年ぶりの人と仕事で会う。

結婚して転勤になった岡山県から、お子さんふたりと一緒に飛行機に乗って会いに来てくださった。そんな遠くから……驚いた。

前、彼女が勤めていた化粧品会社と一緒に仕事をしたことがあって、今日はその会社の元上司も一緒。

最近、ある本にこの会社のことが載っていて、久しぶりに思い出していたらこの会社の皆さまから連絡をいただいた。そして、私がこれからやろうと思っていたことにぴったりのことを提案していただいた。へ〜、面白い。

帰りに、友達の家に来た新しい犬を見に行く。

運動不足だからウォーキングしていこうと思っていたのに、今日も雨。

おしゃべりしながら、前から気になっていた酵素玄米の炊き方を教えてもらう。

体は実は細いんじゃないかな…

小学館から、写真と詩の本『あかるいほうへ』が発売になった。フォトグラファーのRitsukoさんとのコラボ。

4月11日（土）

今日は、長崎県のRitsukoさんの写真展示会場で、第4回「ホホトモサロン」をする。
朝一番の飛行機で長崎に着いた。東京は雨で寒かったけど、長崎は晴天の春の陽気。空港が島の中にあるので、海が目の前で日差しがまぶしい。

Ritsukoさんのパートナーである T さんが、空港まで迎えにいらしてくださった。

小学生のときに学校の旅行で来た浦上天主堂に寄ってから、Ritsukoさんの展示会場に行く。

スタイリッシュな空間だった。部屋の半分はコンクリート打ちっぱなしの壁で、残りの半分がガラス張り、そこにも写真が飾られている。実物の写真は、本とはまた違ってすごくい い。ポストカードと写真が小さなアクリル版になっているのを買った。

オランダ坂を散歩して、午後はホテルで休む。

そうそう、ホテルと言えば、今朝長崎に着いてから、ふたつのホテルをダブルブッキングしていることがわかった。ずいぶん前に予約していたことを忘れて、そのあと別のホテルを予約しちゃったみたい。

まあキャンセルするしかない、とまずAホテルに電話すると、「当日の連絡なのでホントはキャンセル料が発生するのですけれど、今回はナシでいいですよ」と言われる。なぜだろう、ラッキーだな、と、もうひとつのBホテルにも電話する。するとこちらでも「キャンセル料はナシでけっこうです」と言われる。結局、はじめに予約していたAホテルにした。

不思議。あとから見たら、両方ともキャンセル料はしっかり発生することが書いてある。

こういうのって、たぶん、それがわかったときのはじめの反応が大事なんじゃないかな。

「まずい、困った、どうしよう」というようなことを瞬時に強く思えば、現実もその方向に流れていき、今回のように「そうか、それなら仕方ない」と淡々と受け止めると、マイナスのエネルギーの増加もない。直感と同じように、一番はじめに感じることは強い。どんなほうへ展開させるかは、自分の中のエネルギー量のバランスだ。

ホホトモサロンはとても楽しかった。本当に、どうしてこんなに楽しいのだろう。話しながらいろんな話題がツルツルと出てきた。今、私は、この少人数のホホトモさんたちにフォーカスするのが、合っているのだと思う。

後半のRitsukoさんとの対談も笑えた。終わってから、司会をしてくれたRitsukoさんの後輩Pさんと3人で食事へ。ゴロンとした牛ほほ肉の煮込みとマッシュポテトを食べる。いい日だった。

4月12日（日）

今日も晴れ。長崎メトロ書店でのサイン会。

オーナーのKさんファミリー、とてもマイルドで素敵な方々だった。

また、全国からたくさんの読者がいらしてくださってうれしかった。はじめはひとりで並んでいたのが、年々家族が増えて、今ではみんなで並んでくださる方など、いろんな変化も見えて面白い。

終わって、小学館のOさんと空港でお寿司を食べる。

4月13日（月）

寒くて重い雨の日。出版社で取材を受ける。

4年ほど続いている携帯サイト「帆帆子の部屋」がスマートフォン対応となるので、そのときに配信されるインタビューだ。質問の中で面白いと思ったのは「ワクワクすることをするのに、勇気は必要か？」というもの。

勇気は……必要ないね。たとえば、「これを飲むと○○が治る」というものがあるとする。それを飲むと絶対に治るということが当たり前のようにわかっているとしたら、それを飲むことに勇気はいらない。○○の効能を疑っているときに勇気がいるのだ。

だから、自分の心がワクワクすることは絶対にうまくいく、とわかっているのであれば、それをするのに勇気はいらない。

楽しく話し、夜は友達の家に集合。タワー最上階のゲストラウンジにみんなで集まる。最近、こういうシステムが本当に増えた。広いし、ベッドルームもモダンでゆったりしているし、夜景もきれい。レインボーブリッジが白く霞んでいる。

野菜のバーニャカウダ、コールスロー、ほうれん草ときのこのお浸し、キッシュ、ローストビーフサラダ、を前菜に、グラタン、ハンバーグ、チキンの蒸し焼きとチキンライスなどをいただく。

デザートは、トルティーヤチップス、マカデミアナッツチョコ、ドライフルーツ、カステラ2種、ケーキ3種類と焼き菓子いろいろ。

今日の話のまとめは、時間泥棒とエネルギー泥棒とは付き合う必要なし、ということ。この数ヶ月、本当に人間関係の話ばかり。今年のテーマだな。

ああ、楽しかった。

4月17日(金)

世の中にはいろいろな種類の仕事があるけど、ファミリービジネスが財団運営だけで成り立っている人、というのもいる。表にはほとんど出てこないし、それをわかっている人とだけ付き合っていけばいい世界だろうし、1年の半分以上日本にいないので、実際はどんな仕事をしているのかも、よくわからない。

本当の意味で、世界を舞台に仕事をしている人たち。その生活スタイルは……興味深い。


酵素玄米用のお釜のセットが届いた。必要な材料も全部揃ってる。うれしい。

さっそく、炊いてみた。言われた通りに計量して、グルグルかきまぜ、10合分を圧力鍋で炊く。圧力鍋なので、10合でもすぐできる。最後に50分蒸らして電子ジャーで保温。

ピンク色のつやつやの小豆がいい香り。このまま3日ほどおいて、酵素が発生してきたあたりから食べ始めるのだけど……今日、もう食べちゃう。

4月18日（土）

総理主催の「桜を見る会」に出席。まだ肌寒い。

きちんと手入れされている新宿御苑の桜たちはすごい……この立派な姿を見よ、という感じ。大きな盆栽を見ているかのよう。

ポワポワとした桜の波を歩く。

高校のときの同級生にバッタリ。向こうも親と来ていた。

総理の挨拶のあと、昭恵夫人はじめ、自民党の皆さんが招待者の中を歩いて握手された。昭恵さんが歩いてきたときには、友人たちみんなで黄色い声を飛ばす。

片方の列と握手が終わると、駆け足ではじめに戻って今度は反対側の人と握手をする。

自衛隊の演奏を聴いて、お餅などを食べて、知っている人たちと挨拶したりして、御苑を出る。午後からは一般客も入場可。

4月21日（火）

さっき乗ったタクシー、フロントガラスのところに「安全運転」（だったかな？）と書かれた腕章が置いてあった、下に警視庁と書いてある。

聞いてみると、優良ドライバーに認定されている人の中から（勝手に）選別された人（全国で数百人？）に警視庁から配られているもので、これを持っている人は、違反をしているドライバーなどに警告を指示することができるらしい。

パッと見ただけで、「あのドライバーは危ないな」とか、お客さんの乗り降りの種類から「ここに○○（犯罪などの組織）の基地があるな」とか、そういうこともわかるらしいし、警察にも協力するらしい。話を盛っている部分があったとしても、この人の話し方は、たしかに観察力が鋭そう。そして、この仕事が本当に楽しいそう。

「それがなによりですよね」

「そうそう」

とか言って、降りる。

さて、これから三省堂書店有楽町店でのサイン会。

4月24日（金）

酵素玄米、あれから毎日食べているけれど、やみつき。ゴマとほんの少しの塩で十分に美味しい。もともとお赤飯が好きなので。酵素玄米によって病気が治ったいろいろな例を読む。私は緊急の体調不良があるわけではないけれど、美味しいので長続きしそう。

それにしても、この象印（ZOUJIRUSHI）の10合の電子ジャーの形、なんとかならないのだろうか。どう考えても素敵じゃない。

本田健さんの「アイウエオーディオ倶楽部」という音声配信型ラジオの取材を受けた。健さんの仕事用の自宅にお邪魔して、1時間ほど話しながら収録。庭が素敵だった。

健さんは、とてもインタビューが上手。

終わってから、「自分の一言」とサインを色紙に書くのだけど、そこに置かれていた吉本ばななさんのものに感動した。皆さん、それなりに座右の銘のような格好いい言葉が多い中、ばななさんは
「来たときよりも、だらしなく」

……さすが。

その後、近くのフレンチレストランでランチをいただく。

健さんと会うと、私とはぜんっぜん違う側面から物事を眺めていることに、いつも感動する。感動と、複雑さと、納得と、再確認。再確認とは、人それぞれでいい、ということ。

4月25日（土）

今日のホホトモサロン。読者の希望多数で、2回目のママさん（私の母）登場。

途中から私との対談形式で、トータル2時間半、いろいろとしゃべる。

ホントに笑えた。なんだろうね、あの独特の間合いは。

ママさん、登場してきたはじめの挨拶から、「こんにちは、浅見帆帆子です」とか言って、会場の爆笑を買っていた。

「あ、今、帆帆子の母の○○です、って言おうと思ったんだけど、途中で止まっちゃったの

よ～（笑）」

とか言ってる。

私が一番笑ったのは、私との対談でなにかの話で盛り上がったときに、まるで、そこに私とママさんのふたりしかいないように、私に向かって「まあ、このへんのことはあとでゆっくり話すわ」とか言ったことだった。

聞いていて、とてもためになった。いじめなどが蔓延しているこれからの時代の子供の教育など、聞いていていて、なるほどな、と思う。私の子供のことで困ったときにはいろいろ聞き

たいから、元気で長生きしていただきたい……。

4月26日（日）

6時に起きる。ＡＭＩＲＩの新シリーズの写真をチェックして、いくつか手紙を書き、掃除もして、これで完璧、とうれしい気持ちで軽井沢へ。

先週の本田健さんの仕事用？（おもてなし用？）の家を見たときから、私の今後の暮らし方について思うところがあって、それをママさんに話してみたら、大賛成だった。

というか、こういうときに非常によくあるんだけど、ママさんも「家」とか「暮らし方」についてまったく同じようなことを考えていて、大いに盛り上がった。

私は住環境のことを考えるのが好きだけど、毎年こういう波がやってくる。去年は、いろいろな流れが停滞しているときに、「今、なにをするのが一番気持ちが上がるかな」と素直に考えていきあたったのが、「住環境を整えること」ということで、マンションを購入したのだった。

しばらくすると、また新しいそういう波がやってきて、そこに向かって動くことでシャッフル、というか、「私」という中に風が通るというか、新しい動きが出る。

今回のことは、去年みたいにすぐにでも動き出したい勢いではないけれど、こうしているうちに、本当にやりたいことが見えてきそうな気がする。

今、いろんな情報の中から、ホホコスタイルを固めているところ。

4月27日（月）

一日中本を読んで、好きなときにお風呂に入り、庭を散歩したりしてすごす。

たまに家の中で「あら、いたの？」という感じにそれぞれ。

男の人がいると、こうはいかない。やれお昼の時間だとか、明日は何時に帰るかとか、常に時間で動いている感じ。女同士だと、時間は無限大。

4月28日（火）

朝起きて、6月のドバイ旅行のことを話していたら、新刊に書くべきことが急に浮かんできた、というか、まとまってきた。考えてみると、それしかないじゃないか！　と思える。ようやく本を書く前のいつもの感じになってきて、うれしい。

どうして軽井沢にいるといろんなことがひらめくのか……このリラックスしたゆったりした状態が続くからだと思う。

軽井沢に行くとき、私はいつもすべての仕事を片付けて、なにも気がかりなことがない状態で行くようにしている。そして、気が向くままにゆっくりとすごす。そこには、チェックしなくてはいけないメールや、何時になったらこれをしなくちゃ、というような制限がない。このゆったりした楽しいエネルギーに長いあいだ浸ることによって、私の中のコップからプラスのパワーが溢れ出すんだろうな。これまでためてきたものが溢れ出して、答えがわかる。そして、頭ではなく感覚で動いているから、それをひらめいたときに東京のように遮《さえぎ》るものがなく、すぐにピンと気付ける。

ああ、急に新刊が楽しみで仕方ない。さっそく編集者さんに連絡。ゴールデンウィーク明けに会うことにする。

今日もツルヤへ行って、美味しいものをダンボール箱につめて東京に送る。隣のカウンターでも、ダンボール8箱にせっせとつめている人がいた。私は2箱。

向かいのお店でママさんが植木を買っているあいだに、私は忘れモノを思い出してツルヤに戻る。レジに向かって走っていたら、通りがかりに、この手がパッとポテチの袋をつかんでた……。

今日もまた、青筋の立っている硬くて小ぶりのトマト（もうこの時期はこれだけでもいいくらい）、茹でたスナップエンドウとブロッコリー、青梗菜《ちんげん》とミョウガのお味噌汁。いくらの手巻き。食後にぶどう。

途中、庭いじりをしているママさんから軍手をとるようにたのまれ、「お行儀悪いけれど、放ってくれないかしら？」と言われたので放ったら、ちょうどママさんの股でキャッチ。それが今日一番笑ったこと。

お風呂の中で、あるアーティストの画集を見ていたら、急に思いついたことがあって、かたわらの携帯から、忘れないように自分にメール。

今日はこんなことが3回くらいあった。ニヤリ、軽井沢パワー。

5月1日（金）

きのう、戻ってきました。

遅い朝食を食べに行く。朝食の美味しいこのカフェ、ゴールデンウィークだけど、まだそれほど混んでいない。ヨーグルトフルーツのグラノーラ、食後にパンケーキ。

後ろの席の若い女の子たちがとてもうるさい。誰かとテレビ電話をしている。

食べ終わって、近くを散歩する。

一年で一番気持ちがいいんじゃないかと思う5月。

今年の私を俯瞰《ふかん》すると、「ちょっとゆっくり観察する時期」のような気がする。

ゆっくり観察して、自分の身のまわりを整理する時期。自分の好みに合っているところはそのままに（そこを伸ばすのは来年以降）、好みに合っていないモヤモヤすることや人や、方法などを整理して、これから先にやっていきたいことへシフトチェンジしていく時期、と決めた。

「『今年はそういう年』って、どうしてわかるの？」と友達に聞かれたのだけど、自分のまわりに起きていることや、私自身の気持ちのノリを観察していれば、わかるよね。今は、どう考えても、未来の新しい試みやうれしい計画へ向かって活動的に開いていく気持ちではない。それよりも、モヤモヤしたものを整理したりやりかたを見直したりして、ゆっくりと足場がためをしたい気持ちのほうが強い。その気持ちのほうが強い、というのは、そうしたほうがいい、ということだ。

足場がため

5月2日（土）

ゴールデンウィークの始まり。

今日はSさんとKさんとゴルフ。はじめは3人だったのに、そのクラブのメンバーである思わぬ長老様が入ることになった。はじめは「お……（汗）」と思ったけど（とてもお上手で厳格なおじさまなので、3人の遊びプレーはよろしくないのでは？と思ったから）、結果的に、ご一緒してくださって本当によかった、ということになった。

学生のときから数々の記録を持っていらっしゃる名プレイヤーから、深いアドバイスをいただいて、久々にゴルフ魂が再燃。社会人になって、年々、「もう、このくらいできれば十分でしょ」というような、気持ちの盛り上がりがまったくなくなっていたゴルフ。それが、学生時代のときのような手応えを思い出してしまい、終わってからもいそいそとレンジで打ちこむ。


帰り、イタリアンが食べたくなって、Sさんの家の近くのイタリアンを予約する。その前に、Sさんの家でテーブルを卓球台にして卓球……なぜ、卓球？　ふと気付いたら、Kさん相手に、球を打ちこんでいた。

オークラを抜けて、アークヒルズを抜けてテクテクテクテク。オーガニックなワイン屋さんで、リースリングの辛口とバルベーラを買って、食事。それからまた3人で、近くの足裏マッサージに行く。とてもおじさま的で楽しい一日。


夜、友達から電話。彼女が今抱えていることについて、予定していた（望んでいた）方向と違うほうへ進みだした（ガッカリ、どうなるんだろう）という話を聞いた。

でも、今日のゴルフの話を思い出して、はじめは「え〜？　別の人が入るの？　入らないほうがいいような……？」なんてみんなが思ったけど、最終的にそっちのほうがよかったと

いうことになったので、
帆「そっちのほうがいいってことになるよ、きっと」
友達「そうだね……考えてみたらそう思えてきた」
帆「え、もう？（笑）」
と話す。

5月3日（日）

きのうに引き続き、この季節特有の緑の香り。しあわせだ。

六本木に用があったので、友達に電話してお昼でも食べようということになる。ヒルズのガラス張りの広告が目立つところで、ものすごい数の観光客が写真を撮っていた。

「あれは……中国人なんだろうね」

「異様に感じるけど、何十年も前に、日本人がカメラをぶらさげて欧米に出かけて行ったのと同じだよね。きっとその時にはマナーを知らない日本人がたくさんいただろうし、歯並びもひどくて背も低いアジア人がブランド品を買いあさっていたわけだから、今の中国人と同じような感じだったんじゃない？」

用事をすませて、近くのお蕎麦屋さんに入る。ここは以前ニューヨークにあったお店なので、相変わらず外国人でいっぱい。山菜おろし蕎麦と卵焼き、鴨南蛮蕎麦を食べる。

帰りに、西麻布のケーキ屋さんで紅茶のシフォンケーキとキャラメルのムースとモンブランを買う。あのお蕎麦屋さんにしても、このケーキ屋さんにしても、今日開いていたなんてラッキーだ。成城石井で飲み物を買って、家に帰る。

うちの近くで、どうしてもこの道は通りたくない、と感じる場所がある。場所というか、道の方向、流れかな。こっち側から行くときは特に思わないけど、反対側から来るときに、「どうしてもここは通りたくない」と思うのだ。

たぶん、その通りの流れは本当によくないのだと思う。左右の坂が下っている谷のようになっているところだから、いろんなエネルギーがたまってしまっているんだと思う。今日も、そこは通らないで、少し遠回りをして帰った。

前に、ものすごく敏感で運気などに気をつかっている経営者が、「人の匂いがこもっているタクシーは運気が下がるから絶対に乗らない」とか言っていたけれど、「嫌な気分になる通りはできるだけ通らないようにする」というようなことも、それと同じで、そういうことを徹底的に実践したら、たしかに変化はあるだろうな、と思う。

まあ、私はそこまでできないけど。

5月4日（月）

今日から、来年出る予定の物語を書き始めた。

この数ヶ月でアンテナを立てていたものが溢れ出したのか、スルスルといいことが浮かぶ。

この休日の街のゆっくりしたエネルギーも関係ありそう。会社のある平日は、みんながせかせかしているから、曜日に関係ない仕事をしている私でも、そのせかせか気分の影響を受けやすい。

なんとなくゆっくりの幸せ気分になって、コーヒーでも飲みに行こうかな、という気分になる日は、気付くとたいてい土日。

5月5日（火）

朝起きて、すぐに物語の世界へ。

たまにソファに寝転がって緑を眺める。

去年、ここに入ったときに植えてくださった窓から見える木。一年経ってずいぶん大きくなった。横も縦も、去年の倍近くになっている。

7、8年ほど前、知人のマンションに行ったとき、リビングの壁一面が大きな窓で、そこに緑が溢れていて明るい森の中にいるような気持ちになった（そのマンションは、何十年も前に外国人用につくられたものなので、独特に広い空間設計で、たぶんリビングが40畳は軽くあるので、よけいにそう感じたんだと思うけど）。

「ああいうの、いいなあ」と思っていたけど、ふと気付いたら、そんなような窓一面の緑の部屋にいるじゃないか、と思う。ウトウト昼寝。

5月8日（金）

今日もまた、あまりに緑が輝いていたので、起きてすぐにウォーキングへ。

このさわやかさ、まるでハワイ！

ママさんに電話したらいるというので、途中の橋のところで待ち合わせ。

「ウォーキングが終わったらあそこのカフェに寄ろう」なんて話していたのに、会ったら「はじめに寄ろうよ」ということになって、結局、パンケーキとグラノーラとサラダを食べる。

このカフェも、ゴールデンウィークが終わったらようやく静かになった。本を読むおばさん、楽しそうに会話する近所のカップル。テラス席の半分は外国人だ。みんな、これみよがしに肌を焼こうとしている。

最近のいろいろなことを話して幸せな気持ち。お互い、話すことがたくさんありすぎるからなのか、なにから話していいかわからなくて、どうでもいいことから話してしまい、話しながら「まあ、これは重要な話じゃないんだけどね」なんて何度も言い合う。そして先を急ぐものだから、重要な話もあまり上手に説明できなくてイライラしたりして（笑）。

今書いている物語の詳細も説明した。

登場人物の細かいセリフまで話していたら、ところどころで、「あ、それ面白い。いい、すごくいいわぁ！　あなたすごいじゃない。」とか言われてすっかり上機嫌。

部屋に帰って、私の好きな本をまわりに４冊置き、同時進行でちょびちょび読む。

午後は、ＡＭＩＲＩの職人さんのところへ。このあいだ作ったピアスと同じ石を使ったネックレスを作る予定。じっくり検討中。

今日はそんな感じで、とても充実していたのに、ＡＭＩＲＩの帰りに日傘の先をセーターにひっかけて、ピーッと糸が飛び出た。
それは、このあいだ買ったばかりのサマーセーター、大変細い糸で編まれた薄手の身頃がダブルになっているとても贅沢なニット。今月末のホホトモツアーで着ようと思って、今日はじめて着てみたのに……とても悲しい。
ためしに着てみよう、なんて思わなければよかった。

なんとかしなければ！と、出てしまった糸を元に戻そうと、虫めがねを上に置き、カギ針を使って3時間奮闘した結果……状況は悪化した。ピーッとほつれて横に入った線が倍の長さになる。

3時間もかけて状況悪化……笑える（笑）。

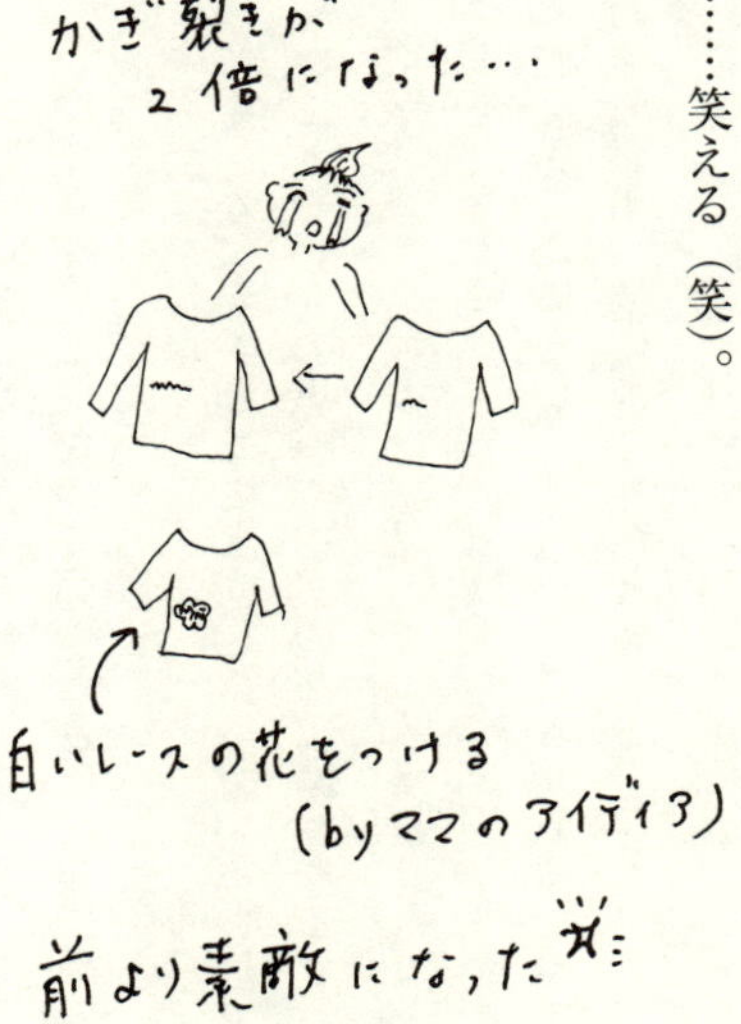
かぎ裂きが
2倍になった…
白いレースの花をつける
(byママのアイディア)
前より素敵になった

5月12日（火）

午前中、三笠書房。午後、小学館。

夜、宝島社。ドバイに向けて見えてきたことを話す。私はこのK編集長の感想や捉え方が、すごく好き。表現とか、見方とか、自分の生活の話とか、ひとりで淡々と計画を進めていく感じとか。そう、精神がとても自立している。

ハワイのお土産をいただく。

5月14日（木）

「今年の私は足場固め」と書いたけど、それがはっきりとわかることがある。

それは、人間関係のいろいろなことが気になること。そこが足かせになっていて、先に進めず、進みたいとも思わず、まずはその気になる部分を解決してからにしよう、という気持ちになるからだ。他人のことが嫌な意味で気になっているときは、先になんて進めるわけがない。

嫌な意味で気になると言っても、なにか特別なことが起こっているわけではない。これまで一度も気にしなかったようなことや、人の思惑や、裏のある動きや、それが丸見えになりながらも、世の中がそういうことでまわっていることへの嫌気が差しているのだ。

そういうことは人間である以上、常にあるもので、私自身が自分のやりたいことに一生懸命向かっているときは、まったく気にならない。そういうことが気になっているというあたり、今年の私は足場固め、お勉強期間、準備のときだと感じる。

5月19日（火）

ドバイでお世話になるかもしれない、日本の大手設計会社のドバイ支社長にお会いした。

その設計会社で、日本人以外ではじめて役員になっているというFさん。頭と感性のバランスのよさそうな心ある人、という印象を受けた。そしてもちろん、ウィットに富んでいる。

そしてもうひとつ驚いたことが！　同席してくださっていたその会社の監査役の方が、私が昔からよく本を読んでいる哲学者の甥《おい》っ子さんだった。倒れそうなほど、驚いた。

「あなたの本に書いている話、私の叔父がそういうことに興味がありましてね……」と言って出てきた名前が、あの○○○○……たしかにこの監査役と同じ名字だけど、知らなかった、ビックリした。

いい流れ！　ますます、今回の新刊のテーマは私が今考えているものでいいんだな、と思ったものだ。

5月20日（水）

幼少の頃からの青学の同級生、M子とMキが遊びに来る。

M子は、次男を連れて。英語を始めたという次男くん（ものすごく利発でかわいい）は、ドタバタ、モジモジと家の中を動き回り、その合間に目にするいろんなものを英語で発音する。

持ってきたおもちゃのバスを指して「bus!」。

ベランダにある大きな貝を見て、「shell!」。

持参した自分のお昼をモグモグ食べ、さんざん遊んで一番最後に派手にガラスのコップを割った（笑）。床が大理石だったし、プラスチックのコップがなくて大人と同じガラスのものを出していたので、無理もない（割っても大丈夫なモノを使っていたので、全然問題ナシ！）。

次男くん、部屋の隅にチョンと立って眉間にしわを寄せ、手を口にあてて「ああ、どうしよう」という顔をして固まっていた。

5月24日（日）

明日は楽しいディズニーランド、なのだけど、今一緒に行くひとりから連絡あり。アイフォンが壊れたそうなので、明日の午前中に修理に行くという。水星の逆行か!! 水星の逆行の期間は、物事が一度ですすまなかったり、交通機関や通信期間に行き違いがあるなど、全体的にスムーズに進まない時期。

今は、ディズニーランドも空いている期間なので午後から行くことにした。

紺地に白の水玉のワンピースにしようっと。腰のリボンを頭に結んでミニーちゃん風にしたら、すっかりディズニーランドの気分。

5月25日（月）

朝6時に起きて仕事をする。順調に終わった。

10時半頃家を出て、12時前にディズニーランドの駐車場に着いた。

カッキーとコニーがにこにこしてやってきた。カッキーは、家から持ってきた大きな卵のような不思議なものを首から下げている。チケットを入れておくグッズらしく、ディズニーのイースターイベントのなにか、らしい。

「さっきね、ディズニーランドに来たらチケットホルダーを買うのよ!! ってカッキーに言われたから、ミッキーがついていて首からさげるようなかわいいものかと思っていたら、これを買うっていうのよ!? びっくりだよね。それ、私はいらないからさ」

うん、私もいらない（笑）。

ここは本当に夢の国だなと思う。入ったとたんにワクワク。ウキウキする音楽が流れて、甘～い香りがして、ゴミひとつ落ちていなくてみんなニコニコ。

従業員をキャスト、と呼ぶあたり、人生はその人の劇場であり、地球という遊園地に遊びに来ていることを感じさせる。この場所、波動が高いだろうな。

遅れてくるひとりを待つあいだ、まずはスペース・マウンテンのファストパスをとって、スター・ツアーズに並んだ。

「ねえ、本当の宇宙旅行に連れて行ってもらえるとしたら、行きたい？」

とコニーが聞いてきた。質問の意図がよくわからなかったけれど、私は、

「うん、連れて行ってくれるなら、やっぱり見てみたいと思うな」

と答える。

「でもさ、宇宙船の中って、ずっと足を上にあげた状態で、何時間もすごさないといけないんでしょ？　かなり狭いと思うのよね」

とか言うから、やっぱりこの質問の意図がよくわからなくて笑ってたら、今度はカッキーが、

「大丈夫よ～、宇宙なんて行かなくても。私が宇宙人だから」

とか言いだして、みんなでヘラヘラ笑っていたら、並んでいた列がすごく前に進んでいて、キャストに、

「そこの3名様、宇宙船にご搭乗ください！」

とか、言われる。

「乗り遅れるところだったね」

「このレベルの宇宙船なのにね」

「だね」

とまたヘラヘラ笑う。

リニューアル後にスター・ツアーズに乗るのははじめて。映像の中身が全部変わっていた。前よりスリリングになっていてすごく面白かった。

残りのひとりが合流して、乗ったことのない乗り物に乗ろうと「バズ・ライトイヤーのアストロブラスター」に並ぶ。

「バ、バズトイヤーのブラスター？」

「なに？　レッドロブスター？」

まるでなじみのない言葉。70分待ちだそうなので、人気があるアトラクションなんだろう。

「これね、今一番人気のシアター形式のアトラクションだよ。すっごく大人向け」とカッキーが言うので楽しみにしていたら、私たちの番になってビックリ！　ふたり乗りの変なUFOみたいなものに乗りこみ（変なモンスターがついている）、前についているレーザー銃のおもちゃで敵のモンスターをやっつけるという、ものすごく子供向けの乗り物だった。

「ちょっとぉ、これのどこがシアターなのよぉ……（笑）」

「あれ、違ったね～（笑）」

引き続き、乗ったことのない乗り物に乗ろうということで、トゥーンタウンに向かっていたときのこと、みんなの携帯が一斉に「地震注意報」の音を出し始め、地面が少しだけ揺れた。直後、スライダー系の乗り物がすべて止まった。

ネットを見ると、埼玉のあたりで震度5、東京も震度4だという。すぐに家族から次々と、

「今、地震。そっちも揺れてるんじゃない?」というラインあり。

「うん、こっちははじめから揺れてるから問題なし」と返してから、スライダー系が再開するのを待つあいだ、トゥーンタウンで動いているアトラクションに並ぶ。

「これはどんな乗り物なんですか?」

「グーフィーの家の中で、ペンキ塗りが楽しめま~す♪」

それ! それ!
バンバン
仕方ないので
後ろのコニーたちを攻撃して
盛りあがる

「ああ、ペンキ塗りね、はいはい」

とコニーが答えてそこに並ぶことになった。「ああペンキ塗りね、はいはい」って（笑）。

そして案の定、それは実物のペンキではなく、マシンを壁に向けてボタンを押すと、そこにペンキが飛んだように銃から光が発射されるという、想像以上にお子様向けのアトラクション。大人はおろか、小学生ですら並んでいる子は少ないけれど、もうここまで並んだので覚悟を決めて入る。大人3人、数分ほどペンキを発射させて終わる。

そのあとイッツ・ア・スモールワールドに乗り、いろんなディズニーキャラクターが出てくる3Dスクリーンのアトラクションを見て（これは新しくてすごく面白かった。）、ちょっと休憩してからジャングルクルーズとカリブの海賊に乗った。どちらもリニューアルされていて、「こんなの、前はなかったよね〜」というのがずいぶんあり、さすがディズニーランドだと思った。

この冷えたサンドイッチも、ただ甘いだけのお菓子も、不思議な色のジュースも、ディズニーマジックがかかっていなかったら、美味しいとは思うまい。

友人は、このネズミたちのことを「暴利のネズミ」と呼ぶけれど、このパフォーマンス力の高さと、みんなを楽しませている貢献度を考えると、暴利のネズミ、万歳！

夕暮れどき、ポップコーンやアイスを片手に4人でぼーっと休む。建物のシルエットが外国のよう。空はピンク色で、甘い香りが漂っている。ひとりがポツンと、

「幸せってこういうことだよね」

と言った。穏やかで安心で、なにも話さなくてもゆったりできるこの雰囲気……フフ、ディズニーランド、すごいね。こんなに人の多い場所で、今、みんなが「無」になってたよ。

さて、一番最後にファストパスをとったスペース・マウンテンに乗る。これが、ものすごく面白かった。改良されて昔より長くなってるんじゃないかな。そろそろ終わりだろう、というあたりからがすごく長く、叫び声を通り越して自然な笑いが出てきた。涙出た。

エレクトリカルパレードははじめの10分だけ見て、「無理は禁物」と帰り道が混む前にさっさと退散。空いていたので、ディズニーランドを出て45分後にはもう家に着いていた。

5月26日（火）

午前中、ドバイの準備。

お昼、久しぶりにパパさんとふたりでランチ。

一ヶ月後に予約していたという病院の検査の予約が、どうしても受けたい気がしなくて、私と会う直前にキャンセルした、という話から、私が前からパパさんに紹介したいと思っていた治療法の話になり、それが最近のパパさんの思いとぴったりで盛り上がった。お互い、こんな話をすることになるとは思わなかった。

「最近は、どんなことをしているの？」

と聞かれたので、
「きのうはディズニーランドに行って、来週からドバイに行く」
と言ったら黙っていた。
こういうところからコミュニケーションのずれは始まっていくのだろうと思い、ちゃんと説明する。

さて、午後は落ち着いて仕事。

5月27日(水)

きのうパパさんと話していて、実家の物置に小さな頃からの人形やぬいぐるみなどがあるという話から、ママさんが急に思い立ち、人形供養をしに富岡八幡宮に行ってきた。

はじめて来た。下町らしく、鳥居をくぐった左側にものすごく大きくて立派なお神輿《みこし》が二体もあった。ドシンと圧倒的な存在感。

帆「さすが下町ね〜」
マ「こんな重いの、持ち上がるのかしら?」
帆「これは飾り用なんじゃないの?」
マ「そうよね、さすがにこんな大きなのは持ち上がらないわよね」

とか言ってたけど、飾り用なんてあるはずないよね、とあとで気づく。
必要事項を記入して人形を預けたら終わりと思っていたら、少し離れたお祓い処に神主さんと一緒に移動して、一体ずつ、とても丁寧な祝詞が2回もあげられた。こんなに丁寧にしてくださるとは思わなかった。その場所も祝詞もとても清々しく、終わったときにサーッと吹いた風などにも気持ちのよさを感じた。なにより、ママさんが「ああ、スッキリした」と何度も言っていたのでよかった。

マ「ほら、前にママが独身のときから持っていた人形に対して、よくないものが憑《つ》いているとかで、お祓いをしたときがあったじゃない？　あの経験があったから、家に閉じこめっぱなしの人形はよくないと思ったのよね」

その人形とは、ママさんが結婚する前から大事にしていたものすごくリアルで大きな人形で、結婚してからは新居の多目的部屋にずっと置かれていたのだけれど、パパさんも私も「気持ち悪い」とか言うので、ますます見えないところに布に包んでしまっておいたものだった。

あるとき、お祓いをしたり供養をしたりする人がうちに来たときに、なにも言わずにその多目的部屋に入り、布につつんで見えなくなっているはずの人形の包みを遠くから指して（ママさんいわく、そこを見ないようにしながら）「あれはなんですか？」と聞かれたという。布をとるとギョッとした顔をして、供養のためにその人形だけ持ち帰ったのだ。

古いものだし、もう十分に楽しんだし、私や父からの評判もよくなかったので、あっさりと「（持って行って）いいですよ」と言ったけど、あとから（けっこう今でも）「あれはもったいなかったなあ」なんて思い出すことが、当時はたま〜にあったらしい。
帆「そこまでそれが気になっていたっていうこと自体、なにかあったんだよね。でも、今日の分はスッキリしたから、よかったね」

張りきって早くに家を出たので、そのあとに寄るつもりだったミッドタウンが開店前で、駐車場で時間をつぶす。

暑い。今日も夏のような暑さ。

ようやく開店の11時になり、ドバイで会う人たちへのお土産を買おうと思ったら、欲しいものが見つからなくて、履いていたサンダルも足が痛くなってきたので、スーパーで買い物をして帰る。

本当は、これでもいいかなと妥協できる品物が見つかっていたのだけど、足も痛かったし、スーパーのあとにもう一度あのお店まで戻るなんて無理、と思って帰ったのだ。

そして家でお昼を食べて、お菓子も食べたら眠くなって昼寝。

なんだかダメダメな気分だけど、水星の逆行だからこんな感じでもよしとしよう。


起きたら3時。まだ明るい日差しがたっぷりと降り注いで外は暑そう。

再びママさんに電話して、ドバイのお土産の続きを買うために山田平安堂さんに行く。ちょうどいらした山田さんとドバイの話をしつつ、中がビロード張りに分かれている漆《うるし》のジュエリーケースと、文箱のような多目的の物入れをふたつと、小物入れを3つ買った。

ミッドタウンで買おうと思っていた他のお土産も、ここでいっぺんにすんだ。


いい気分で外に出たら、帰る途中でかわいい籠《かご》バッグを見つけた。

うちに帰ると、ちょうどクロネコヤマトのいつも丁寧な人が来ていて、前から聞きたいと思っていたヤマトのシステムについて聞くことができた。

こういうとき、思う。頭で考えていた今日の予定は、神社のあと、ミッドタウンでお土産の第一弾を買い、その後に山田平安堂で第二弾を買い、それから近所のヤマトの集配所に寄って聞きたいことを聞く、というものだった。だから、ミッドタウンでお昼だけ買って疲れて帰ったときは、用事がなにもすんでいないダメダメな気分だった。

でも実際は、一休みして出かけた山田平安堂ですべてが気持ちよくすみ、ヤマトについては向こうから来ていただけてスムーズだった。

ここでポイントなのは、ミッドタウンで足が痛かったときの判断だ。

頭で考えると、痛くても疲れていても、頑張ってあのお店に戻ってお土産の第一弾を買うべき！　となる。しかし、ママさんの「もう疲れたからいいわよ。きっと平安堂さんにあるわよ」という一言で、そうだよね、疲れているんだから、もういいよね、となった。そうしたら、結果的に、とてもいい流れになった。

やはり、頭で考える予定ではなく感性を優先させていいんだな。その時点でたてている予定は、しょせん私の頭で考えられる範囲にすぎない。

　そして、体の痛みもサインだ。あのとき足の皮がむけたからこそ、疲れがマックスで、帰ろうという気持ちになったのだから。

　大きなことも、こんな買い物レベルも、結局、すべての選択はこういうことがサイン。

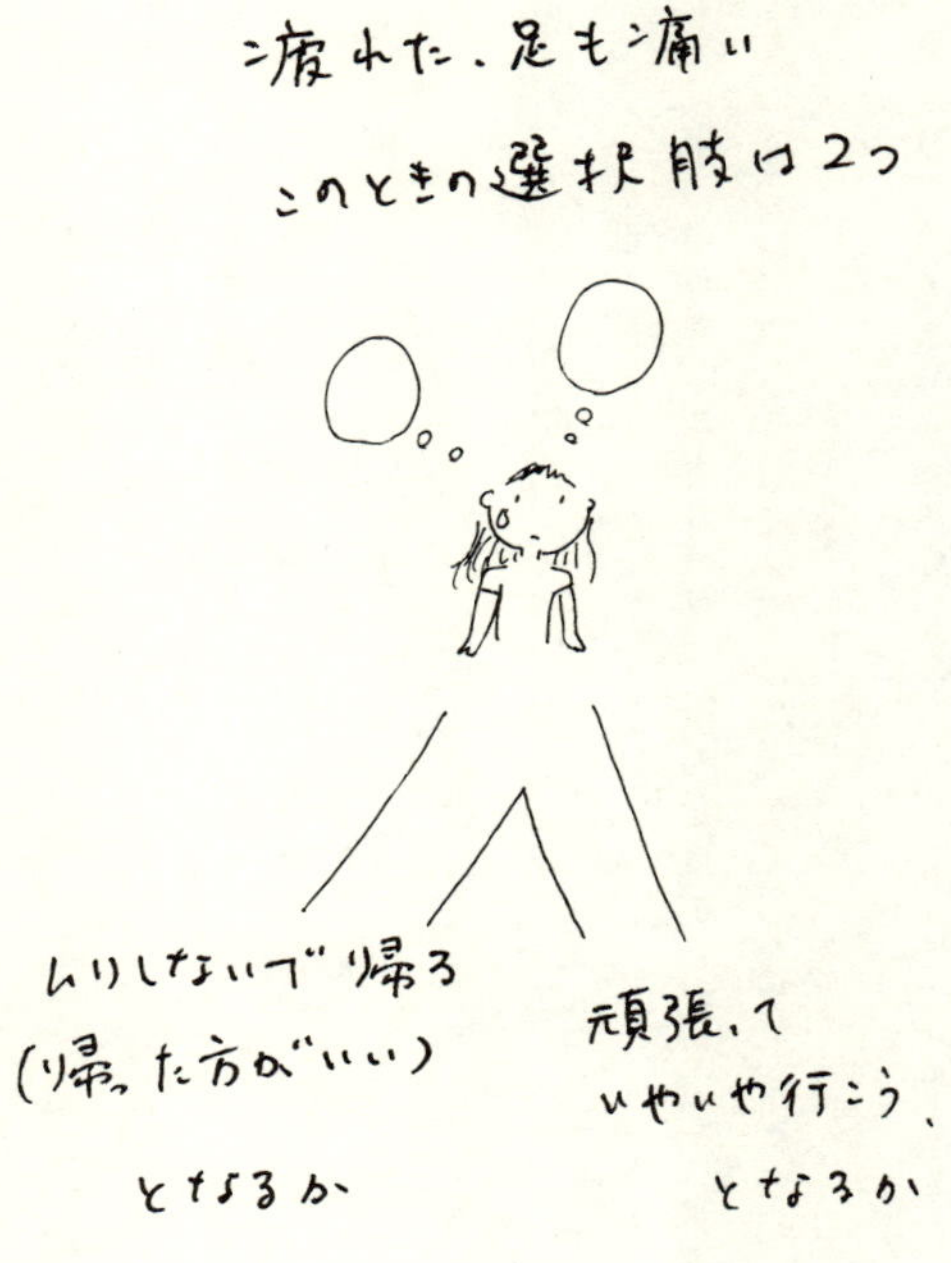
疲れた、足も痛い
このときの選択肢は2つ
ムリしないで帰る
(帰った方がいい)
となるか
頑張って
いやいや行こう、
となるか

とてもいい気分だったのもつかの間、その後、ビックリのことに気付いた。

ある大事な書類の期限が数ヶ月前に切れていることを発見……凍りつく。

まずい、すっかり忘れていた！

大慌てで再交付について調べた。明日、手続きに行く予定

5月28日（木）

今、その大事な書類の更新の待ち時間。

たまに、こういう公共施設に来るのもいいものだな、と思う。

ベルトコンベアーに乗せられているように次の場所を指示され、言われた通りにお金を払ったり、書類に記入したりしているうちに終了した。すごろくゲームをやっているみたいだった。

きのう気付いて翌日の午後には再交付されているなんて、私にしては珍しくスピーディー。

来週からのドバイ旅行について、編集のKさんから非常に気になるメールが来た。私が困ることではないのだけど、その内容は、私が聞いていても「なんだかなにかがおかしい……」と、裏に隠れている不穏な動きを感じ取れるものだった。矢面に立っているのはKさん。Kさんの中では、進む方向はすでに決まっているのだけれど、それでOKかどうかを私に確認するメールだった。

う〜ん、これは……一体どういうからくりでこういうことになっているのだろう。

でも、起こることは常にベストなので、進む方向が決まっている以上、着実に誠実に進みつつ、ことの成り行きを見守るしかない。

5月29日（金）

明日からホホトモツアー、一日早く、奈良県に入る。

日曜の三輪山登山の日の天気予報を見ると、雨マーク、しかも80％なので気が沈む。だって、前後の1週間はずっと晴れマークなのに、その日だけ雨だなんて！

東京駅でスタッフと待ち合わせ。水星の逆行のせいか、まずマンションのエレベーターが待っても待っても来ず、こんなことははじめてで、車を出すにのにもいつも以上に時間がかかり、さらに思わぬ道が渋滞していて、新幹線の時間ギリギリになる。

新幹線の中で、カッキーからライン。

「晴れたら晴れたで、〝やっぱりね〟だし、もし雨でも雨は浄化の雨だし、山に入れないほどの大雨になったら別のものが出てくるから大丈夫」

とある。別のものってなによ？

これを見て、雨だから残念とか失敗とか、そういう判断自体が必要ないと思った。

京都から橿原《かしはら》神宮行きの電車に乗り、ホテルにチェックイン。

まず、橿原神宮まで歩いて行ってみることにする。

奈良は盆地だからか、思っていたよりずっと暑かった。でも、今は湿度がないので快適。まだまだお散歩日和が続いてる。

橿原神宮の一の鳥居から参道への眺めは、素晴らしく清々しかった。前来たときと同じように、「いいなあ」と思う。本殿へ向かう門をくぐったときの、広々とひらけた雰囲気!!

社務所に寄ってご挨拶したら、ちょうど神職の方たちが明日のホホトモツアーの正式参拝のことを話していたところだったらしく、私たちが突然現れてびっくりしていらした（笑）。

今日は普通にお参りして、かわいいコロンとした玉のついているお守りを買う。明日合流するスタッフにもひとつ買った。

夜は近くの和食屋さんで。

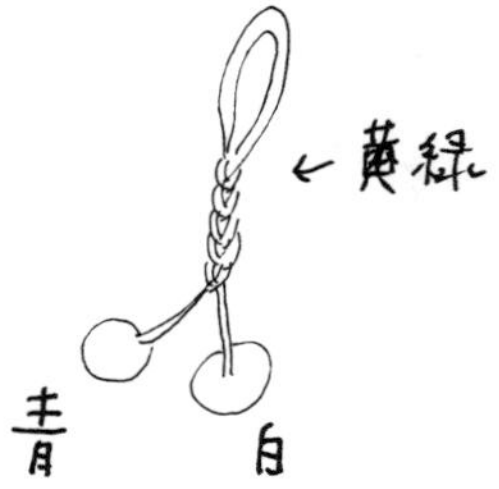

今回の
バッグの色に
ぴったり

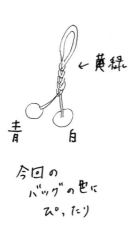

2／25〜　カンボジア旅行。高山さんと

茶色部分にタイヤがはまったら抜け出せない（汗）

地雷。あまりに非現実で、おもちゃにしか見えない

ゴミは基本、すべて地面に捨てる

ボクが、とても小さかった

孤児院で。ボーダーシャツ(右)がおこぼれにあずかった子。左がタン・ヴィサール君

3／2　Bちゃん、こんな砂煙の中で
道がわかるなんてまさに神業！

異国人の感性、この人たちに見えている草花

3／3　アンコールワット。
明るくなってきたら、たくさん人が！

これを見るために来た……満足

隣は高級リゾート……

外はこんな様子

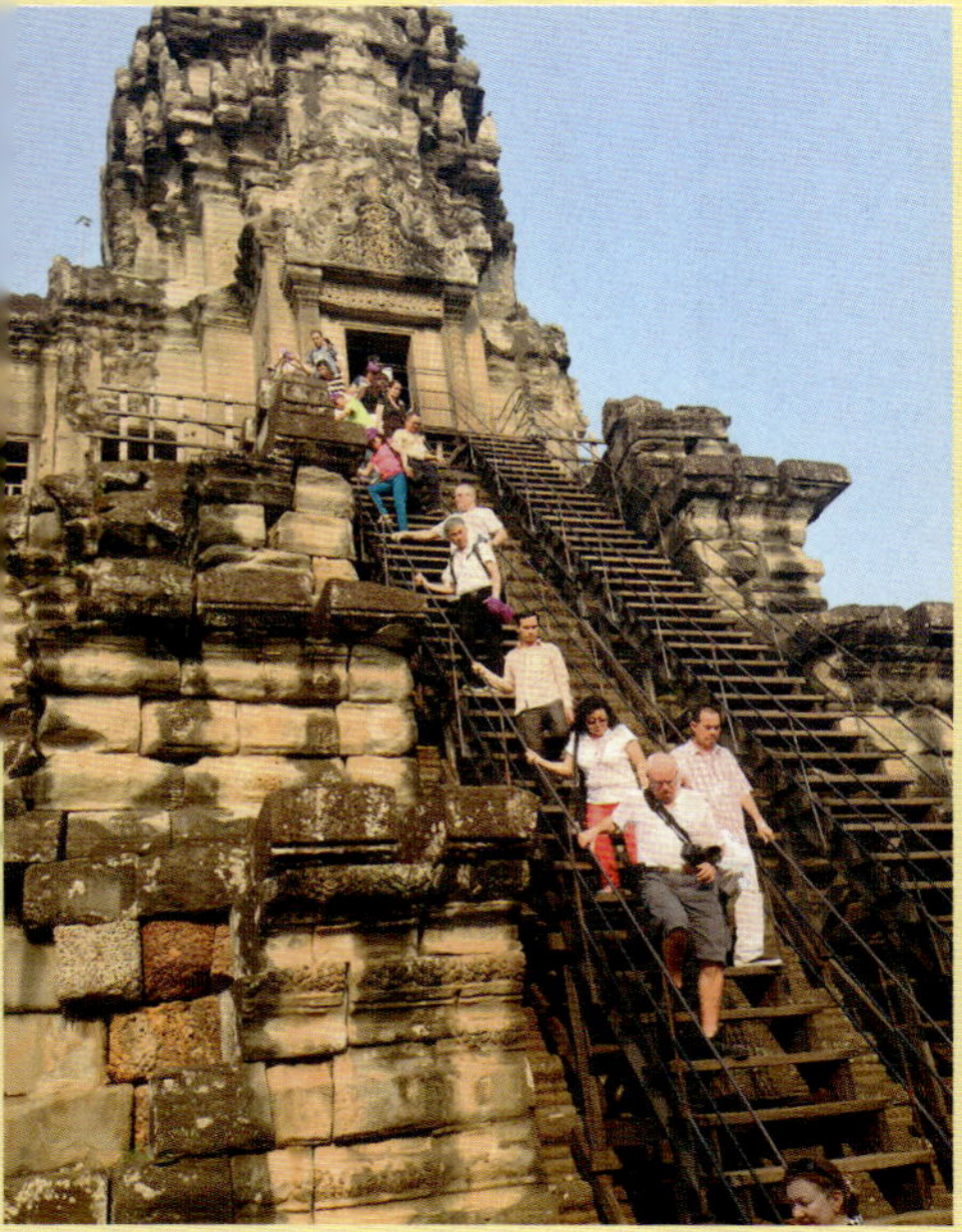

目的は達成したけど、一番手前の遺跡だけは見た

草で編んだ箱。中に小鳥を入れてくれる♥

森本さんの工房。空港で妊婦に間違われた洋服

アルチザンアンコールより

軽井沢の「私スペース」

3／25　焼き芋

キャビネットに描かれていた天使

新刊企画のダイジョーブタシール♪

4／11　長崎ホホトモサロン。Ritsukoさん

AMIRI新作ピアス

4／12　サイン会(@長崎メトロ書店)

5／30～　ホホトモ三輪山ツアー

とてもよくしてくださった
橿原神宮の方々

6/6～　ドバイ旅行

エミレーツ航空機内は、夜になったら星空に！

イスラムの人がいる図、新鮮だった

ブルジュ・アル・アラブの専用リビング

ワン&オンリー
ロイヤルミラージュ

アブダビのグランドモスク

6/9　ロイヤルファミリー宅のディナー。
お気に入りの洋ナシのガラス蓋

マクトゥーン夫妻と

砂漠にペルシャ絨毯は合う！

Lamaさんのレバノン料理

これが一緒だった！

ブルジュ・アル・アラブの
プライベートビーチから

ママ、迫力あり……

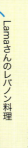

5月30日（土）

起きたら快晴。まぶしいほどの日差し。

集合時間までに時間があるので、部屋についているパズルと奮闘する。

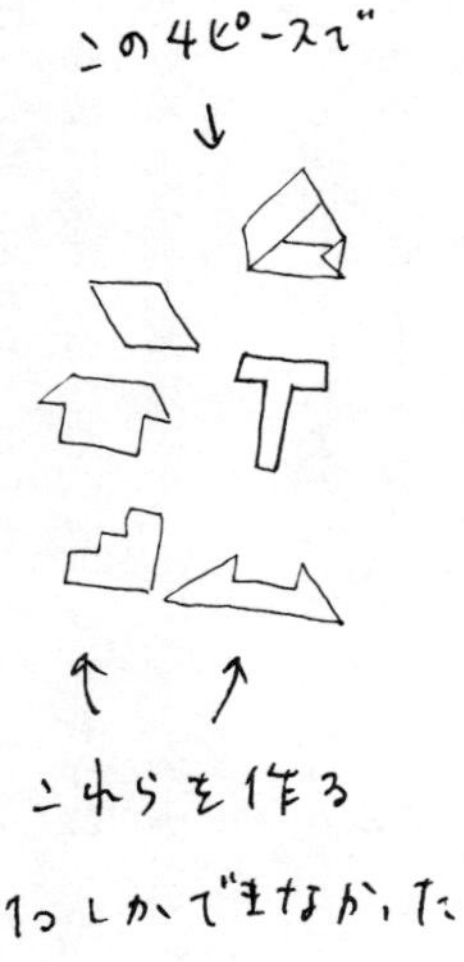

全員がそろったそうで、皆さまの待つバスに向かった。この独特の緊張感とワクワク感は、ホホトモツアーならでは！

はじめに皆さまに挨拶。橿原神宮の簡単な説明もする。

数分で橿原神宮に着いた。お迎えにいらしてくださっていた神職の方々と一緒に一の鳥居をくぐる。

今日はきのうにも増して夏のような日差し。太陽の光と緑が刺すように迫ってくる。

そして、今日も変わらずに清々しい一の鳥居からの景色と、本殿への門をくぐったときの全景、ホホトモさんにここを味わっていただけただけでもよかった。

手水舎で手と口を清めてから神楽を拝見し、本殿の中で正式参拝をした。清々しかった。驚いた。普段は入ることのできない白い玉砂利の道から中の敷地へ門をくぐると、本殿後ろの山からサーッと風が流れてくる。広々とした中庭の石は、竜安寺の石庭のように流線を描いて掃《は》き清められ、そこにどっしりとした楠《くす》の木が植わっていた。この流線は、毎朝、掃除のあとに描き直すという。

今、ちょうど本殿の屋根を修復しているそうで、屋根近くの足場に登り、本殿の屋根をさわらせてくださった。近くに行くと、屋根の四隅は想像以上の大きな反りで空に伸び、屋根の木材は50センチくらいの厚みにまで重ねられていた。

こんなタイミングで屋根の修復を見せていただいて、とてもうれしい。

そのきれいな流線のついている玉砂利の敷地内で、記念撮影をさせていただいた。楠の木の下、拝殿を背景にして。

ここの神職の皆さまは、とても親切で気持ちよかった。きのうももちろん、今日ご案内くださったどの方たちも気持ちがいい。また来たい。

お昼は「ヴェルデ辻甚」へ。一軒家ウェディングもしているレストラン、建物も味がある。

まず、このツアー全体で感じていただきたいことを話した。すなわち、「雨だから困った、雨だったから失敗、残念」という判断自体が必要ないこと。すべてをそれでよかった、と捉えると、その物事自体が好転する、という話をメインに、ミニ講演。

そのあと、各テーブルを20分ずつまわる。

皆さまの自己紹介で、今日はじめて出会う人たちの名前を記憶する。

次のバスで、はじめのQ&Aをした。今回も、多種多用な質問がたくさんある。イライラしたとき、マイナス思考に陥ってしまうときの心の対処の仕方、個人事業主になるときに出てくる悩みや、他人との比較にまつわる悩み、意地悪や嫌味を言われたときの対処の仕方、親の介護や家族間の問題、自分の親から受けたトラウマと同じことを自分の子供にもしてしまっているように感じる育児の問題、自分の決断によってまわりに迷惑がかかるかもしれないという決断の仕方、見えない世界の探求についての質問、神話の世界と現実世界の関係、寝ているときに見る夢の話、夢の実現とイメージングのコツ、死生観について、潜在意識と顕在意識の話、ライフワークやお金の問題など、なるほど、こういう質問が出てくるか、と興味深く拝読し、私だったらこうするな、というものをお伝えした。

それから水星の逆行の話もした。


そんなことをしているあいだにあっという間に阿紀神社に到着。ここも、前回来たときに好きだったというだけで、特に有名でもないし、社務所もないし、お守りを売っているようなところもなく、どちらかと言えば寂れている。

鳥居は畑の奥にあり、大型バスが乗り入れることはできないので、近くの空き地にバスを停めてみんなで歩いた。閑散とした畑の道をホトホトモさんがテクテクと。

畑にいたおばあさんが目を丸くして見ている。「この先になにがあるんだい？」と顔に書いてあったので、「阿紀神社に行くんです」と心の中で伝える。すると、そのおばあさんがうなずいた。

お参りを終えてから、さっき歩いているときに気になった看板のところに行ってみる。見直すと、やはり「高天原まで徒歩５分」とある。

「高天原、意外と近いねえ（笑）」

と、みんなで行ってみることにした。

林の道を数分登ると、少しひらけた高台に出て、そこが高天原らしい。

こんなところに来たんだからなにかしよう、と43人全員で円になり、瞑想をして、「今ここ」を味わった。

「全員が円になったとたんにゴゴゴ～って動き出したりして～」とか、「ＵＦＯが来そうだよね」とか言っていたけど、来なかった。

前回は車だったので鳥居の近くに停められたのに、今回は皆さまを歩かせてしまって悪いなあと思っていたけど、歩いたからこそ、高天原の看板に気付くことができた。

旅館に入る。夜ご飯の衣装は、黒のホルターネックのワンピースにした。

夕食、皆さまだいぶ打ち解けてきたようで、どのテーブルも楽しそう。

潜在意識と顕在意識の使い方、というかバランスについての質問があった。

私が捉えている両方の意識の使い方について。なにかを決めるときは１００パーセント潜在意識。どちらにワクワクするか、どちらが居心地よく感じるか、どちらにモヤモヤするかという感覚で決めていい。そして決めたあと、それを実行に移すときの計画をたてるのが顕在意識だ。スケジュールを組んだり、ある程度の期日を決めたりなどの事務的な手配は、顕在意識の出番。


次に、これからの時代に必要な「自分のエネルギーを漏《も》らさないようにすること」という話もした。エネルギーを漏らさないようにするとは、自分が本当に居心地のいい気の合う人と少人数で付き合うべし、というあの話。これからの時代は、大都市、多人数、大会社とい

アフリカっぽい
黒の革のベルトのような…
スカーフに
とりかえる

うような「大きなもの」が、権力で下を従わせる形ではなく、少人数で本当に興味のあることに心を傾ける団体が力を持つようになると思う。力を持つ、というのは、まわりの人たちを説得して参加させるのではなく、本当にワクワクして動いていくと、結果的にまわりの人たちを巻きこむのだ。

それから、「直感で決断したあとの話」……これは面白かった。その人は、自分の直感を信じてマンションを買った。その当時、独身なのにそんなものを買う必要はない、という占い師の言葉にはなんだかモヤモヤしたので従わず、自分の直感のとおりにマンションを買い、それには満足している。ただ、そのマンションを買うときに、やはり条件や妥協案などいろいろなものを考慮して、感覚的にはちょっと気になる部分があったけれど、頭で考えてその物件を選んだ。しかし、購入したあとに、その気になった部分がどんどん膨らんでしまい、「どうして直感では気になっていたのにそれを無視してしまったんだろう」という後悔（残念）を感じているという。

そこで私が答えたのは、こう。まず、はじめに気になった部分が後々まで影響を与えるということを体験して、「直感というのは本当にある」ということは証明された。それをお勉強（体感）するためにそれがあったので、その出来事の目的は終了した。なので、過去のその選択が、いつまでも今に影響を与えることはない。

次に大事なことは、自分の選んだその物件が、今後どんな面白い展開をしていくことになるか、そこにワクワクすることだ。だって失敗はないのだから、どんなふうに「これでよかった」という結果になるかを楽しみにしていればいい。

最後のテーブルで一番笑ったのは、「いつかホホトモ老人ホームを作ってください」と言われたこと。それ、たしかに楽しそう、と言うか、イメージできる。いつもみんなで集まって、ゆるく楽しくワイワイやってそう。そして、毎日笑ってるからみんな長生きしちゃって、いつも満室のホームなのだ。

誰かが「そうすれば、ホホトモツアーに行くときの待ち合わせ場所もみんな一緒で便利じゃないですか?」とか言っていた（笑）。

5月31日（日）

今日は、三輪山登山の日！　起きたら、やっぱり！　雨が降っていない!!

曇りで、山登りにちょうどよさそう。まだ目覚ましが鳴らないので、ベッドの中で、今日の三輪山で繰り返す、自分の願いや思いを整理する。

朝ご飯。ホホトモの皆さまの様子を見に行っていたスタッフによれば、「朝からみんなすっごく楽しそう。あっちで爆笑、こっちで爆笑」という感じらしい。フフフ。

三輪山のある大神《おおみわ》神社へ向かう。

大神神社の鳥居をくぐって、まっすぐに大神神社の敷地内にあり、三輪山の入り口である狭《さ》井《い》神社へ。ここで登拝のときに身につける白いタスキを全員分いただき、山に入るときの説明を受ける。神の山である三輪山では、登り始めたら写真撮影や飲食は禁止、私語も慎むこと。

「自分の家に勝手に他人が入ってきて、写真を撮ったり、石を持って帰ったり、飲み食いをしたらとても無礼ですよね」という説明がとてもわかりやすかった。そして、参拝なので、登山ではなく「登拝」と言う。山の入り口でお祓いをして、鳥居をくぐる。

三輪山は、私が数年前にはじめて登拝したときに、「神様に質問をして答えを受け取る」という感覚を、はじめてリアルに体験できた場所だ。神の山ということでエネルギーが強いために、わかりやすかったのかもしれない（詳しくは『福来たる　毎日、ふと思う⑫』へ）。だから、ホホトモの皆さまにも、自分が知りたいこと（質問）をいくつか用意しておくといいと、伝えてあった。あとは、すべてを偶然と思わず、そのとき感じたことや耳に入ってくることに注意深くなればいい。

私も、今朝ベッドの中で考えた、神様にお答えいただきたい質問4つを心で繰り返しながら登る。ひとつ質問したら、ちょっと時間を置いて返答を待つ。ひとつ目の質問……答えなし。ふたつ目の質問……答えなし、三つ目……なし。四つ目……なしだったので、テヘへと笑って、登ることに集中する。

10分くらい経ってからもう一度同じ質問を繰り返したら、ひとつ目の質問とふたつ目の質問のあと、私の中に浮かんできたある言葉があった。面白いことに、ひとつ目とふたつ目は違う分野の質問なのに、どちらも同じことが思い浮かんだ。でも考えてみると、ふたつの答えは共通していたことに気付いた。三つ目の質問を心に浮かべたら、とても楽しくてワクワクする感覚が襲ってきた。四つ目は、聞く前から答えはわかっているようなことだったので、浮かんできた言葉に納得する。

こうして、すべての質問に私なりの答えが出たので満足。すべてのからくりが解けて、腑《ふ》に落ちた、という感じ。あとは登ることに集中。

途中、少しひらけた場所に出た、と思ったら、なんとそこが頂上だった。

「え？ ここ？ ここはまだ途中じゃない？ え？ こんなに近かったっけ？」とキョロキョロしてしまう。ホホトモさんの持っていた地図を見せてもらって、何度も確認したくらい。

というのは、前回は、「もうそろそろ頂上だろう」という場所から先がものすごく長く、思った以上に苦しかったので、皆さまにも「思った以上になかなか大変」とお伝えしていたからだった。

こんなにすぐだったなんて……。そのときに浮かんだのは、「ゴール、意外と近いな」ということだった。さっき、私が心の中で繰り返していたメインの質問について、まだまだ先は長いと思っていたけれど、たぶん「え？ もう実現？」という感じで、あっという間にゴールがくるだろうなと思ったのだ。

時間の感覚って本当に不思議。前回は今日の3倍くらい長く、つらかった。

山の麓《ふもと》で皆さまと合流して、お昼はお弁当をいただく。

午後は檜原《ひばら》神社に行く。ここは元伊勢で、前回来たとき、社の後ろの山から吹いてくる風が清々しくて好きだった神社。

ここに向かうまでの道も、とてもよかった。振り返ると、新緑の生い茂るのどかな一本道をホホトモさんたちが一列で歩いていて、とてもかわいかった。

道中、三輪山に登ったときに感じたことを、いろんな人が報告してくれた。「え？ そんな言葉が本当に聞こえたんですか？」と、驚くほどリアルで長い文章の人もいる。

その中のひとりは、きのうの高天原で「高み」という言葉と「楽」という文字が浮かんだらしい。それを思いながら三輪山に登っているちょうどそのとき、私が、横から皆さまを追い抜いて、小走りに何メートルか先に登っていくのが見えたという。たしかに、登り始めてすぐの頃、私はみんなでゾロゾロ歩くペースより速く行きたくて、途中で何人か追い抜いた。

で、それを見た彼女が思ったのはこういうこと。

「自分ももっと速いペースで進んだほうが疲れないような気がしていたのだけど、前の人の後ろをついて歩くものだと思いこんでいて、先に行く、という選択肢がなかった。でも、人にとって居心地のいいスピードは違うから、私は私のスピードでいい、自分のペースで進んでいけば『高み』に行ける、そして、それが私にとっての『楽』な方法だ」

すごいね、パズルのピースとピースを合わせた謎解き。そういう感じで受け取れるようになると、早いよね。

こんな人もいた。

「あることを考えていたら、下山してくる知らない人たちが話していた会話の中から『神様がいるから大丈夫だよ』という言葉が耳に入ってきて、だから大丈夫なんだと思いました」

またある人は、「体力が心配で最後まで登れるかどうか不安だったけど、無事に最後まで登ることができました」と報告してくれた。これを聞いたとき、私は「これこそ、この人への答えだ」と思った……というのは、この人からのQ&Aに、こう書いてあったから。

「今の状況を維持するならば、今の職場で働かないといけないのだけど、体力的に心配なので、もしかしたら辞めなくてはいけないかもしれない、もし辞めることになったら、大好きな家のローンが払えなくなるから、家も売らなくてはいけなくなるかも……」

詳しく聞いてみると、まず、その家自体にはとても愛着があるらしい……じゃあ、家を売るという選択肢は絶対にないよね。大好きな家のために仕事をするなんて、楽しいことだ。そして、今の職場や仕事自体も好きだという。

実は、この人からは以前も職場について質問をされていたのだけど、前に聞いたときより労働環境がよくなったそうで、彼女の体力を消耗するようなシフトはなくなったという。

すごいじゃん、ちゃんと変化が起きたじゃない!? むしろ、この状況のどこに心配を感じるというのだろう。体力? だとしたら、さっきの三輪山で思ったことが答えだよね。

「体力が心配と思っていたけれど、登ってみたらちゃんと頂上まで行くことができた」ということ、つまり心配しなくて大丈夫、ということだ。

こんなふうに、自分のある分野で起こっていることと別の場所で起こっている物事は連動している。それぞれのパーツをどう組み合わせて解いていくかが面白いところ。人生の謎解きゲーム。

他にも、「メッセージがちゃんときているのかどうかわからない」とか「なにかが浮かんでも、それは私がそう思いたいから思いついていることなのかもしれないから、どれがメッセージなのかわからない」というような質問もあった。

そういうときは、「今の私にわかるようにメッセージをください」と宇宙にオーダーすればいい。たとえばある人は、登っているときに「奇跡は必ず起こるよ」という言葉が浮かんだけれど、「それは私がそうなってほしいから思っているだけのような気がする」と言っていた。わかる、特にそういう内容の言葉だとね。

たとえばそのときに「もっと私が納得できるようなわかりやすい方法で教えてください」とオーダーしたとする。するとたとえば、送られてきたハガキに「奇跡は必ず起こる」という文字が書いてあった！　というような見せ方をしてくれるかもしれない。これなら、絶対に自分が書いたものではないのだから、わかりやすいよね。

これはただの一例だけど、メッセージを受け取るというのは、そのとき限りのことではなく、家に帰ってからも続いているのだ。

そんなことを最後に皆さまに話し、檜原神社にお参りして、拝殿の裏にある珍しい三鳥居の説明を聞き、バスに戻る。

今、皆さまをお見送りして、今晩泊まる旅館にチェックインしたところ。

今回も、両日ともいい運転手さんだった。特に今日の運転手さんは、三輪山から下山してくる私たちを迎えに来るために、大型バスの駐車場から何度も往復してくれたし、最後、皆さまを3か所の駅に下ろしたときに、ひとりが荷物を置き忘れたら、下ろした駅まで戻ってくださった。そして最後は、今日泊まるこの旅館まで送ってくださった。本当にありがとうございます。

すべて、とてもよかった。

この二日間の高い波動のエネルギーを、東京でも維持しようっと。あ、そうそう、さっき皆さまと別れた直後、「このエネルギーを維持してドバイに向かおう」と思ったら、目の前の横切った車のナンバーが1番だった（1は私のラッキーナンバー）。

6月2日（火）

気付いたら、あと三日でドバイ旅行。

途中で勃発した不思議な事件は、まだ落ち着いていないようだけれど、それも答えが出るだろう。ネイルをアラビアっぽくしてもらった。

もう、旅行まで、他の仕事が手につかない。

6月5日（金）

この一ヶ月で急に髪が伸び、ストレートパーマをかけた上にボディパーマをかけた部分が、この数週間でとれてきたみたいで急にモワモワしてきたので、このままドバイに行くのはどうしても嫌だ！　ということで、ひとっ走り、美容院に行ってきた。

いつもの担当さんがニューヨークから帰り、今日からまた日本勤務なので、忙しい予約の合間をぬって指示を出してもらう。今日は急にお願いしたので、カットは帰ってきてから。「ちょっといろいろあったので、また次回ゆっくり聞いてください。浅見さんの話もいろいろ聞かないといけないし（笑）」

とか言ってた。

ところで、今晩出発するというこの忙しいときに、長文の原稿チェックがきた。数日前に、うちのスタッフから「5日から12日深夜まではいないので」と先方に連絡してあるはずなのに、出発当日の昼間にこの連絡。しかも期限は11日までだという。旅行中じゃん。「あのメールを直前に読んで、慌てて原稿を作って送ってきた、という感じですよね〜」とスタッフも言っている。もし、私の出発する便が午前中だったらどうするつもりだったんだろう。仕方ないので、出発ギリギリまで読んで、修正作業をする。思っていた以上に時間がかかった。

こういうことって、全部自分の目線で考えているから起こることなんだよね。

つまり、「まさか相手が長期でいなくなるとは思っていなかった」「まさか確認の原稿にこんなに赤が入るとは思っていなかった（もっと簡単にＯＫが出るものだと思っていた）」などなど、自分の中での「こういうつもり」をベースに仕事を進めているとこうなる。うちの社内でも反省事項にしよう。

さて、無事に提出して、すっきり。

６時にお迎えが来て、成田へ向かう。

６月６日（土）

きのうの夜中の４時頃、ドバイに着く。
ドバイ国際空港は、ドドーンと大きかった。飛行機を降りてから空港ビルまで移動するバスも、けっこう長く乗った。
マ「あら、意外とこの暑さ、大丈夫な気がする」
帆「ママ〜（笑）。まだ夜だから！　太陽すら出てないから！」
マ「そうか〜（笑）」
「マリハバサービス」というウェルカムサービスに申しこんでいたので、ビル内を移動する車が待っていてくれた。日本だと、空港内を移動するこの車に乗る人って、搭乗に遅れた人か、またはご年配というイメージがあったけど、この空港は広いので乗る価値あり。かなりのスピード。

エミレーツ航空の送迎サービスでホテルへ。

ＪＷマリオット マーキス ホテル ドバイへ到着。近代的な普通のホテル。ホテルの正面には建設中の巨大ビル。

アーリーチェックインの準備ができるまで、下のラウンジでお茶を飲む。

まだ、まったくドバイを感じられない。新宿副都心にいるような感じ。

アーリーチェックイン用の部屋で着替え、８時半に、日本の大手設計会社のドバイ支社長Ｆさんがお迎えにきてくれた。今日もとても日本語が上手。

4人が向かい合わせに座れる居心地のいいベンツの大型ワゴンに乗る。

ドバイの地図をさらっと見てから、まずはドバイの高層ビル群を一望できるドバイマリーナへ。向こうにニョキニョキとそびえるビル群がせまってきた。

美しいハーバーを手前に、ものすごい高さのビル群が続いている。

これは……すごいかも……。

どのビルもとっても個性的な形で未来の高層都市という感じ。さすがFさん、設計会社だけあって、それぞれのビルの特徴や資本の流れなどを詳しく説明してくれた。

このエリアが数十年前まで砂漠だったなんて、信じられない。統率力のある指揮官のもと、計画性のある街、計画性のある環境設計がなされているんだろう、ということが随所に感じられる。

現在のアラブ首長国連邦（UAE）という国ができたのは1971年。ドバイは7つある首長国のひとつで、独立前は他の首長国と一緒にイギリスの保護下にあった。もともとは真珠や漁業をいとなむ小さな漁村だったのが、1960年代に石油が発見されて一気に豊かになる。

が、現在のドバイの繁栄を築いた名君のラシード首長（1990年没）は、石油はいずれなくなることを当時から見越し、石油以外の富をもたらすために産業の多角化を考える。それが金融、流通、観光などの経済政策だ。

経済特区（フリーゾーン）での海外資本への優遇、ヨーロッパとアジアを結ぶドバイの地理上の利点、そこで暮らす人たちの暮らしやすさ、国からの手厚い保護などを聞いているだけで、自由な気持ちになる。ドバイ国民は教育も医療も無料、水道代も無料、海外への留学も国がお金を出してくれる。

たくさんの外国資本が入って国が豊かになれば、国民の自分たちもますます豊かになる（ありがたい）、という感覚のため、ドバイ人は海外の人に対してとても友好的だという。残念ながら、これはまだFさんから聞いただけの情報なので、自分の肌で感じることはできていないけど、パブリックとプライベートのセクターがきちんと機能している感じがするな。

それにしても、この景観の美しさ。

「どうして日本のマリーナにはこの雰囲気が出ないんだろうか……」という、海外に行くといつも思うことを、またここでも思う。

「やっぱり湿度じゃない？」

「あのベトッとした日本の海特有の塩害とか、ね」

「日本のウォーターフロントは、産業がメインでロジスティックスの視点で建物を見ていることが多いから、景色がつまらなくなるよね」

とFさん。埋立地で、新たにその土地を自由に設計できるとしても、なんの個性もない「ただ埋め立てている」という土地ができあがる。ドバイのパーム・ジュメイラのように、空から見ても美しく、地上からもウォーターフロントの景観を増やすような大胆な構造になっている場所はほとんどない。

地震と津波もあるし、海と陸の管轄が別だからね。

ふう……それにしても、今のシーズンは夏なので、少し歩いただけで汗が噴き出る。

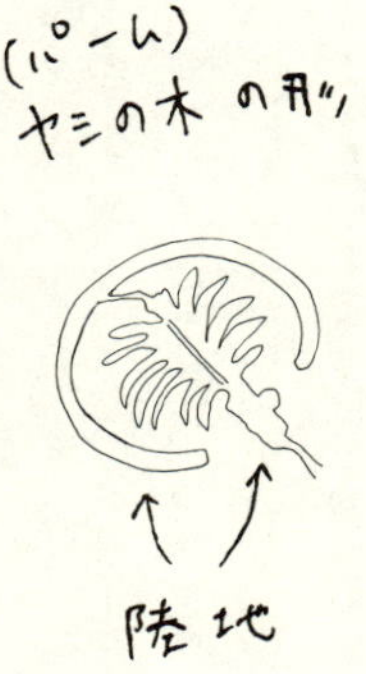

ビーチロードにあるカフェ「Big Chefs」でひと休み。

「ミント&レモンジュース」という飲み物が美味しかった。フタをとっただけのジャーのようなガラス瓶になみなみと入って出てきた。それから新鮮なチーズや野菜とパン。

Fさんは、店員さんとはロシア語で話し、私たちとは日本語。英語はもちろん、アラビア語も話すし、奥様が韓国の人なので韓国語、そして自分がドイツ出身なのでドイツ語も話すという……。家庭では、奥さんとは日本語がメイン、子供たちはお母さんと話すときは韓国語で学校ではアラビア語で話しているらしい……すごい。

でも……この国ならそれができるかも……。最高の教育がそろっているようだし、各国の各分野のすごい人たちが集まっている。経済特区を作った意味はここにあるよね。海外からの「いい人たち」が入ってくるということ。

外は暑い。今、45度。それでも日本ほど湿度はないので、日本の45度よりはすごしやすいけど……暑い。

ビーチの向こうには、今開発中の「ブルーウォーターズ」という島があり、大きなクレーンが何本も動いているのが見える。こっち側の真っ白なビーチには、パラソルの下で寝そべっている人たちと、その隣を歩くラクダ……、なんだかよくわからない。

高級住宅地エミレーツヒルズの中にある「モンゴメリークラブ」というゴルフ場に行く。わかりやすい高級ゴルフクラブ。ハワイのように、フェアウェイの向こう側に個人のヴィラが並んでいる。この暑さの中、プレイしている人がいた。

アドレスをしている時間がすごく長いので、はじめ人形かと思ったくらい。

ゴルフ場には不似合いな大きな麦わら帽子にリゾートの格好で、カートに座って写真を撮る。それからゴルフショップでパパさんと弟にポロシャツを買う。

ランチは、ドバイ・インターナショナル・ファイナンシャル・センターで。日本の大手町のようなところだけど、外観は、超未来型人工都市。巨大なビル群が、今日は土曜なのでシーンとしている。人がいないのが不気味。

日本食レストラン「Zuma」をのぞいてから、隣の「ル・プティ・プゾン」へ。ここは多国籍の人たちが集うおしゃれな空間だった。パリのレストランみたい。

ザッと見ただけでも、アメリカ、中東、ヨーロッパなど、いろんな外見の人たちがいる。アジア人は私たちだけ。

エスカルゴと白身魚のカルパッチョとパスタ、鴨肉などを食べてお腹いっぱい……。

ここでホテルに戻ってシャワーでも浴びたら絶対に眠くなってしまうから、ということで、そのままグランドハイアットのロビーでケーキを食べる。Fさんがこのホテルのレジデンスに住んでいるので、ロビーでお茶をしていた奥様やお嬢さん（小学校低学年）にも会えた。

韓国語と日本語と英語を話す、Fさんのものすごくかわいい女の子をじーっと観察してしまった。日本人がこの国で子供を育てる最大のメリットは、子供があっという間に何ヶ国語かをマスターできることのような気がする。当然、外国人への枠もなくなるし。


「ドバイに今日着いたなんて信じられないね〜」

と何度も言い合いながらケーキを食べて、お茶をして、そろそろ暑くなくなってきたなという頃に、バスタキヤ地区という古いドバイの町並みが残るエリアに向かった。古いドバイというけれど、ほんの数十年前のことだ。

ここは、道も建物もすべてベージュの石でできている。イスラムの伝統的な家は、１階に窓がない（空気を入れるような小さな穴くらいしかついてない）。それは、イスラムの戒律の掟《おきて》から、外の男性からその町の女性が顔を見られないようにするためだという。日本の住宅地と同じような狭い路地に、窓もなく箱のように並んでいる家は、まるで牢屋のよう。でも中に入ると、広い中庭があって空も見えるし、中庭を見下ろすように2階にはグルリとテラスがついている。かなり明るいし、ある意味、日本の家より空から日が差しこんで開放的なんだけど、「女性が見られないように」というその理由のためか、どうも息苦しさと哀愁を感じてしまう。

クネクネ曲がったこの道も、そのエリアによそ者の男性が入ってきたときに、道の先に向かってそれを知らせるためらしい。その合図があると、女性は急いで家の中に入るのだそうだ……フーム。

舟で対岸に渡り、スーク（市場）へ行った。船の底が思った以上に薄い普通の板なので、落ちないようにしっかりとママさんをつかむ。「私につかまらないでよ～（笑）」と言っているので、ママが落ちないようにつかんでいるんだよ、と心の中で静かに思う。

川には、昔、アラビア商人たちが使っていたアラビア船が並んでいた。

香辛料専門のエリアや繊維織物のエリアを抜けて、ゴールドスークに入った。ここ、とても来たかったのでうれしい。希望としては「2回行ってもいい」ぐらいに思っていたけど、暑すぎて、そうそう歩けない。

群れて歩いている真っ黒なアバヤ姿の女性たちも、よけいに暑い。

この全身を覆うイスラム教の衣装（アバヤ）、だんだん慣れてきた。さっきショッピングモールの中を歩いたときに、長身の素敵なカップルと一緒に写真を撮ってもらったんだけど、アバヤを着て全身を隠していても、この人は絶対に美形だな、ということはわかるものだ。そしてそういう人はたいてい、ベールの下からものすごく派手なブランドものがチラッとのぞいたりする。

いくつかお店に入ったけど、あまり好きなテイストのものはなかった。こっちのゴールドの細工は、たとえばバングルなど、凝っているのだけど裏が抜けていて薄く、あまり好きな感じじゃないんだよね。もっとsolidな感じがいいの。

それから、金でできた鎧のような飾り具とか、王冠みたいなかぶりものとか、その手のものもたくさんあった。婚礼の衣装だと思う。

もっとゆっくり見たかったけれど、男性陣もいるので早々に退散。他の人がいるところで買い物なんて、まずできない。

今日一日、本当に長かった。

とてもレストランに入る元気がなく、スーパーで飲み物や果物を買ってホテルに戻る。

ここでホテル側とコーディネーターとのあいだにアクシデントがあったそうだけど、無事に部屋に入ることができたので、すぐに眠る。

6月7日（日）

グッスリ眠ってぱっちりと目が覚めた。

カーテンを開けると、建設中の大きなビルがドドーンと見える。その向こうに見えているあのベージュの部分は、もう砂漠なのだろう。どこを向いても、建設中のビルが視界のどこかに入る、これがドバイらしい景色なのかもしれない。

このホテルは355メートルで82階建て、ホテル単独の建物としては世界一の高さらしい。

でも、私の部屋は
9階なので
82階建ては
感じられない
世界一高いホテル
(の9階)

今日は、予定されていたシャーバーニ閣下との面会が、閣下がドバイ郊外での公務になってキャンセルとなったので、日本のパン屋さん「山の手」のオーナーと面会する。日本のパン屋さんと聞いて、日本人のオーナーかと思っていたら、なんと、ロイヤルファミリー出身のご夫婦が経営するパン屋さんだった。

奥様は、HAMDA AL THANIという財閥出身の奥様。ご主人はSHEIKH SUHAIL AL MAKTOUMという王族の出身。AL MAKTOUMと言えば、その昔、アブダビから移ってこの地にドバイを作った建国の一族。現在のアブダビの首長であり、UAE全体の国王も、このマクトゥーン家の一員だ。UAEは世襲制の絶対君主王朝なので、このロイヤルファミリーや財閥がすたれることはないらしい。

街の中心からちょっと外れた、小さなお店が並んでいる通りの一角に、突然日本のパン屋さんが現れた。

外からはわからないけれど、中に入るとかなり日本。この香り！　日本人の職人が日本の材料で焼いている100パーセント日本の味。アンパン、焼きそばパン、メロンパン、カツサンドやクリームパンや、トトロのようなキャラクターパンまである。一族全員日本が大好きで、特に奥様が、日本の繊細な「かわいいもの」が大好きだという。

この奥様（20代？　30才くらい？）、お店に入ってきたときに目を奪われた。品のいい小さな顔立ち、とても自然なたたずまいの、落ち着いた態度の中にあるかわいらしさ。完璧に私好み！　ニコニコと穏やかに笑いながら、ご主人のそばに寄りそっている。

そしてこのご主人が、まあ、誰が見ても品のいい穏やかで優しそうで豊かな物腰だった。海外旅行は頻繁にしている一族だけど、中でも特に日本が好きらしい。アテンドしてくださっている日本人ガイドのAさんによれば、今、ドバイは本当に日本ブームで、アブダビの学校などでは、日本人の話題ができないと流行遅れと言われるくらいらしい。

なぜ日本の商品の中でパンを選んだのかを聞いてみると、ドバイのパンは、スーパーで売られているものでも数種類しかなく、味もただの「パン」で、かわいらしさもなければ工夫もないということ、そして日本の材料や品質のよさ、日本的な繊細なパッケージなど、すべてに惚れたためだという。はじめは日本の原材料などを輸入するのが難しかったけど、今はできるようになったらしい。

このかわいい奥様、「これ、うちの国にも入れたいなあ、かわいいなあ、美味しいなあ」という気持ちだけで引っ張ってきたような財閥のにおいがムンムン。

この「山の手」というネーミングも、奥様が日本でのこの言葉の意味を知って、勘でつけたという。いいセンスだね。

「世界を幸せにするにはなにをしたらいいと思いますか？」と聞いたとき、奥様は「ひとりひとりが欲深くならないこと」と答え、ご主人は「美味しいパンを売ること」と答えた。

いいね〜!!　世界を幸せにするには、結局今目の前にある自分にできることを精一杯することだと私も思う。そしてひとりひとりが欲深くならないようにすること。

もちろん、自分に必要な富、その人にとってのスタンダードな富というのは人それぞれ。

でも、これまでの自分にないような富を得たとき、または新しい富を得るような動きをしたときに、全体の幸せを考えた動きがなによりも大事。大事というか、それが結局その人自身に返ってくる。

その他、私がこのカップルと話して印象に残ったのは、「子供たちの教育に一番大事なことはなんですか？」という質問に「Be Honest, Hardworker, and Royal」と答えたこと。そして、「子供たちがあなたたちの望む方向ではない進路に進もうとしたらどうする？」という質問に、「子供たちがそれをしたいと思うなら、すればいい。それをしたいと思って、そこに真剣に向かえば、なんでもできる」と答えたことだった。

今日のキーワードはこれ。きのうFさんが、この砂漠の町があっという間に摩天楼になった流れを説明しながら、ふと「やればできるんですよね！」とつぶやいたのも妙に心に残っていた。そこに意識を向けて進んでいけば、必ず具現化する。

最後に、「今ふたりで一緒にすることで一番楽しいことはなんですか？」と聞いたら、奥様がニコニコしながら「to love」と言ったことも印象的。それをまたご主人がニコニコして眺めながら、「一緒に旅行すること」と言っていた。ふたりの雰囲気がとてもよく、すごく仲のいいことがたたずまいから伝わってきて、顔の層からしても、本当に上流のベストカップルだと思う。

インタビューのあと、なんと明後日のディナーに招待された。よく聞いてみると、ご自宅に招待してくださるらしい。え？　ロイヤルファミリーの自宅って、それってそれってすごいことなのでは？　ドバイに18年近く住んでいるAさんも、まだ訪問したことはないらしい。大喜びで日時の約束をして、山の手のパンをたっぷりお土産にいただいて店を出る。

帰りの車の中で、Aさんからイスラム教徒の男女の結婚にいたるまでの話を聞いた。

イスラム社会では、結婚はお見合いで決まる。そこで一番大事なことは家柄。それは、家柄の違う者同士が結婚すると、お互いに不幸だから、というものだ。

よりよいところと結婚する、というようなことではなく、お互いのバランスが一番大事、ということみたい。

まず、男性側がお母さんの勧めた人を検討する。会う前にいろんな情報をもらうそうだけど、写真などはなく、顔は一番最後に出てくる条件として「まあこんな感じらしいわよ」としか伝わってこないらしい（笑）。もちろん、男性はその時点でやめることはできる。でもお母さんがそこまで勧めていたら、まして写真がなかったらよけいに気になるから結局はほとんど会うことになるらしい。

で、女性側はそのお見合いを受ける前なら断ることはできるけれど、会ったら断る権利はないという……すごいな。

A「最近は、お見合いのあと結婚まで何回かデートができるようになったから、まだよくなりましたけどね」

「でもデートして違うって思ってもやめられないんでしょ？　だったら同じじゃん」

とみんなで笑う。

つまり、街で見かけて好きになって結婚、というようなことはないらしい。

A「だって、みんなアバヤをつけているから姿は見えないし、もし見えても、あの子がどこの人かなんて、わからないんですよ」

たしかに～（笑）。「唯一のアプローチ方法は、運転中に車で隣り合ったときに電話番号を書いた紙を投げ込むこと、などらしい。なんか……、本当にすごい。

この全身を覆うアバヤは、身内以外の男の人の前では一生とらないという。姿を見せるというのは、家族になるということだそう。

でも、この仕組みのおかげで、嫁姑問題はないという……なるほどね。お嫁さんは、自分をそこまで押してくれた人が義理のお母さんになるので、それをありがたく思うのだ。

UAEは中東の国の中ではオープンだけれど、隣のサウジアラビアの戒律は本当に厳しいらしく、世界で唯一、女性が車を運転できない国だという。アバヤの目が出ている部分も、サウジアラビアの女性たちはとっても細く、隙間が見えないほど。不思議すぎて、逆に見つめてしまう。

「だから、サウジアラビアの男の人たちは『性』に異様に執着があって、国外に出るとけっこう奔放な人もいる」ということを聞いて笑った。

そこまで抑圧的になにかを禁止すれば、逆に反対側に傾くのが当然だよね……本末転倒というか……白けた気持ちになる。

でも、たとえば奥さんを何人持ってもいい、というルールは、たとえばひとり目の奥さんが子供が産めないときに、ふたり目の人に産んでもらうというような役割もあって、外に子供を作ってしまうということの抑止になっている部分もあるという。また、ひとり目の奥さんにものを買ったらふたり目の奥さんにも平等に……、というのも、不平等を生まずにみんなを愛するためのルールであり、「あっちにもこっちにも」という日本に伝わっているようなイスラムの隠微な結婚の風習というニュアンスではないのだ。ある意味、機能しているルールのような気もする。

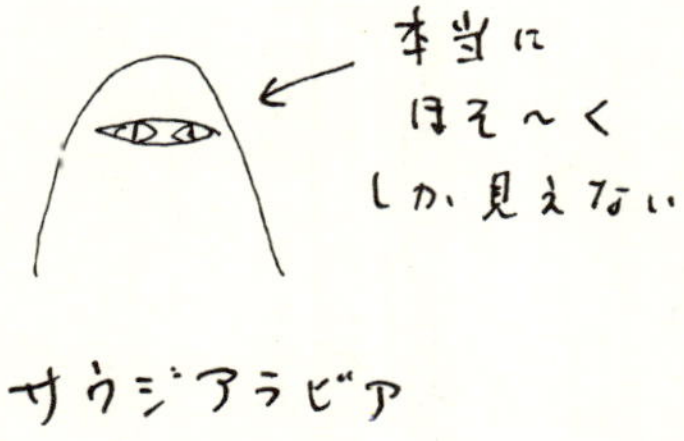

さてと、次に、アルグレア財閥のJuma Bin Ahmed Al Ghurairさんと面会する。エアポートフリーゾーンの近くにある政府の建物を訪問した。Jumaさんは、白いイスラムの衣装がとてもよく似合う、背の高い男性だった。

はじめに、アレグレア財閥のスタート（歴史）についてうかがった。

１９３０年から40年代、この財閥のメインのビジネスはパールだったが、１９５０年頃から日本の御木本がパールの養殖に成功してしまったことでパール産業が途絶え、メインの仕事が貿易にシフトしていった。50年代に石油が発見されたことによって、ＵＡＥ全体が変わっていく。アルグレア財閥は、貿易業、銀行業、手工業産業をはじめ、セメントや小麦産業などあらゆる産業を始める。現在Jumaさんは、一族とは別の不動産コンサル会社を経営している。

ドバイは今、ひとつの産業、ひとつのマーケットに頼らずに成長していくサステナブルな戦略を考えているという。観光業、空輸業、医療などの新しい広がりはもちろん、たとえば今までイランがメインだった輸出エリアをアフリカにも広げている。また、モルディブでは、ホテルのすべての製品がドバイから運ばれているように、ドバイが世界への玄関となるハブ空港になっている。去年のエミレーツ航空は約４０００万人の利用客がいたけれど、ドバイの人口約１００万人から考えると、ほとんどが、ここを経由して他国へ向かう人たちらしい。

教育についても、最高の教育を得るために、アフガニスタン、パキスタン、アフリカなどからたくさんの生徒がやってくる。面白いのは、最近インドでは、ドバイで結婚するスタイルが流行っているらしいこと。ドバイにはいいホテルがたくさんあるし、結婚式に必要な車（ロールスロイス）の手配やジュエリーを調達しやすく……そんな感じで、他にも、今ドバイにはビジネスのポテンシャルがたくさん眠っているという。

「日本の場合、外資が入ってくると、その産業を根こそぎ持っていかれてしまうのではないかという不安が湧いたりするけれど、ここの国の人たちは外部に対してすごく寛容で受け入れる能力が高いような気がする」と言ったら、「もちろん、一部の国民は外国人が入ってくることを嫌がったりもしているけど、すべてに対してオープンになり、その上で競争をしたほうが豊かな発展をする。クローズな環境にいれば人口はどんどん減るし、動きもなくなる。外からいいものが入ってくれば、ローカルはそれと競争するようになる」と話していた。

「どうして日本はそういう考えにならないのか、UAEはまだ歴史の浅い、若い国だからそれができるのか」と聞いてみると、「うちは人口が少ないから、外の助けが必要ということをみんなが理解している、日本は人口が多いから同じ日本人でなんでもできるでしょ？」と言っていた。

う〜ん……なるほどね。どちらにしても、この「他者を受け入れる」というものの考え方が、この国をスピーディーに発展させてきているんだよね。それはこれからも必要、自分の中に囲むだけのやり方はダメだよね。

「ドバイでは、これだけたくさんの外国人（8割が外国人）がいるけど、アラブ人の文化やアイデンティティはどうやって守っているの？（日本では、グローバライズはいいとしても、日本人としての大事なものが失われていくことを危惧する声も多いから)」と聞いてみると、「それはどの国でも起こりえることで、ドバイでも若い人はどんどん変わっていっている。でも国がきちんとルールを作れば、そこに住む外国人もそれに沿うようになる。そういうルールが敷かれる前に、ただ無防備にオープンにしてはダメだよ」との答え。

それもそうだよね。本当にそう。ここでも、官と民の両方がバランスよく機能していることを感じる。

次に教育について聞いてみた。「子供が(Jumaさんには7人もいる)、あなたの望まないようなことをしたらどうしますか?」という質問には、「どうしてそれをしたいのか、理由を尋ねることが大事」とのこと。ただやみくもに「それをしてはダメ」と言うのでは、子供はそれをやりたいのだから意味がない。でも理由を聞いたときに、きちんと説明できなければ子供も納得するし、逆にそこに理由があれば、やってもいいということになるかもしれないし、別の話し方を考えることもできる。

これも納得!

さらにもうひとつ。「他者と一緒にビジネスをしていくときに、その企画や商品から利益が生まれるという見通しが立てられても、相手の人がいまいち好きになれない、というとき、そのビジネスを進めますか?」というようなことを聞いたら、「もちろんNo!」と言っていた。相手とのシナジーがなければ、必ず衝突が生まれるって。

そうだよね、考えてみたら当然のこと。

こういう人たちにとって、「ちょっとでもモヤモヤすることは進める必要ない」なんてことは当たり前のことだ。それがビジネスレベルで当然であるなら、日常レベルでも当然だ。

モヤモヤするのは進めるべきではない、というサイン。こうやって話すと当たり前のことなのに、「それをやっておいたほうが得だから」というような頭で考えるジャッジで動いている人が多すぎる。そういうことを始めたとたんに、直感は鈍る。直感っていうのは、この「モヤモヤする」という感覚そのものだからだ。

「なにをしているときが一番幸せか」という質問には、「たくさんある」との答え。

仕事としてはプロジェクトを終わらせることが幸せ、いい仕事をするのも、友達に会うのも幸せだし、ボクを幸せな気持ちにさせてくれるものはたくさんある、とのこと（笑）。

「じゃあ質問を変えて、なにをしているときが一番リラックスできる?」の質問にも、「Many things」という同じ答え。たとえば一日オフィスにいる日であれば、ちょっと外に出てコーヒーを飲むことがリラックスすることだし、友達と会うことだったり、モスクに行って祈ることだったり、ビーチに行くことだったり……そのときの状況による。

「じゃあ、趣味は?」にも「Many things」だった。「とにかく、自分を楽しませてくれることはたくさんある、だから、あまり予定をぎっしりたてない」だって。今日やりたいことをやるんだって。リラックスして物事にあたると、物事はとてもシンプルになるって。本当にそうだよね。特にあまりぎっしり予定を立てないようにする、というところ。ギチギチだと、直感がにぶるからね。

父親として子供の教育に必要なことは、「行儀よく、自分に責任を持つこと、誠実に、家族や親戚に敬意を払うこと、宗教の教えに従うこと、それが彼らが大きくなったときにきっと役立つ」とのこと。

そうして大きくなったときに、親が自分にしてくれたとおりにすればいいんだな、とわかる。私も、困ったときは、親が私にしてくれたことを思い出せばいいな、といつも思う。そうやって、親の教えは子供に受け継がれていく。

コーディネーターのAさんによれば、彼の子供たちはものすごくお行儀がよいそうで、たとえば日本に旅行したときなど、お父さんがお母さんのためにブランドショップで大人買いをしているときに一時間近くもジーッと文句も言わず、そばで立って待っているそうだ。

でも、それは彼らがこのお父さんのことを尊敬するから成り立っているのだと思う。「お互いを尊重し合っていないと、教育はできないものだよ」だって。これも名言。下の者は上を尊敬し、上の者は下の世話をする。そして子供がよく教育されてその教えが習慣になることで一族が維持されていく。これは日本でも同じだよね。「お父様、お母様のことを尊敬する」というのは、小学校でよく言われたことだ。

Aさんによれば、アルグレアファミリーは本当に平和主義の一族だとのこと、たとえばAさんがちょっと人のことを悪く言うと、「そういう考え方はしないで、こういうふうに考えれば解決するよ」という姿勢なんだって。

それがこの家の家訓なのかと思ったら、「これが本当のイスラムなんです」とAさんは言う。イスラムに対して、私たち、ものすごく誤解があるみたい……。
素晴らしい時間だった。
インタビューの途中、チラッとママさんを見たら、眠かったらしく、すごい形相で揺れていた（笑）。
マ「だって〜（笑）、一部分しか言葉がわからないから、私にとっては暗号を聞いているようなものですもの〜」
帆「いや、頑張っている感がよく伝わってきたよ（笑）」
マ「これを思うと、学生のときに眠さをこらえているのなんて、先生から見たら丸見えね〜」

お昼はフェスティバルシティにある「Al Fanar」へ連れて行ってもらった。

ここは伝統的なアラブ料理を楽しむことができるお店で、カレー風味の魚の煮込みや、スープ、お肉料理など全体的に日本人好みの味で、サラダも美味しかった。

それからドバイモールに、明日の「ブルジュ・ハリファ」の展望台に登るチケットをとりに行く。当日だと入れないらしい。

編集長Kさんは、Aさんおススメの高級ハニーを買っていた。100グラムで数万円くらいするという高級ハニー。ものすごい殺菌作用があるそうだ。私も今年のカンボジアのときにマヌカハニーにお世話になったけど、あれより何倍も効果があるという。でも、私は買わなかった。

このドバイモールは世界一の大きさだそうで、なんでも入ってる。ワゴン販売のラクダのアイスクリームに異常に反応していたKさん。

「あれがラクダのミルクのアイスクリームです」

とAさんが教えてくれたときに、

「ラクダミルク!!」

と叫んでた。

ラクダ
ミルク!!
え? なに?
まるで
ずっと探していたかのような
反応だけど
そうじゃないよね…笑

さて、ホテルに戻って着替え、夜は再びFさんが来てくれて、Fさんの友達のLamaさんという女性ビジネスマンの自宅にお邪魔した。

Lamaさんはパレスチナ出身で、ドバイで設計事務所をされている。2007年には、優れた女性ビジネスマンに与えられる「EBA」という賞も受賞し、パームにある素晴らしいヴィラで、ご主人とアメリカ留学から一時帰国しているお嬢さんと一緒に暮らしている。

このパームというエリアにある家は、どれも海に面した素晴らしいロケーションにある。Lamaさんの家も、リビングからプライベートビーチに出ると、海の向こうにアラビア的な建物がボーッと浮かび、なんともエキセントリックで幻想的な風景が広がっていた。ビーチの手前には、真っ白なソファとほどほどの大きさのプール。この白い布のソファは、雨の降らない国だからできることだよね~。

Lamaさんは、第二次大戦後までパレスチナに住んでいたけれど、1967年にパレスチナとイスラエルが分かれたときに国を追われ、ドバイに移ってきたという。お母さんが「紛争からできるだけ遠いところに移りたい」と地図を広げ、ドバイの位置を確かめて「ここに行こう」と決めたらしい。移住したときにすべてを失ったそうだけど、移住してからお父様が設計会社を始めたという。紛争によって国を追われるという経験のない私たちには想像できず……。「国を出たときにドバイを選んでラッキーだったよね」くらいしか言えない。

そこからアメリカに留学、そこで今のご主人と出会う。ご主人はエジプト出身。

ドバイの、海外に対してのオープンマインドな姿勢は、この国がずっと貿易中心で発展したことと関係するという。パールを通して、漁業を通して、常にたくさんの人がこの場所を通過することで、いつも他者との交流があったから、今も外に向かって扉を開くことがわりと簡単にできるのだと。隣のアブダビはベドウィン族が起源で、ベドウィンはとても内向きなので、商業トレーダーではないらしい。

なぜドバイでビジネスをするとそこまで発展するのか、という話になった。Lamaさんの場合でいえば、ドバイは女性に対してencouragingな国であり、政府機関などのあらゆる重要ポストにも女性がたくさんついている。Lamaさんも、ドバイでビジネスをするときに女性であることの不利を感じたことは一度もないという。たとえばアメリカの大学でエンジニアリングを学んだときも、向こうではたった5人しか女性でエンジニアリングを専攻する人はいなかったらしい(日本でもそうだよね)。そういう意味でも、ドバイでは「女性だから○○」という考え方がないし、とても自由だそう。結婚しても夫婦別姓(子供はお父さんの苗字を名乗るけど)。

ドバイはとても平等で透明感があるという。なによりもインフラが整っていること。ここはあらゆる場所のハブになっているし、この交通環境の利便性が、たくさんのビジネスを短期間で押し上げるポイントになっているという。

それから、働いている人たちのサービスの精神が素晴らしいらしい。たとえば、これはFさんの体験だけど、役所でビザの更新をするあいだにも、お茶が出てきたりするという。まあこの点については、わりと日本もそういう部分があるからそれほど差を感じないかもしれないけれど、どうしてそんなホスピタリティの精神になるのかを聞いてみると、「やはり人口が少ないから、政府が国民全体のことを考えてあげられるし、必要なものを用意してあげることができる。だからみんな政府に感謝していて幸せな人が多い……」とお嬢さんが話していた。

Fさんいわく、公《おおやけ》のパブリックの機関が、プライベートな機関よりも親切なくらいに対応がいいらしい。それ、すごいね。日本でもようやく公の機関が少しサービス精神を持ちだしたけど、基本的に柔軟じゃないから、なんかずれてるもんね。

また、このドバイの発展を作った現在の首長のお父さん（ラシード・ビン・マクトゥーン）とその息子（現在の首長）が、とてもいい戦略を行なっているからだという。この国は民主主義ではないので、（シンガポールのように）きちんとしたリーダーがいることがなによりも大事。名君による独裁政治は幸せな国を作る、のモデルのようなものだ。

ドバイの人たちは、教育も医療も無料、結婚すれば土地と家が与えられる。ローンも簡単に組めるし、そのローンも数年後に王様が肩代わりしてくれることがあるらしい。

え？　どういうこと？　それじゃあローンは組み放題？

「どういう条件でそうなるかはわからないけれど、とにかくそういうことがよくある」と言っていた。そしてドバイに住む外国人は、経済特区で海外資本１００パーセントのビジネスを始めることができ、税制なども他の国に比べて優遇される。

でも、ここで重要なことは、ドバイにどれだけ住んでもドバイ国籍が与えられることはない、ということ。実はこれが、ドバイの国民を守っている仕組みだ。政府側から見れば、もし多くの外国人にドバイ国籍を与えてしまったら、そうそう簡単に国外追放はできない。でも外国人であれば、万が一のときに国外追放ができる。中東エリアでこれほど外国人を受け入れて働かせてくれる国はない。だから海外の人たちはこの国に留まりたいし、そのために国のルールはきちんと守る。こんなような、海外とローカルの両方が恩恵を受けることのできる仕組み、でもローカルの権利が侵されることのない仕組み……聞けば聞くほど「よくできているな」と思うわけだ。

ところで、今日ふるまわれているレバノン料理というのはポソポソしていて、とにかくお水が欲しくなる。さっきからシャンパンをクイクイ飲んでいたら、酔っぱらった。

また、私が本の中に書いているものの考え方は、100パーセント絶対にそのとおりだと言っていた。人にしたことは全部自分にかえってくるし、自分の意識のとおりに物事が動いていくという法則は100パーセント機能している、と特にお嬢さんが力説していた。

面白かったのは、Lamaさんがお嬢さんのことを「この子はいつもその考え方で生きているのよ。たとえば、駐車場でも必ず空いているところがあるわ、と言っていると本当にスペースが見つかるの」と言っていたこと。それ、私と同じだ～（笑）。昔、本にもよく書いていたたとえだし。

「日本人って、全体的に暗い考え方が好き？　という印象があるのだけど……」と聞かれた。たとえば物語や映画でも、いつも病気とかつらい状況から立ち上がるみたいなものが多い。

「おしんの世界」だって。「おしん」ねぇ……よく知ってるねぇ（笑）。

「昔の日本人は、苦しい中から努力して立ち上がるという成功物語が好きだったんです。だから逆に言うと、苦しい状況もなく成功した人のことを嫉妬の目で見る人もいるんですよね」と答えながら、「でも最近は違いますよ。どんどん柔軟になってきているし……」とフォローしておいた。

　また「日本の女性はとても従順な印象があるけど……」という質問には、「昔、女性は男性に従順にしたほうが幸せになれる、と言われていたからです。だからそれ以外のことを考えなかった」と答えながら、「でも今は違いますよ」とここでも詳しく説明しておいた。

というか、昔は男性が糧《かて》を得て家庭を支えるのが基本だったから、それが成り立ったけど、今は女性が男性と同じように、またはそれ以上の糧を得ている場合も多いから、これまでのバランスが崩れてきている。とは言っても、家庭のことは女性がやるものという考えが根強いので、女性のほうが忙しいのに家事も女性がやっているというパターンも多いんです……と言ったら、「same same（笑）」とLamaさんが言ってた。ま、日本のそれとはまた全然違うだろうけど……。

　それから、「日本は細部に意識を払う」という話になる。

　そうなの！　だからインテリアにしても、ひとつひとつは素晴らしいのだけど、全体のバランスというか、マッチングは下手だと思う。建築家のFさんも、東京はコンクリートのジャングルだと言っているし、Lamaさんも「東京は大好きだけど、美しい街だとは思えない」と言っている。

F「日本は外観に投資しないからね」

帆「内装にだって投資しないよ!?」

F「地震の国だからじゃない？　身軽に、壊れてもすぐにやり直せるように」

帆「ええ？　そうかなあ？　だっていくら地震のある国だとしても、明日その家がなくなってしまうわけじゃないでしょ？　もっとセンスがあったら素敵になっていると思うなあ」

K「ハレとケってあるじゃないですか？　日本人にとっては外に出るのがハレで、家の中はケなんですよね、きっと。自分の家に人もあまり呼ばないですしね」

そこから衣食住の話になり、「日本人は衣と食にはお金をかけるけれど、住にはそれほどこだわらない人が多い、でもうちはかなり住の優先順位が高い」と話した。

こういうのって、親の価値観にもよるよね。親が住環境にこだわって好きな人だと、子供もそうなったりするよね。

たっぷり食事をいただいてから、部屋の中の調度品や、世界を旅行しているうちに集まった素敵なものを見せてもらった。日本のものや韓国、中国、モロッコや中東の国のものもたくさんある。壁にかかっている、アラビア語で書かれたカリグラフィーがなかなかいいなと思う。こういうの、家に飾りたい。

はあ、いい時間だった。

こんな場所にヴィラがあったら最高だな。


いろいろな思いを抱えてホテルに戻り、Kさんが部屋に来てまったりする。

「現代の日本人って精神的に貧しいよね～」と誰からともなく話し始める。日本古来の精神性はもちろんとても素晴らしいし、今でもきちんと受け継がれている部分はあるけれど、現在の社会における日本人全体の考え方の傾向はどんどん貧しくなっているような気がする。

たとえば海外のように、「企業の利益の何パーセントは社会貢献のために使う」とか「文化を支えるために使う」というような風潮もない。そういうことをしている企業のほうが珍しいくらいだ。でも考えてみると、国のルール自体が、国民が生きやすい仕組みではないので、どれだけお金を持っていても、たぶんまずは自分たちの将来のためにとっておきたくなるのかもしれない。保身だよね。

だって、想像してみて!? ドバイのように、教育が無料、医療も無料、結婚すると土地と家が与えられ、海外に留学するときも国が負担してくれる。こんなふうに、生活への不安が一切ないとしたら、つまり、お金のために生きなくていい、となったら、人はどうなるか……たぶん、ひとりひとりが自分の本当にワクワクすることをするんじゃないかな。お給料を維持するために嫌でもこの会社にしがみつく、というようなことはなくなって……自分が本当に好きなこと、得意なこと、ワクワクすることに分かれ、本当の意味での適材適所になるんじゃないかな。人生への不安がなく、ゆったりした気持ちになれば、「売り上げの何パーセントかは外のために使う（だって、この社会のおかげで幸せになったのだから）」なんて考えも、自然と出てくるんじゃないかな。

もちろん、人のために使うことは実は自分の幸せにつながることは事実だ。でも、生活への不安を抱えている人がたくさんいる社会では、やはりその考え方にはなりにくい。

Kさんは、世の中や地球にある「陰謀説」というものが好きらしい。好きというか、陰謀説的に世界を眺めることがよくあるという。たとえば、最近の日本人は「自分で考えられない」という人が増えている。雑誌の傾向を見ても、昔は町で歩いている子を雑誌に載せるとき、みんなその子なりの個性的なファッションがあった。でも今は、自分のアレンジなどはまったくなく、誌面で出てくる洋服のそっくりそのままなコピーをその場で買えないと嫌らしい。また、モノを紹介するときにも「こういう使い方もできますよ」と使い方まで載せないとダメだという。こういうとき、「誰かが日本人の考える力を奪うように操作しようとしているんじゃないか」とKさんは思うらしい。

わかるわかる（笑）。たとえば、最近クイズ番組がやけに多いけど、「考える」っていうのは、もちろんそういうことじゃない。知識をつめて、それを試すテストのようなことではなく、創造性、オリジナリティの話だ。テレビにクイズ番組が増えたのも、ファッション誌が全部同じスタイルになりつつあるのと同じことだと思う。

6月8日（月）

きのうも、横になったと同時にスーッと眠りにひきこまれ、清々しく目が覚めた。毎日カーテンを開けるたびに晴天というのはすごいな。雨は、一年に10日くらいしか降らないらしい。

きのうは時間がなくてパスした朝ご飯を食べに、1階のビュッフェへ行く。

ありとあらゆる料理が並んでいた。このブースはインターナショナル、あっちのブースはアジア（主にタイ、ベトナムのヌードルや韓国のおかゆなど）、柱の向こうのあのエリアはパンやパンケーキやワッフル類、そのまた向こうのブースにフルーツとデザート……となっていて、とても食べ切れない、というか見切れない。

卵料理とベーコンとワッフルをとり、好きなデニッシュを数種類とる。

ドバイ旅行までに2、3キロ減らそうと思っていたのに、太ったままで出発したので、もうどうでもいいやと思う。

きのうのロイヤルファミリーのHamdaさんたちのことを思い出し、「Hamdaさんの顔、私、本当に好き」と何度も思う。

今日はイスラム教の聖職者に会う。体のラインが出ない洋服を着て、一応黒いベールも持参する。厳しそうな雰囲気だったら、これをパッとかぶる予定。

イスラム教聖職者の家は、オールドドバイの雰囲気が残っているシンダガー地区にあった。

50年代には、王様が住んでいたエリアだという。

その広い建物の中に入ると、まず中央に広い中庭がある。教会のような長椅子がいくつも置かれ、ひざまずいてお祈りができるようにカーペットも敷いてある。それを見下ろすような2階の回廊にはイスラム聖職者たちが仕事をする小部屋がいくつかあって、私たちが会う聖職者「アルシャド・カー」氏も、その中のひとつで仕事をしていらした。

部屋の中に入ると、外の熱くてまぶしい光がさえぎられ、エアコンがよくきいていて別天地。

アルシャド・カー氏は、ひげを生やした穏やかそうな人だった、背もそれほど高くなく、体も大柄ではなく、親しみやすい。ひげを生やしている人は敬虔なイスラム教徒だと言われていたけれど、それとぴったり。なんとなく「そそうのないようにしなければ」と思う。

ソファ席に座り、アラビアコーヒーがふるまわれた。ここでは左手は不浄の手なので、ものを受け取るときは常に右手。

アラビアコーヒーはとても薄くて、ちょっとお茶のような味わいもある。おちょこのような入れ物でほんの数口飲み、飲み終わった頃にまた次が注がれる。もういらないというときには入れ物を左右に振る。これをしないと、いつまでも注がれるので要注意らしい。

アルシャド・カー氏が、向こうで雑用をすませているあいだ、そばにいた仲間のカリグラフィーアーティストが、ご自分の感じる神の感覚についてお話してくれた。木からも風からも、まわりのすべてのものからエネルギーを受け取れる、という話。「自分のバランスがよいと宇宙とつながるような感覚になる」と言ったところ、「ああ、それはスーパーナチュラルだ」と言っていた。

なんだかいきなりすごいところから話が始まる。

イスラムの教えの中で一番大事なことは、イスラム教の柱（教え）に従順にならうことだという。一番目の柱は、「信仰告白」で、コーランのはじめに書かれているアッラーへの呼びかけの言葉にある、「アッラー以外に神はなし、予言者モハンメドは神の御使いである」と宣言して、自分の信仰心を告白すること。礼拝の一番はじめに唱えるもので、これがすべての基礎であり、アッラーはすべてのものの上に存在する。

帆「毎日祈っているときに、なにを心に思って祈るんですか？」

「祈るにはふたつのタイプがあって、ひとつは、『ドゥアー』と言われる、神への呼びかけを表す祈り。すべての創造物があるのは、創造主がいるからであり、そこに問いかけるということが大事。それはどんな国の言葉でもよく、心の中で話しかけるだけでよい。そこへの強い信頼と呼びかけがあると、神は必ず答えてくれる。コーランの中にも、私を呼びなさい、そうすれば私は答えるだろう、とある」

よくわかる。つまり、アッラー（神、宇宙、上）へ呼びかければ、神は答えてくれるし、呼びかけた人に応じた答えをくれる、ということだ。神様に本気で話しかけている人と、そうではない人との恩恵に違いがあるのと同じだ。

「ふたつ目のタイプの祈りの形は、アッラーによって決められた、一日に5回、祈りの形をとるというもの。顔を聖地のメッカ（カーバ神殿がある）のほうへ向ける。パーマ神殿は、世界ではじめてモスクでの祈りを捧げた場所らしい。この中に入れば、神はいたるところにいて、神殿の外にいる人たちはここに向かって円を描くように並ぶ。そしてコーランのはじめの言葉を唱える。もちろん、少々方向が違っても問題ない、大事なのはunityだから。また、祈りの時間はできるだけ正確な時間を守ったほうがいいけれど、別にその時間がずれたからといって、これも問題ではない。ベストをつくすことが大事」だという。

その祈りの形もきちんと決まっていて、屈んだときに背中が伸びていたほうがいいとか、手の上げかたなどにもNGの形などがあるそうなのだけど、それはここでは割愛。大事なことは、鼻、両手、両膝、両足を地面につけることだそう。この形を毎日繰り返しているので、アルシャド・カー氏はじめ、たいていのイスラム聖職者は床におでこをこすりつけるときにできるアザがあるという。アシャドさんのおでこのあざは、♥の形だった。

こういう「形」も、説明だけ聞くとどっちでもいいようなことに感じるけど、たぶん背骨をまっすぐにしたほうがエネルギーが通りやすいとか、チャクラが開きやすいとか、そういう他の教えでも言われていることだったり、医学的、科学的にも理にかなったことなんだと思う。だって宗教は、科学と紙一重だからね。

祈りの最後に、終わりの言葉を唱える。祈りのあいだ、神に意識を集中させて、神がそこにいることを感じること。たとえいることが感じられなくても、神様はいつも自分を見守っている、ということを知ることが大事だという。

それもわかる！　自分を守ってくれている偉大ななにかが、今日もきちんと見てくれているとわかったときの安心感はこの上ない。本当の意味でのつながりを感じ、それを感じられると、寂しさという概念はなくなる。

次に、日本の神道での考え方について聞いてみたくて、「不躾《ぶしつけ》な質問をしても大丈夫ですか？」と前置きをしたら、「不躾な質問、というものなど存在しない」と言われた。

「私たちの考えでは、何事も神様に問うこと、質問をすることで始まる。神様になにかを問うからこそ、そこに答えが返ってくる」

と言われた。

感動した。何事もそこに質問あり！　宇宙からメッセージがくるのも、直感として答えがくるのも、はじめに自分自身の質問があるからだ。私がよく本の中にも書いている「〜〜になるために、今の私に必要なことを教えてください」とか「〜〜するためにはどうすればいいか教えてください」という強い意思のある質問があってこそ、答えがやってくる、それとまったく同じ。

イスラム教への壁が、かなりとれた瞬間だった。

「日本では、八百万《やおよろず》の神で、すべてのものにそれぞれの神が宿《やど》っていて、神と人間と自然が三位一体という同じレベルで存在している。イスラムでのその三者の関係性について教えてください」

「アッラーはすべての創始者。もちろん、木も花も石でさえ感じる心を持っている。自然はこの世の生のサイクルの中でなくてはならないものだが、それを創っているのもアッラー。宇宙も人間もすべての創造主がアッラー」

うん、わかった。アッラーというのはすべての大元《おおもと》なんだよね。たぶん、日本の神道で言われる八百万の神、というもののもっと上に、全体を統治する光のようなものがあり、それをイスラム教では「アッラー」と言っているのだ。日本の八百万の神様にだって、位《くらい》はある。この「位」というのは、とかく上のほうが偉い、という上下に思われるけれど、単に役割の違いだ。

「水を飲むのも、ものを食べるのも、人間の生命を持続させるために神が私たちに与えてくれている行動。どんな行動でも、神を思ってそれをするなら、それは神への礼拝である」

おおおお！　これは神道に通じる部分がたくさんあるじゃないか！

神道でも、神を思ってするすべての行動には神が宿る。それこそ伊勢神宮では、神様に食事を作るのも、木を育てるのも刈るのも、畑をたがやすのも、すべて神事だ。仕事は神に通じる作業である、とされている。

なに？　イスラム教って、こういう宗教なの？　ものすごく目から鱗《うろこ》!!

次に、もうすぐやってくる「ラマダン」（イスラム教徒が太陽が出ているあいだは断食をする期間）について聞いてみた。

ラマダンというのは、ヒジュラ暦の9番目の月、という意味で、ラマダンという言葉自体に「断食」という意味はない。この時期に断食をするのは、イスラムの大事な5つの柱の4番目にあたる。すなわちひとつ目は信仰告白。ふたつ目は1日5回の礼拝、三つ目は喜捨（ザカー）、四つ目が断食、五つ目はメッカ巡礼となる。

喜捨は、一年に一回、モノを与えることによって自分自身を清める行為。貧しい者のために自分の貯蓄額の2・5パーセントを分け与える。これがすべての社会でできれば、すべての経済的問題を解決できるし、貧しい者も富む者もいなくなる、という。

四つ目の断食は、朝のはじめの光が始まる夜明けから日没まで、すべての飲み物、食べ物を絶つという行為（もちろん妊娠中や病気の人などは別）。旅行などが重なって、その時期ぴったりに断食ができない場合は、次のラマダンまでにその分を消化して補っておくこと。そして日が沈んだら、デーツ（ナツメヤシ）と水から口に入れて、体を慣らしながらものを食べ始める。

断食をすると神経が休まって、感性が敏感にコントロールできるようになるので、瞑想中にパワーを得ることができたり、怒りなどの感情を抑制できたりするようになるという、

自分の存在感を感じられるようになったり、覚醒したり、なまける気持ちがなくなったりもする。断食はキツイと思われるかもしれないけれど、体を十分に休めるという意味があり、たとえばムハンマドは、毎日午後に昼寝をしていたという。この昼寝が、残りの一日をパワ

フルに持続させる秘訣なんだって。

じゃあ、私が午後、たまにお昼寝するのは、いいってことだね。たしかに、お昼寝のあとは想像力が高まっているもんね。夢の中にもそのとき執筆している本の内容の続きが出てくるしね。もっと心と体を休めようっと。

「ラマダンの断食を経験すると、普段よりリラックスして精神が静かに落ち着き、精神的なものが高まる。ラマダン中はゆっくりとソフトに話し、悪い言葉は使わず、口論もしない。もし相手と争いたくなるようなことがあっても、『I'm fasting』と言えば、口論はしたくない」ということになるらしい。「普段は日常のいろんな雑事に追われるけれど、このラマダンの断食のときと同じ感覚で残りの生活を進められればうまくいく」と話されていた。

「実は、断食にはもっと大事な理由があるんだ。ラマダン中の一番の目的、一番の到達点は、『ダクア』を獲得することだ。ダクアとは、成功のために必要なこと（秘訣）で、あなた自身を守り、あらゆる危険から守るもの（shield youself）だ。それは神の存在を意識すること、神の存在に気付くことによって得られる。たとえば、今キミたちがここに入ってきたときから実はカメラが設置されていて、この場のすべてが録音されていたんだ（みんな、ここでどよめく）、キミたちがなにを発言したか、どんな動作をしたかもすべて記録されていて、それをあとから再生されたら、みんなよりよい行ないをしよう、と思うでしょ？　神様はそれくらい見ている、ということなんだ。実際にここにカメラはないけど（一同、ここで安堵のためいき)、いつも神様に見られていると思ってすごすこと、それによってあなたを守るシールドができる。そして断食は、このダクアを獲得しやすいトレーニングなんだ。なぜなら、他の教えは、祈りにしても喜捨にしても、まわりの人がその行ないを見ることができる。自分はこれだけ寄付している、祈っている、とそれをみせびらかすこともできる。でも断食だけは、裏で隠れてものを食べても誰もわからない、神様だけが見ている行為なんだ。だからダクアを獲得できる。断食だけは、他の人は関係なく、神と自分だけの関係のもとに成り立つ。見せびらかす行為は必要ない」

なんだか……すごいじゃん!! 自分と神との関係だけ。他者から自分を守るためのシールドを創る。それは、神の存在を意識することによって得られる。その神を、イスラムの人たちはアッラーと呼ぶけど、「偉大な大元の光」と呼んでもいいし、「宇宙」と呼んでもいい。なにかそういう、自分たちすべてをつくった大元にいつも見られている(=いつもつながっている)という感覚を感じることが、すべての成功の秘訣!

すごい! これって、神道ともヒンズー教とも私の本に書いてあることとも通じているし、結局どんな教えでも大元は同じことを言っている、ということだ。

日本に入ってきている情報がどれだけ限られた一部のものか、ということを痛感する。イスラム国がイスラム教(とはさすがに思っていなかったけれど)なんて思ったら大間違い。そして、こんなに柔軟な教えだったとは!!

他人からどう見られるかは関係なく、自分と神との関係のみ。

私の日常生活で考えても、たとえば日常の出来事をとおしてサインがくると、神様（宇宙）とつながっている安心感を得られる。この安心感があると、すべて導かれて良い方向へ進んでいることがわかるので、なにが起こるかと未来を不安に思う感覚もなくなるし、人とのつながりに必死になることもなくなるし、心に平安がやってきて、落ち着いて目の前のことに楽しく進めるようになる。そして、他者との競争ではなく、きのうの自分との競争になり、世間で決められたキャリアや立場ではなく、自分の心の望みの欲するままに動けるようになるのだ。この上とつながっている感覚で進んでいるものこそ、宗教観、信仰心。私が日常で感じていた穏やかさというのは、宗教のようなものだよね。

そして、イスラム教の場合、一日に5回のお祈りをすれば、そのたびにそのつながってい る感覚を思い出し、ブレを調整していることになる。私も、上記のとてもいい状態を感じることはあっても、毎日ではないし、日常のバタバタにまぎれてその感覚を忘れてしまいそうになるときがある。そういうときは、緑の中に浸ったり、ゆっくりとリラックスの時間をとるとそれが戻るのだけど、あまりに人間的なものに侵されすぎていると、いい状態に戻るまでに時間がかかる。だけど、一日に5回もお祈りのときがあれば、そのたびにブレが調整され、戻ってくることができるのだろう。

なんか……本当に驚いた。これまで抱いていた、イスラム教への偏見、一掃！

最後に、はじめに話してくれたカリグラファーアーティストが、私たちの名前の音からイメージしたカリグラファーを描いてくださった。カリグラファーとは、アラビア文字や象形文字などを美しく見せる中東に伝わる技法だ。

なんと、私の名前の音からイメージしたカリグラファーは、縦から読むと平仮名の「ほほこ」になっていた！

ほほこという平仮名の名前を相手が知っているはずはなく、ただ音からイメージしただけなのに……。それを説明すると、

「The sign!（神様からのサインだね）」

とアルシャド・カー氏はニッコリ笑った。

それから私たちは、女性が礼拝する部屋に入り、祈った。床にひれふすたびにスカーフはずりおちるし、薄眼を開けていないと次の動作がわからなくてバタバタする。

大急ぎで次に移動。車の中でママさんが言った。

「さっきアルシャド・カーさんと別れるとき、『日本に行ったら、あなたのところに寄るから』みたいなこと言ってなかった？」

通訳「言ってましたよね～（笑）」

え？　ほんと？　私は聞きとれなかったのだけど、ママさん、そういうところはちゃんと聞きとれているんだね～。

「そうよ、一番大事なところだけ残るようになっているんだから」

だって。

それにしても、ママさんは本当に元気。きのう、Fさんも感心していた。だってこの炎天下でこのハードなスケジュールの中、どこでもニコニコついてくるし、けっこう重要な意見をポロッと発言するし、編集長のKさんともすっかり仲良し。

ドバイモールの中から、世界一高いタワー、ブルジュ・ハリファに登った。

1分間に10メートル登るという世界最速のエレベーターに乗って124階へ。

ものすんごい景色が、360度に広がっていた。

が、高すぎるのと、ビルの数が東京ほどではないので、それほど恐さは感じない。東京タワーのほうが恐く感じるんじゃないかな。下に見えるひとつひとつのビルが、すべて日本のビルより何倍も高いのだけど、全体が高いから日本と同じように感じる。

思っていた以上にすぐ近くに砂漠がせまっていた。

「土地はたっぷりあるわね〜」とママさん。

マ「あのあたりに300坪くらい買って行こうかしら」

帆「その300坪ってあたりが妙にリアルでやだ〜（笑）」

マ「それでね、まわりの開発が進んでも、絶対に動かないの」

帆「あの中国の孤立した土地みたいに？（笑）」

マ「そうそう」

とか言ってる（笑）。

最上階と、ひとつ下の展望台までのチケットと、両方あるみたい。最上階だけにあるショップで、ママさんはお財布を買っていた。グレーのスエードで、ブランドロゴがなにもついていないところがとても気に入った様子。

それにしても、こんな高いタワーに途中までオフィスや家が入っているなんて、嫌だな。地震のない国の人たちは考え方も変わるのだろうけど、やっぱり自然のものはなにがあるかわからないし、ここまで高い必要はないよね。展望台としてはいいけど、生活の一部にはならない……。

下まで降りて、このタワーに入っているアルマーニホテルでお茶。

それから、ドバイモールで買い物。

このドバイモールのことを、私がずっと「イオンモール」と言っていたらしく、「なかなか気付かれないようなので言いますけど、イオンモールって言ってますよ（笑）」とKさんに言われた。3月に行ったカンボジアでイオンモールがオープンし、それが近代化の象徴のように言われていたので、混ざってる（笑）。

ドバイモールに、とても私好みのお店があり、ワンピース三着とスカート一着を買う。日本でも表参道ヒルズに入っているらしいけれど、日本とはラインナップが違うと思うな。

ホテルに戻って着替え、夜はエミレーツ航空のCAおススメのレストランに行く。今回の旅行はエミレーツ航空が協賛してくれているので。

初日に、Fさんとものぞいた雰囲気のいいあのレストランだった。

お料理も、すべてとても美味しい。この薄暗さも落ち着く。

彼女はニュージーランドで働いているときにエミレーツ航空のリクルートを受けて、CAになったらしい。ドバイで新しく始めたことはゴルフだという。

愉快な編集長Kさん、CAさんが「ドバイでゴルフを始めました」と言っているのに、「え? 土木?」とか言ってる（笑）。

帰りの車の中で、このCAさんに聞かれた。

「イブン・バトゥータ・モールには行かれましたか？」

「行ってない……」

「あそこに、世界一素敵な………」

のところでみんなが身を乗りだしたら、

「スターバックスがあるんですよ」

と言うので、大笑い。

スターバックスかぁ、じゃあ、見なくていいね。「世界一素敵な……パール」、とかかと思ったぁ。


今日までの内容を思うと、まだ滞在3日目とは思えない。今日もグッスリ眠れそう。

ママさんは、向こうのほうですでにウトウトしながら「途中で話しかけないでね。起こされると眠れなくなっちゃうから」と言いながら、その1分後には深～い深い寝息を立てていた。

6月9日（火）
ホテルをチェックアウトして、アブダビに向かう。
アブダビ在住のアーティスト、アッザ・アルコベージさんに会いに。

高速道路に入ると、あっという間に砂漠になった。道路標識のアラビア文字をホーッと眺める。「右に行くとサウジアラビア」なんて書いてある。

車の中で、きのうと今日、アテンドしてくださっている通訳のNさんから、イスラム教徒のご主人と出会ってこの国に住むまでの物語を聞いた。

「アラブに魅せられてしまったんです」と言っていた。ほ～。「好き」の感覚のままに中東の国を巡っているうちにドバイにたどり着き、もうダメ（日本に帰らないといけない）というときに絶妙の助けとなることが起こり、その助けが何回も続いて、ドバイに住み続けることができるようになったらしい。それもこれも、縁だよね。「好き」と感じる縁を追っていけば、それにともなう引き寄せが起こるものだ。

今日は、そのイスラム教徒のご主人様も一緒。

アッザさんとは、アブダビ近くのショッピングモールの中のカフェで会った。

ふくよかでゆったりとした物腰でとてもおおらかそう、私と同い年。

話していて一番意気投合したのは、成功に至るまでのイメージングの仕方と方法について。

↓ここに関しての取材記は「出逢う力」を参考に

場所をアブダビのご自宅に移して話の続き。庭に、アッザさんの作品のメインテーマであるパーム（ナツメヤシ）のモニュメントがあった。裏には、パームの木を輪切りにしたものがたくさん積まれてる。パームアイと呼ばれている目の形。

自宅にも、作成中の作品がたくさん。今、新しい家を建てているところらしい。

「作品がどんどん大きくなるから家も大きくしないと」

なんて言ってた。

自称アーティストのママさんは、アッザさんと気が合うらしく、妙にコミュニケーションがとれていた。ママさんが今軽井沢で作ろうと思っていたものにそっくりの作品があったそうで……たしかに、これに似たモノを軽井沢で作っていたよね……。アッザさんが私に一生懸命説明しようとしているのに、私が知らなかった伝統的な世界の文様についても、「ああ、それは日本の～～の陶器にも使われている○○の文様で」なんて、話が噛み合っていた。エジプトの「フラワー・オブ・ライフ」の話も出ていた。

ああ、それから血糖値が高い話でも盛り上がってたな。血糖値を下げるのにいい食材についてなど、食材の名前を言い合っている。

パームの輪切りに砂漠の砂で絵を描いて、アッザさんがオリジナル作品をプレゼントしてくれた。ノリ付けされたパームアイに、ランダムに砂を盛っていく。とても自由。

ひとつ目の作品は、彼女がママさんと私のことを思ったときに浮かんできた「慈愛」という感覚を表したもので、ふたつ目は、過去に焦点をあてたときに浮かんできた文様、最後のひとつはドット（水玉）柄で、アラブの伝統的な文様らしい。砂漠の砂も2種類、お土産にもらう。

アブダビの中心にあるアッザさんの事務所兼工房に移動して、中東風のピザをいただく。

ほうれん草を炒めたものとか、チーズと香辛料で味つけしたものなど、お腹が減っていたのでパクパク食べる。
ここには、製品として出荷している作品がたくさんあった。素敵なものがたくさんある。やっぱりあのパームトゥリーのモチーフがいいなと思ったので買えないか聞いてみたら、在庫がないので新たに作らなければならないという。帰国までに間に合わなそうなので、今回は見送った。

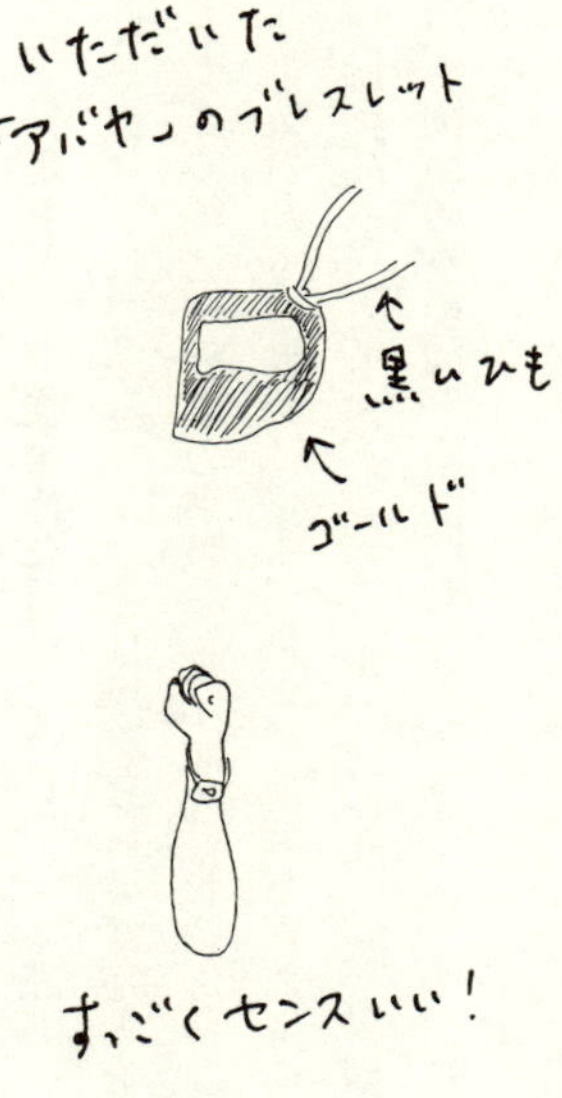
いただいた
「アバヤ」のブレスレット
↑黒いひも
↑ゴールド
すごくセンスいい！

アッザさんと会ったことで、私が本に書いてきたような考えは全世界共通だし、彼女も、その考えが根底にあった上で「さあ自分はなにをやろうか」というオリジナルの道に進んでいることがわかって本当によかった。ママさんは、アッザさんに会ったことで創作意欲に燃えている。人と会う化学反応。

大急ぎでドバイに戻る。この旅、それぞれの人との面会がどれも思っていた以上に素晴らしい展開となるので、移動時間がいつもギリギリ。

アブダビ空港の近くにある「マスダール・シティ」という世界初の未来型環境都市の近くを通った。

中に国際再生エネルギー機構という機関があり、市内の電力を太陽光や風力などの再生エネルギー１００パーセントでまかなう実験が行なわれている。CO_2排出ゼロを目指し、ガソリンでの車の乗り入れは禁止とされている。２０２０年から数年で完成予定とされていて、グーグルや日本のトヨタもここで電気自動車の実験をしているらしい。

これまた素晴らしいね。電気自動車が静かに走る、未来の洗練された街の様子が浮かぶ。建物の形もドバイのように個性的で（もちろん高層ビルではなくて）、景観とエネルギーの循環が完璧に両立できている国境のない国。すごいじゃん！　それって、私が今書いている物語の中に出てくる、あの国だ！

今晩は、マクトゥーン家のディナーに招待されている日。

今日の衣装は、白いワンピース。肩とスカートの裾《すそ》に透かし模様が入っている。

郊外の高級住宅地に着いた。

ここはスヘールさん（ご主人）のお母様の家。つまり、実家。イスラム教のしきたりでは、男女の部屋が分けられるので、私たちは奥様のハムダさんと会うのかと思っていたら、なんと、完璧にプライベートな自宅のディナーで、家族も全員一緒……ご主人のスヘールさん、スヘールさんのお母様、妹さん、ハムダさんのお父様、叔父様、そして子供たち……ここまでプライベートな自宅に招待してくれるとは……マクトゥーン家と仲のよいAさんも、はじめてのことだそうで驚いている。

リビングで、アラビアコーヒーと、今朝とれたという新鮮なデーツをいただく。ハムダさんがアバヤを脱いで室内着になっているのでドキドキした。子供たちも全員彫りが深く、クルクルの髪の毛がとてもかわいい。その子供たちになにかを小声で話しているハムダさん、ヴァンクリフの大きなペンダントをひとつぶらさげ、民族調のゆったりした室内着を着ている。

「全身を隠す魅力」ってあるなあ。ハムダさんのこの上品な美貌《びぼう》は、一生、身内やご主人様の前でしか現れない。「大好きなあなたのためだけにこの身を捧げる」というような、なんともエロチックな雰囲気が漂っているのだ。スヘールさんも相変わらず穏やかで、寛容な微笑みをたたえている。

ダイニングルームに移動した。メイン料理はヤギの丸焼き。おもてなし料理の定番らしく、お皿のフタをあけるとヤギの顔がこちらを向いている。お皿にかぶせてあるガラスの蓋《ふた》は洋ナシの形で、先っぽに紫のタッセルがついている。


ハムダさんのお父様というのが、これまた上品で、日本人にいそうな顔立ち、たとえて言うなら津川雅彦。この人の名前がなかなか出てこず、「年配の俳優で目が少しギョロッとしてて……」と言っただけで「津川雅彦?」とすぐに出てきたKさん。

ハムダさんの叔父様にあたる人は敬虔《けいけん》なイスラム教徒らしく、私がちょっと宗教的な話に触れたらものすごく反応してきたので、この手の話には触れないようにする。このおじさまは、Aさんに「はちみつビジネス」の話を持ちかけていた。

このファミリーも、本当に本当に日本のことが好きということがよくわかった。食事のあとに帰ってきたスヘールさんのお姉さんも、日本のお店やお菓子の話など、非常に詳しかった。個人的に、桜のシーズンに行くのが好きらしい。

そして日本人のホスピタリティに感心しきっていた。とにかく「人がいい」と言う。でもそれ、私も今、ドバイの人たちに同じように感じているよ!?

ハムダさんに「イスラム教の戒律で教えられていることは、日本人が普通にやっていることよ」と言われ、ジーンとした。朝早く起きて神様に感謝して、家の中をきれいに整え、人に礼儀正しくふるまい、誠実と思いやりで物事に接する……日本人、本当にとてもよく評価されていると思うし、実際、日本人はその素晴らしい素質を持っていると思う。

お腹いっぱいいただき、またリビングで楽しく会話して、最後にうれしいお土産をいただいた。

私には、ゴールドでできたヨット、ママさんにはシルバーのサーベルのモチーフの飾りモノ。私のところにきたヨットは、私がそのときつけていたＡＭＩＲＩのペンダントにそっくりだった。そして私の名前が船の「帆」を表していることを伝えると、みんな本当に驚いていた。

なんだか不思議な気持ちで家を出る。

こういうのこそ、縁だと思う。


幸せな気持ちで、７つ星ホテルの「ブルジュ・アル・アラブ」にチェックイン。

ホテルの入り口のゲートより中には、宿泊者しか入ることができない。車が正面玄関に着いたときから専用のバトラーが迎えてくれて、入り口で冷たいおしぼりが渡される。海外でおしぼりが出てくるのは珍しい。

説明を聞きながら、私の部屋がある階に案内されると、そこにも専用のコンシェルジュデスクがあり、24時間誰かが待機してくれているという。気付いたときにはチェックイン手続きはすべてすんでおり、自分の部屋の前にいた。

なんと、この部屋が11号室だったのだ!! ドアを開けると、「なに？ ここ、部屋なの？」というほど広く、ホテルのラウンジの続きのよう。すべての部屋がスイートで、すべての部屋が海に面しているというこのホテル。入って左手に2階に上がる階段がある。正面の窓は2階（日本の感覚だと3階）まで吹き抜けの巨大なガラスで、眼下にはプライベートビーチと外海が見える。手前の大きな机には、専用の巨大なMacが用意されている。「あなた専用のパソコンです」と言われてもノート型を持ってきているので、大した用事はない。

奥のリビングの手前にはバーカウンターがあり、冷たいミントレモンジュースと果物、お菓子の箱などがたっぷり用意されていた。お菓子の箱は、このホテルの形のケースに入れられて、これだけでお土産になりそう（笑）。リビングスペースも十分に広く、10人くらいは座れそうなソファが広がり、真っ赤なベルベットのリクライニングチェアもある。多目的ルームには、アイロンや追加の枕や布団なども用意されていて、1階にも2階にも完全設備のパウダールームがある。

2階のベッドルームには、ドドンと大きなベッドがあった。また眺めがいい、よすぎる。ベッドの上の天井は鏡で……眺めがよすぎる。これ、やはり日本人にはウケが悪いらしく、日本人が長期で滞在するときは鏡を隠すときもあるらしい。

バスルームも想像どおりの広さと豪華さ。アメニティはすべてエルメス。滞在中に使うもの以外に、大きなボトルの香水が2本、その他、箱入りの石鹸や小瓶のオードトワレなどがお持ち帰り用として用意されていた。奥のドレッサースペースも異様に広く、いろいろなものが用意されている。

荷物と一緒に、また別の担当がやってきたので、部屋に音楽を流してもらい、テレビのつけ方を聞く。テレビは消すと、自動で棚の向こうにひっこむ。これはいい。どんなに素敵なインテリアでも、テレビがむき出しで部屋にあるのは艶《つや》消し。

ジュースを飲んで落ち着いてから、ホテルの下へ降りてみた。

ホテルショップはどこも派手な造り。全体のインテリアは、まあ聞いていたとおり、紺《こん》とゴールドと赤が基調なので落ち着かないし私好みではないけれど、お勉強のために一度泊まってみたかったので、これでよし。アラビアンナイトだな。

ここに何ヶ月も滞在するという中東のお金持ちの生活を思う。

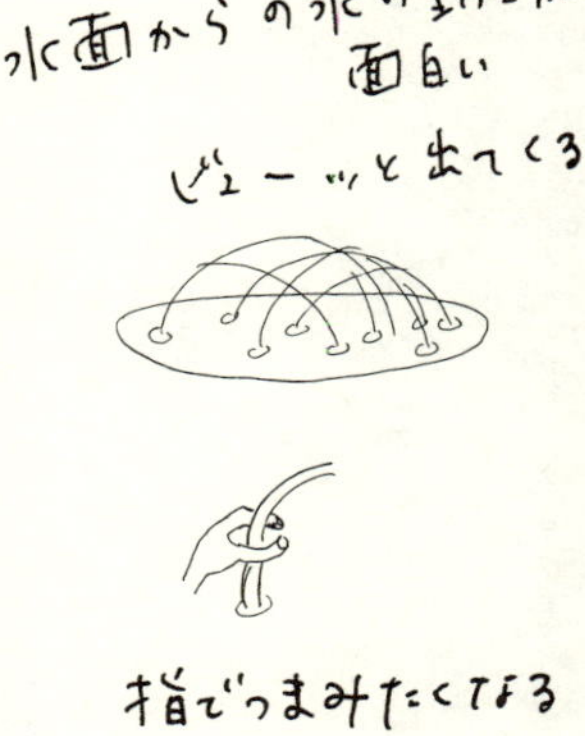
水面からの水の動きが

6月10日（水）

大きなギラギラしたベッドで目が覚める。天井の鏡の中で、ママさんと目が合う、フフフッ。

今日はロイスチョコレートのドバイ社長、Hayaさんと会う。

4時の面会の予定が9時に変更になった。

慌ただしく朝ご飯をいただき、9時にHayaさんを迎える。

Hayaさんは、黒いアバヤの上に黒のサングラスをかけ、黒のバーキンを持って登場した。ものすごくよく似合ってる。そもそも「バーキン」というのはカジュアルなものなので、こんなふうに仕事をするときに雑に持つのが一番似合うスタイル……。

Hayaさんも、マクトゥーン家の人たちと親戚だった。この国では、誰もが完全なるお見合い結婚なので、ロイヤルと財閥はますます親戚関係になっていくよう。でも、それも安心と言えば安心だ。

ドバイで「ローカル」と言われている人たちの起源は、アブダビから移ってきたアラビア人たちの他に、イランから移り住んだ人たちのことも指すらしい。

石油が発見される前のドバイには、このアブダビから移ってきたアラビア人と、砂漠からの民のベドウィン族と、インドからのインド人、そしてイランから移住してきた人たちがいたという。アラビア人は沿岸に住み、交易にもまれているので近代化されたのに対し、べドウィン族は砂漠に住み、季節や天候に合わせてテントを持って移住していたので、外の世界に触れたことはなく、あまり教育も受けていなかった。

Hayaさんの経歴はと言えば、ビジネス経営で学士をとったあと、5年ほどドバイTVでキャスターとしてビジネスニュースを担当する。テレビ局をやめてから国際ビジネス学のマスターをとったけれどビジネスの分野には戻りたくなくて、教育の分野に進み、自分が卒業した大学で7年間、国際ビジネスを教える。

そうしているときに、お兄さんが日本からロイスチョコを持ってきたという。お兄さんは日本のすべてに心底惚れこんでいて、夏と冬に、日本への旅行をよく企画していた（フェイスブックで友達を集めて大勢で旅行に行くなど）。その何回目かの旅行で、お土産にロイスチョコを持って帰ってきたのだった。

その「生チョコレート」の感触は、ヨーロッパを含め他のどの国でも今まで味わったことのないものだったし、ものすごく美味しかったし、ヨーロッパマーケットでも見たことのないものだったので、とにかく「新しかった」という。そして、ロイスの製品が原材料に気を使い、化学調味料を使わず、できるだけローカロリーに仕上がっているという、完璧にコントロールされた安全基準であることに惹かれたという。そこで彼女はドバイの社会への還元のためにも、このロイスチョコをドバイに輸入できないか、アプローチすることを決めた。

でも当時、ロイスチョコは中東に進出することを考えていなかった。彼女は3年間も日本のメディアにアプローチをし続けたけれど、一年に一回、半年に一回メールのやりとりがあるくらいで、非常に保守的な会社だったという。

「でも、日本の会社は概して平均的に保守的だし、それが彼らの戦略なので仕方のないことなのよね」とHayaさんは話していた。

「最終的に彼らが中東にやってきたときには、私以外の数社がロイスにアプローチしていたのだけど、そのすべてにロイス側が会った結果、私を選んでくれたの」

と言う。それが2012年のこと。

「どうしてあなたが選ばれたと思う？」と聞いてみると、実際に言われたことだけど、たぶん、自分が一番よく準備していたからだと思う、とのこと。パワーポイントを使って準備していたのはHayaさんだけだったことも関係しているかもしれない。

Aさんいわく、現地の企業はみんなすごくlazyだから、Hayaさんを選ぶのも納得、とのこと。ロイス側からの返事をもらい、すぐに動いて、2014年のバレンタインの日にお店をオープンしたという。現在ラファイエットモール、サンセットモール、そしてジュメイラと3つの場所にお店があり、4店舗目がもうすぐオープンらしい。

「日本とビジネスをするとき、日本人に対してどんな印象を持ったか」というようなことを聞いてみると、ビジネスだけに限らず、日本を訪れるときにいつも感じることは「similarity」だという。

うれしいね。日本にいると、すごく居心地がよいんだって。これはヨーロッパのどこに旅行しても感じられないことらしい。

特に日本人が人に接するやり方は、私たちイスラムが人に対して接するときのやり方と同じだという。他者を尊敬するし、なにかを「良い、悪い」と簡単に判断しない。

「たとえば北海道に行ったときに、私たちはもちろんアバヤをかぶっていて、たぶん彼らにとっては非常に珍しいことだと思うのに、とても私を歓迎してくれた。でも別の国に行くと、空港などでイスラムの衣装を見ると、みんな疑惑のような目つきで見てくることが多いのよ」

でも……ちょっと斜めの見方をすれば、それはたぶん、Hayaさんの身元がわかっていて、今回の会社の取引先だから、ということもあると思うし、一方で、日本人のそういう曖昧《あいまい》な態度は、裏を返すと自分の意見をはっきり言うことができないという特徴になったりもするし、または相手のことをよく知らないから（＝勉強不足なので）フニャフニャ笑う（しかない）、ということもあると思う。

でもHayaさんいわく、そうだとしても、日本人は全体的に礼儀正しく、外国人に対してとても親切という姿勢が、やはりとても親しみやすく居心地よく感じるらしい。

たしかに、私が今、ドバイに対して感じていることと似ている。私はドバイに来てはじめて、海外にいるときの疎外感がない。ヨーロッパやニューヨークにいるときのような「どんなに言葉がしゃべれても、最終的にここのコミュニティには絶対に入っていけない」というような疎外感がない。この「疎外感がない」というのが、こんなにも居心地がよく自由な気持ちになれるとは思わなかった。そして、アラビア人がこんなに日本と似ている感覚を持っていることにも驚いている。まさに「similarity」を感じているのだ。

「日本の会社とビジネスをするときに一番大事なことはなにか」という質問には、「コミュニケーション」だという。それは誰にとっても必要なことだけど、特に日本の場合は、ここでなにが起こっているか、すべて報告することが重要らしい。昔の日本の「ほうれんそう（報告、連絡、相談）」だよね。ここで起こっていることを、彼女が先方に逐一見せてあげていることが、彼らを満足させているらしい。

「だってフランチャイズというのは、私のものだけではなく、同時に彼らのものでもあるのだから、すべてを知りたいのは当然よね」と彼女は言う。

「じゃあ、もし新たに出会う製品が素晴らしくて（ロイス以外にね）、ぜひその仕事をやりたいし、利益が見込めると思ったとする。でもその取引先の会社の人たちがあまり好きではないとしたら、そのビジネスを進める？」

という質問に対して、「もちろんNoよ！」と言っていた。人との関係性がなによりも優先、ということ。

これから先も、UAEにとってベストなものが見つかれば、どんどん別の商品にも広げていきたいと思っているという。

そして、私が本に書いている「物事を実現していく意識の力」というのは、至極自然なもっともなことであり、それを実践しているからビジネスがうまくいっている、ということをここでも聞いた。

Hayaさんのお母さんも非常にポジティブシンキングの人で、Hayaさんがロイスに送ったメールへ返信をもらえずに悩んでいたときに、「今すぐもう一度メールをしなさい、必ず返事が来るから」と直感で言われ続けたという。

とても素敵なHayaさん。会えてよかった。彼女は今晩、バリ島に飛ぶという。

さて、それから私とママさんはホテルのプールサイドでゆっくりする。

お昼は、ホテルからカートに乗ってSouk Madinat Jumeirahの中のイタリアン「TOSCANA」で食事。

そこで話しこんでしまい、慌ててホテルに戻ってパッキングをして2時にチェックアウト。

最後のホテルは「ロイヤルミラージュ」の「アラビアン・コート」。

ここでも、日本から来ている男性のコーディネーターが、いくつかあるロイヤルミラージュホテルの中の別の棟を運転手に伝えてしまったため、着いてから移動となり（車で20分くらい）、それがAさんに伝わっていなくて、また二度手間。

実は、この男性コーディネーターのミスで、この旅行中、他にもたくさんの二度手間、三度手間が起きていて、みんなプリプリしている。

ホテルの人たちが、他のロイヤルミラージュホテルやスイートルームなどを見せてくれた。内装はどこも落ち着く。家族で来るには「ロイヤルミラージュのザ・パレス」がいいけれど、プライベートで来るなら、今泊まっている「ロイヤルミラージュ　アラビアン・コート」のほうが少人数で落ち着くな。

お部屋の造りは、それぞれの趣向が違って素敵だった。

ディナーは、「ザ・パレス」にある「Eauzone」で食べる。

今日のお昼くらいからAさんのプライベートな話をいろいろ聞けて楽しい。老後の計画とか、恋人の話とか、いろいろ。

今日の夜はようやく少しゆっくりできる。

ベランダでアイフォンをいじりながらのんびりする。

6月11日（木）

今朝も、当然のようなまぶしい日差し。

朝ご飯は、ロイヤルミラージュ内のどのホテルで食べてもいいようなので、一番静かで大人っぽい感じの「レジデンス」で食べることにした。

洗練された空間で、前菜やパン、フルーツだけをビュッフェでとり、メインはメニューから自由に組み合わせてオーダーするスタイルだった。ママさんはリンゴとシナモンのコンポート、私はポーチドエッグとベーコン、Kさんはオムレツ。そしてつけ合わせにアスパラやマッシュルームなどを頼む。いろいろな種類のパンも。

ここで、Kさんのこの数年のいろんな話を聞いた。

みんなのエネルギーがグルグルしていた。

さて、今回の旅の最後の面会者、投資会社の社長Mr,Seymallさんに会う。彼はドバイ人ではないので、現地で成功している外国人の目から、ドバイについて語ってもらった。

一番心に残ったのは、グローバリゼーションへの考え方。

国際ビジネスをする上でなによりも大事なことは、自分とは違う文化を理解すること、それに敏感になること。

たくさんの外国人が入ってくれば、その国の文化はどうしても希薄になる。グローバル化はたしかに国を豊かにするけど、たった少しの発展のために、その国の文化が壊されるようなことがあってはならないし、参入していく側の企業も、その国のものを根こそぎ、取れるだけ取って帰っていくというようなことは、結果的にその企業をも滅ぼすことになる。みんなが潤うような、全体にとって持続可能で健全ではないやり方は、最終的に崩壊する。一時的な豊かさが訪れても、その国をその国たらしめている文化がなくなってしまっては、なんの意味もない。すべてはバランスが必要で、それを維持するためにきちんとしたルールが必要だ、とのこと。

ここで、一緒に来ていたインド人がヨガの話を始め、その話が長くて「ちょっと方向性がずれてきたなあ」と思っていたところへ、シーモールさんがタイミングよく、「言いたいことはわかるけど、もっと理論的に、局部ではなく全体を見て話してくれよ」とそのインド人に指摘していた。それ、私が言いたかったことなのでよかった。

あとから聞いたママさんたちの結論としては、このインド人はまだ若造だとのこと、自分の話したいことが先にあって、相手との話と噛み合っていなくても話し続けてしまったんだよね。でもシーモールさんは敏感に状況を察知して、このインド人の言っていることもたてつつ、話を元に戻すやり方が、非常にジェントルマンだった。

インタビューが終わってから、雑誌に使うための写真を撮影。

そしてママさんがホテルのショップでペルシャ絨毯を買った。市場で買ったらもっと安くて種類もたくさんありそうだけど、この暑さの中、じっくり探す気はしないのでこれでいい。

Kさんがホテルの提供してくれたスパサービスを受けているあいだ、ママさんとAさんとホテルでお茶。


夕方から砂漠ツアーに行く。なんとも、まあ、ハードな今回のドバイ。

今回お世話になる砂漠ツアーのアレンジをしている会社は、人数を集めて観光させる利益優先の観光ビジネス会社ではなく、環境を壊さずに砂漠を味わうさまざまなプログラムを考えている会社だった。

砂漠の一部を自然保護地区とし、プログラムのひとつとして砂漠の中で食事をしたりダンスを見たりする砂漠ツアーの見せ場（どのツアーにもある）も、他の会社はアメリカっぽいただのBBQだったりするそうだけど、ここではアラブの伝統的な料理がふるまわれ、チキン、ビーフ、ラムに加えてラクダの肉もあった。

また、飲み物を保存するのにウォータークーラーを持ちこむのではなく、アラブの伝統的な保冷の仕組みを使ったツボに入れたり、ダンスもベリーダンスのような、人気はあるけど他国のもの（ベリーダンスはエジプトのダンスでアラビアのものではない）をしたりすることはなく、なじみはなくてもアラブの伝統的な踊りを提供していることがわかった。

ドバイの中心地から車で40分ほど走り、砂漠の保護地区に着く。砂を避けるために、黒い布を顔にまかれ、ジープに乗る。

これは……まるでタリバン。この黒布で顔を覆う装いは、砂漠の民にとって普通のことであることがわかった。

砂漠って不思議。この砂の集まりがずーっと先まで続いているなんて、信じられない。このままずーっと先まで進んで行ったら、迷う？　とドライバーに聞いてみたら、「いや、今はグーグルマップがあるから」とか言ってる。

途中、何度か見晴らしのよいところに停まってくれた。このサラサラの砂の感触！　靴を脱いで歩きまわる。ズブズブと埋めこんだり、サラサラ持ち上げたり。

ドローンが空から私たちを撮影してくれた。

車で走っていると、砂のあいだをガゼルが歩いてる。一度、餌の時間にあたったエリアにはたい大量のガゼルがいた。

何台かのジープが集まり、ファルコンショーを見た。砂漠の真ん中に大きなペルシャ絨毯が敷かれており、デーツのジュースが配られて、みんなでそこに寝転ぶ。鷹は、大きく翼を広げ、低空姿勢で一気に飛んできて、その後空高く舞い上がった。鷹匠が振り回す紐《ひも》のようなものに合わせて、戻ってきたりまた舞い上がったりを繰り返す。

でも、一度飛んだあと、餌を食べたらもう飛ばなくなってしまった。説明の長さに対して、もう一回くらい飛んでもいいのに。

それからまた車で少し走り、砂漠の中のキャンプ場で、美味しい食事をいただく。キャンプ場と言っても、壁で囲われている清潔なエリアで、中にはアラブの伝統料理や、ヘナという植物のエキスを使った刺青《いれずみ》のような模様を描いてくれるブースや、水煙草が楽しめるところもある。

サラダもお肉も美味しい。ラクダの肉も、私はラムより好きなくらい。薄く焼き上げたパンの代わりのようなクレープも、パリパリ。ホモス（ヒヨコ豆のペースト）ともよく合う。

食べているうちに、ダンスが始まった。はじめのダンスは男性の踊り。ピストルを持ったふたりの男性。これは結婚式の披露宴で、男性だけの会でよく踊られるものらしい。続けて、女性ひとりの踊り。長い髪をグルグルふりまわす伝統的なもの。

これが……この踊りが、異様に気味が悪く、鳥肌。見てはいけないものを見てしまっているような気がして、途中から目を伏せる。

長いぼさぼさの髪を振り乱しながら、手をクネクネさせて進む姿は、魔女、魔界、蛇女を連想させる……。本当に気持ちが悪い、と思っていたら、ママさんも「気味が悪い」と言っている。「魔界」とつぶやいたKさん。

K「これは、アラブの裏の世界の歴史を担ってきたものですからね」

たしかに……。お酒を飲まない文化の中で男性を虜《とりこ》にさせるには、あらゆるテクニックを使って男性に近づいたり、それが敵の場合には裾からナイフを出してズブッと、みたいなこともたくさんあったはず。そういう裏側の歴史を継承しているダンスなのだから、そこに魔界のような奇妙な感覚を感じるのも当然だ。

でも、とにかく見てはいけないものを見たような気がして、それ以上見なくてすむように目をそらす。

真っ暗な砂漠をジープに乗って自然保護区の入り口に戻り、そこからまた車でホテルまで送ってもらった。

明日は帰る日。パッキングをするのはとても楽しい。

どう考えても荷物が増えている。アッザさんからもらった大量のアラビア料理の瓶詰がきいてるな。ひとり6瓶ずつ。それと、この絨毯。ビジネスクラスでもさすがに重量制限がかかりそうな気がするので、瓶詰は手荷物にすることにした。
他にも、アッザさんが作ってくれたオリジナル作品とか、洋服の買い物など、思っていた以上に量が増えていた。日本で開けるのも、また楽しみ。

6月12日（金）

今、東京の自分の部屋に帰ってきました。
帰りの飛行機はあっという間だった。前半はほとんど寝ていたし。
帰りもエミレーツ航空の送迎サービスがついていたので快適だった。
お寿司を食べる。寝る。

6月13日（土）

東京の緑の多さに驚く。豊かな水があってこそ。
スーツケースを開けて、ペルシャ絨毯を敷いたり、ロイヤルファミリーにいただいた額をかけたり、する。アッザさんにいただいた砂漠の砂のアートとか、ドバイモールで買ったワンピースや、ブルジョアアラブで記念に買ったゴールドのペンダントなど、キラン☆
素敵な写真をプリントアウトして飾ろうと思ったけど、面倒。
買い物に行くのも面倒なので、酵素玄米と冷蔵庫にあったものでカレーを作る。

6月15日（月）

ドバイ、本当にすごかったなあ。

あんなにボーダレスな王国みたいなところだとは思わなかったなあ。

日本に入ってくる情報がいかに限られた狭いものであるか、痛感した。

それと、なによりも感じたのは人の縁。自分が自分らしく自然にしていると、自然と今自分にご縁のある人を引き寄せるものだ。そんな当たり前のことを実感した。

そして、「ここ、住んでもいいかも」と思えるくらい、違和感や疎外感がなかった。他者への隔たりがない。アジア人としての壁もなく、白人優勢な社会でもなく、英語さえ話せれば、完全に「人は人」という個人主義が成り立っている。こんなに自由な国があるのが本当にうれしい。

この気持ちがなくならないうちに、と、編集長のKさんとママさんとドバイの打ち上げ。日本らしい居酒屋さん！　だよね〜。

「今回の旅行で、帆帆子さんとお母様を見ていて、やっぱりつかむ人というのは、自分の好きじゃないものや嫌いなものに対して、しっかりとNOができる人だな、と思ったんですよ」とKさん。

そうね（笑）、ママさんも私もはっきりしているからね。というより、その居心地の悪い中でずーっと過ごしていることができない敏感さがあるんだよね。

いろんな話をして、最後は新刊のタイトルまで決まった。ズバリ『出逢う力』。

6月16日（火）
時差なんてもうなくなっているはずなのに、なんとなくだるい。

6月17日（水）
ようやく梅雨らしい雨。湿度がなければ涼しくてけっこうさわやか。

6月19日（金）

友人のおじさまMさんとシャングリ・ラ ホテルでランチ。

ドバイのことをあれこれ、思う存分報告する。

黙って聞き、最後に一言。

「イスラムの聖職者やロイヤルファミリーや、世界を股にかけたビジネスマンに、『キミの書いていることは、それでいいんだよ』と背中を押されるために、今回の旅行があったたね。それがドバイに行った意味だね」

と言われる。ほ〜、なるほど。

M「だって、キミの書いていることは証明ができない種類のことじゃない？　今後も、要所要所で、それでいいんだよって確認させられることがあるんじゃないかな？　チベットの山奥とかさ、ダライラマとかにも会うんじゃない？　また知らないうちにアレンジされて、さ」

帆「そうだといいですね～。このあいだ地底の世界に行ってきたんです！　とかね」

M「おう、行ってくれぃ」

すっかりやる気が出た。

戻って、勢いに乗って『出逢う力』のレジメを書いた。

6月20日（土）

執筆のためにこもっている。

友人たちのライングループによれば、友人が、カフェを開くことにしたらしい。テレビで見てピンときた土地にひとりで出かけ、「そこで、宇宙にやるべきことを教えてくれるようにオーダーしたら、こういうことになりましたの」と書いてあった。すでに、ほうぼうへ手を打って、行動に移している。

こういうところがすごいよね。そのカフェの話は、このあいだママさんから聞いた「ママさんがいずれ作りたい癒しの場」の計画とそっくりだった。

エネルギーが同じ者同士は、ワクワクの質までシンクロし合うんだな。

ドバイで買ったペルシャ絨毯に寝転んで、ドバイのことを思う。

すると、急に面白い宇宙人の顔が浮かんだので、その絵を描いてみた。
ラフを写真に撮ってママさんに送ったら、速攻で大笑いの電話がかかってきた。

6月21日（日）

やる気の出ない一日。
執筆のためにこもっているもののまったく進まず、困ったことになっている。
家から一歩も出ず、パジャマのままだらだらとすごす。
午後、ちょろっと遊びに来た友達が「おお、外に出てない感じ、満載」と笑っていた。
友達は1時間ほどで帰り、ひとりの穏やかな時間が続く。

6月22日（月）

今日は「一粒万倍日」だというので、神社にお参りに行こうと手帳に丸をつけていたのに、朝になったらすっかり忘れて仕事していた。基本的に手帳を見ないから仕方ない……。
午後、時間ができたので、はじめは欠席にしていたあるお祝いの席に行こうとママさんに連絡。でも、ママさんがその相手と何回かやりとりをしているうちに、「これはもう完全に乗る列車がずれた、違う方向に進み始めた」と再確認したそうなので、ふたりで心置きなく「行くの、やめよう♪」となる。ああ、スッキリ。

この数ヶ月で感じていることの再確認だけど、この数年（正確には半年から1年くらい）、それぞれの人の進む方向がはっきり分かれて、本当の「類友」が始まった。

その結果、これまで（たとえば）20パーセントくらい違和感のあった人（でも20パーセントくらいだから目をつぶっていた人）に対して、急にその20パーセントが気になって、今までみたいに会えなくなったりすることが増えてきている（似たような話を他の人たちからも聞く）。それぞれの世界が細分化したから、前だったら「だいたい似ているから同じ仲間」と思っていたけれど、その違いすら「別物」となったんだよね。

すると、本当に居心地のいい人だけと付き合うようになるから、まわりにいる人が限定されてくる（自然と人数が減ってくる）。そして、この「本当に居心地のいい人」と一緒にいるときの気持ちのよさを一度知ってしまうと、そうではない人（ずれている人）と一緒にいるときの不自然さがおかしい（本物ではない）と感じるので、会いたいと思う人がどんどん減っていって、一瞬「人嫌い」になるかのような感覚になる。「こんなんでいいのだろうか」と思うときもある。

しかし最終的に、身のまわりの人の入れ替えは、自分が次のステップに進もうとするときに必ず出てくる種類のテーマであり、必要なことだとわかった。「前は合っていた」という人は、前のレベルの自分のときに合っていた人なので、自分が成長すれば、噛み合わなくなるのは当然。だから、もともと20パーセントの違和感があった人とは、その違いがさらに拡大するように感じるのも当然。

つまり、お互いにとって居心地のよい世界に分かれることになるので、それを悲しく思ったり、罪悪感を持つ必要もない。

さっき書いた、行くのをやめることにした会について、不思議なのは、私もママさんも、急にその人に対して同じような感情になったこと。なにか決定的な事件が起こったわけではなく、前回、お互いに嫌な感情を持って離れたわけでもない。でも考えてみたら「これまでもずいぶん違ったよね」と思い出すように、その違いが鼻につき、しばらく顔も見たくないかも……くらいのところまできてしまった。何度も繰り返すけど、これは相手が悪い人ということでは決してなく、先に行けば到達するところが違うということに気付いた、ということ……。

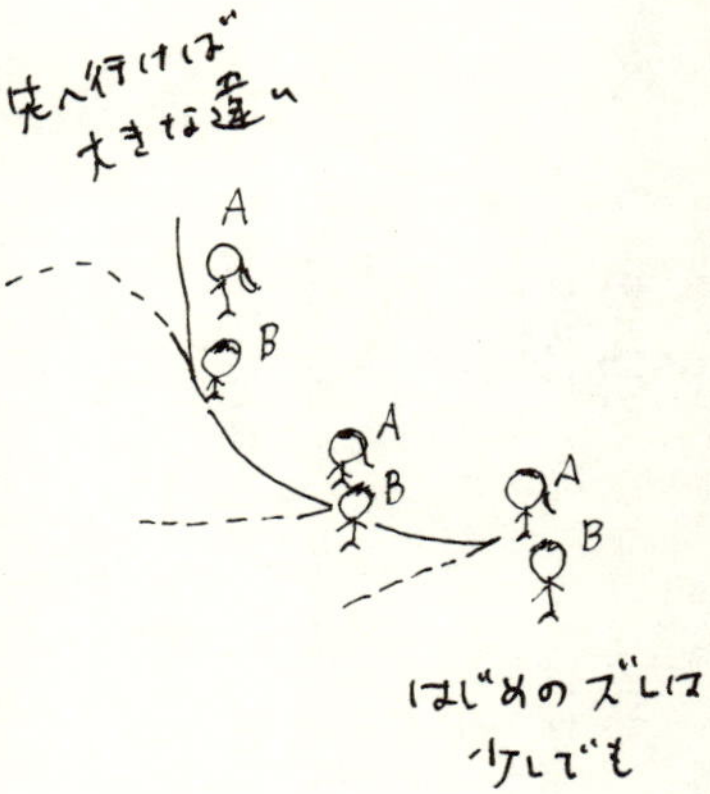

6月23日（火）

夜、友達と3人で食事。パレスホテルの「琥珀宮」。

ドバイの話をして、アラビアらしい香りの香水をお土産に渡す。

6月24日（水）

朝、外に出かけたくなり、コーヒーを飲みに行く。今年は梅雨なのに雨が少ないから、気持ちのいいお天気が続いている。このカフェも、最高。

そこへ、今日の午後会うはずの人から電話があり、午後から急に出張となったのだけど、どうしても今日会いたいから午前中は空いていない？　という連絡だった。

空いてる♪

こんなふうに、朝起きたときに一番気が向くことから始めると、全体の流れがよくなる。

あのとき、「仕事しなくちゃ」と思って無理に机に向かっていたら、違う結果になっていたと思う。

夜は三笠書房の人たちと食事。新人編集者のMさんも一緒に、文庫化のお祝い。

代官山の「マダム・トキ」だ。久しぶりすぎて、「そちらの個室です」と言われたので近くのドアを開けようと思ったら「そちらはお化粧室です」と言われる。

一皿一皿がとてもよく考えられた料理だった。創作すぎず、素材の質がしっかりと感じられ、量も程よく、バラエティに富んでいる。最後のデザートも、メニューから選んでそこから作り始める本日のデザートと、ワゴンで運ばれてくるたくさんのパイやスフレ、ケーキから選ぶデザートの両方があって、とても親切だと思った。

ドバイの話から始まり、新人Mさんのスペイン好きの話や、3人の共通点など、盛り上がる。そしてデザートが始まったあたりでようやく、

「そういえば、新しい企画の話とか、書いてありましたよね、メールに」

と私から言い出して、ようやく新しい本の話になる。

不思議なことに、新しく提案された企画から発展して次々とアイディアが浮かび、それをどんどん話して盛り上がるうちにタイトルまで出てきてしまった。

この3人で盛り上がったのだから、この3人のうちひとりがちょっとでも「違うかな？」と感じることはしないようにしましょう、ということで方向性が決まる。

こういう感覚で盛り上がるために、会食……もっと言えば、「接待」ってあるよね〜。楽しい話をして、美味しい食事をいただき、皆のエネルギーがグルグルまわる、高い波動のボルテックス状態になったからこそ、いいことが出てくる。

きっと一番はじめから企画の話をされても、それをやるかやらないかだけの二択で、そこから発展した新しいものは出てこなかっただろう。盛り上がりって大事だ。

きっと、こういう感覚で盛り上がる先に、一緒に会社を作るようなことが起こるんだよね。

6月26日（金）

今日は、日航ホテルに「ナンタケットバスケット」の展示会に行く。

こんなにたくさんのナンタケットバスケットを一度に見たのははじめて!!

前から欲しいなあと思ってはいたのだけど、どうも、籠バッグにこの値段（高い！）というのは……と気持ちよく思えなかったところに、知人がナンタケットバスケットのインストラクターの資格を持っていることがわかったので、作ってくれることになった。うれしい。

しかも、正確にはその人は知人ではなく、あるときいただいたお手紙の中にナンタケットバスケットのことが書いてあっただけのスタートなので、こんなことになるなんて、最近の私の一番の引き寄せ!!

7インチのオーバル型、トップの部分はアイボリーかメープルで、飾りは大きな貝をひとつ、というスタイルにしたいと思う。うん、いいね～、楽しみ♥

さすが、この会をまとめている先生の作られたものは、ひときわ違った。技術ではなく、センスが！（もちろん技術も素晴らしいのだろうけど、素人の私には違いがわからないので）。まさに「洗練されている」という感じ。上についている飾りも子供っぽくない。

材料を一通り選んでから、ホテルのソファでおしゃべり。

彼女は、アラブやエジプトの歴史が学生のときの専門だったらしい。中東の話、重なるなあ。私は彼女のセンスがとても好きなので、エジプト美術に興味があることを知って納得。

私も、今もう一度大学に入ったら、エジプトやアラビアの歴史をやるだろうなあ、と思う。

やっぱり、アラブの熱、まだまだ続きそう。

6月27日（土）

さっき、運転中に面白いのを見た！　等身大マリオカート！　マリオやキノピオやクッパに扮した人たちが、マリオカートに乗って走っていた、渋谷の町を。向こうからあの一団がやってきたときは、けっこうビックリした。赤信号だったので、慌ててパシャリ！

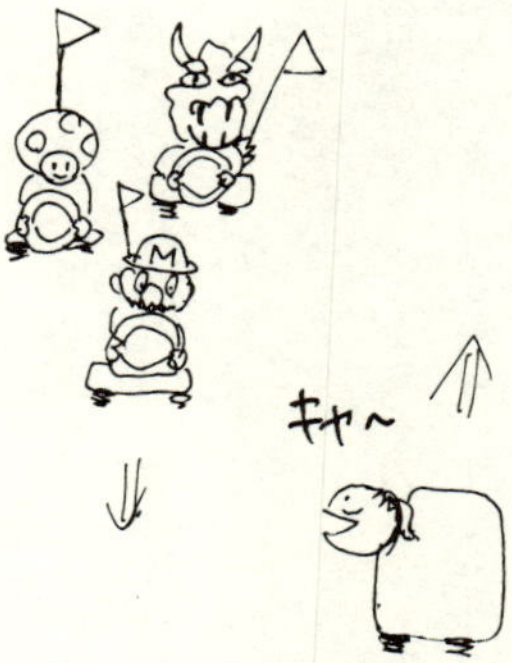

6月28日（日）

今日はホホトモサロン、潜在意識の話。

終わってから、友人たちがうちに来て、今日ホホトモサロンでやったのと同じワーク（1年後の自分に会いに行く）をやった。

コニーは「どこか外国のホテルのレセプションのようなところで働いている、電話を受けている」というシーンが見えたらしい。

へえ、すごいねえ。

そして、それに対して、カンボジアにも一緒に行ったBちゃんが、

「ああ、それはシンガポールだね」

とか普通に言っていて、それもまたおかしい。

「マリーナベイサンズホテルが見えてる……からそのホテルではないってことだ」

とか。私たちが、これから先みんなで行くかもしれない外国があるかを聞いたら、

「あるよ〜、あ、そのとき帆帆ちゃん子供がいるね」

と言われる。

「旅行に行く行かないは、子供がいるかどうかは関係ないと思うんだけど、なんで子供の話が出てくるの？」

「一番印象的なことが見えるから、それが見えてる」

とか言ってた。

最近、とにかく思うことは、なにかサインを受け取ったら、なにかにピンときたら、とにかくすぐに動くことだ。イメージばかりしていても、動かなければ始まらない。

この数ヶ月、私たちが陥った「人嫌い」の話になる。

今まで我慢できていた人（たち）に対して、もう一緒にいられなくなるところまで違和感が膨らむ、というあの現象。

離れてみると、本当にスッキリ。気持ちは明るく、急に流れがよくなり、これでよかったのだという安心した気持ちになる。

6月29日（月）

午前中、ＡＭＩＲＩの仕事。

きのうのことを思い出して、思い出し笑い。

さてと、きのう皆と話してすっかりやる気になった「今私にできる次のこと」をコツコツ始めようっと。前は面倒な気持ちだったのに、今は全然だ。同じことに対してこんなに違う感覚になるんだから、面倒なときに頑張ってやる必要はないなあ、と思う。

今晩は弟が来るので、酵素玄米に合うお味噌汁でも作ろうっと。

6月30日（火）

きのうは久しぶりに弟と深くいろいろな話をした。

弟もこの数ヶ月で、ある人に対して「前はそこまでじゃなかったのに、今は鳥肌が立つくらいに嫌になっちゃった」と思うことがあるらしい。

そこで、最近起きている「それぞれの人の乗る列車が分かれてきている」の話をする。他にも、いろいろ。

タイミングってあるよねえ。前は、同じ話をしてもこういう反応ではなかったと思うし、もちろん私も、そういう話をしようとは思わなかったし。きっとお互いにとって、「そういうとき」がきたのだろう。

だから、「今この人にはどうしてもこういう話をしたくない」とか、「どうしてもこういう気持ちにならない、（もちろんその逆も）」というときは、それでいいのだと思う。それに素直になっていい、素直になったほうがいい、素直になったほうがうまくいく。

8月のパパさんの誕生日プレゼントを選んだ。

文字を入れるので、早目にお願いしないと。

7月3日（金）

ドバイの本のために、7月はできるだけ予定を入れないようにした。

可能な限り、できるだけ家に、中に、内をみつめて、こもっていたい。

今、こもる準備。

8/9
ホホトモ
サマーパーティー。
@佐島・北原邸

終わってから夕焼けの中、
J子さんと語る。
北原さん、アプローチ練習中

7／27　軽井沢の朝食

8／8　左下がシャンパンビル

仕事部屋の朝

8／27　恵比寿の有隣堂。下の段全部

8／17
友達に勧めたデーツ

ヤマトタケルの像

7／29　三峯神社

ドバイの現地コーディネーターさんが後日送ってくれた伝統的な手洗い器（右の赤）。先端から水が出る

6／27　マリオカート！

7／29「100001」！

やっぱり、テトがいた

2016年の手帳の表紙。ドバイの国鳥

6/20 大笑いされた宇宙人。

右上の絵を元に生まれた新キャラクターたち。
2016年の手帳にも、この本のカバーにも……

11／14　フェアウェイの紅葉がきれいだった

11／9　炉開き

10／13　日光再び

カフェの外席で見上げたら巣箱

11／5　ギャラリー禅

バイタミックスいろいろ

スマホサイト「帆帆子の部屋」のシークレットルーム

スマホサイトの待ち受けプレゼント

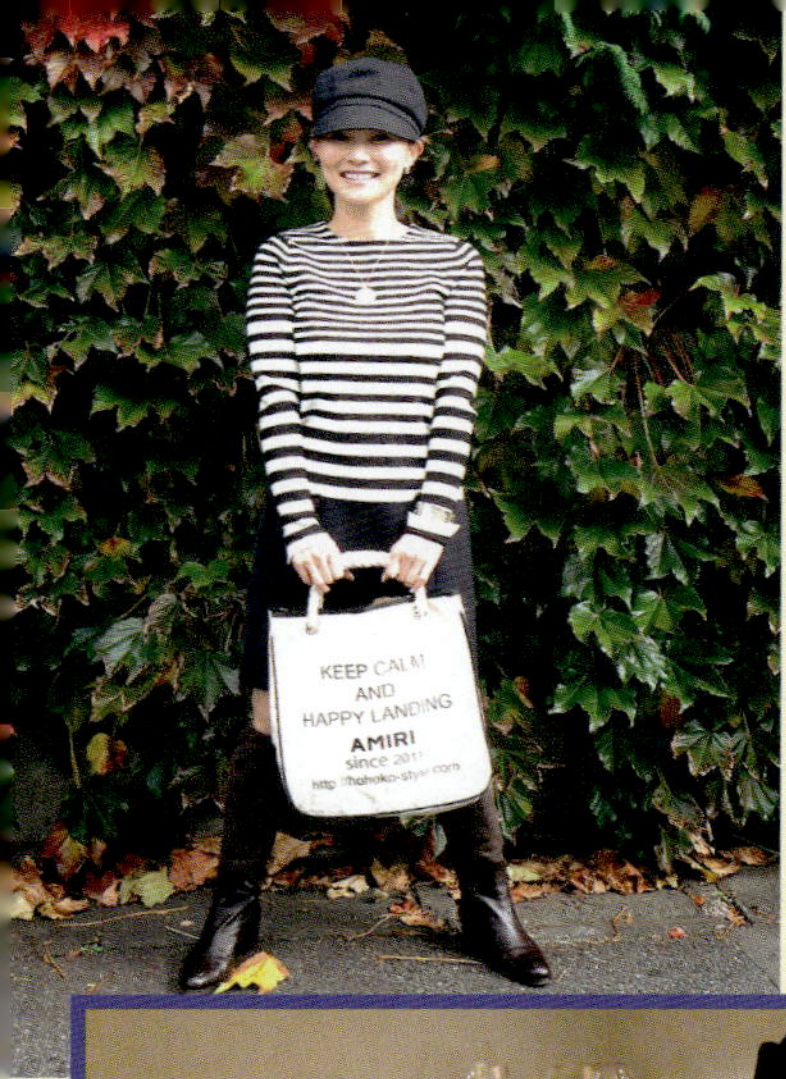

11/11 クリスマスパーティー限定バッグ

11/6 王様のブランチ

10/29 マリアージュも最高♪

11/17 軽井沢。物語のはじまり

11/24 椅子に乗ってもまだ高い

12／6　ホホトモクリスマスパーティー
（@マダム・トキ）

12月後半、ボーッとした幸せな年末

クリスマスイヴ

12／25　そう言えば
今年の書き初めは……

7月5日（日）

カンボジアでお世話になった高山さんの講演会に行く。

出版社の人たちに声をかけていたのだけど、みんな「人柄がよく出ていた」という感想を持ってくれたみたいで、よかった。経歴や活動内容は調べれば出てくるけど、人柄とか、雰囲気とか、そういうものに触れるために生の講演会はあるよね、とも思う。

前、ある大企業の役員（ロボットの開発をしている科学者で、あまり知られていないけれど、実は精神世界系の有名な作家と同一人物）の講演に行ったとき、あまりよい印象を受けなかった。基本的に、会場に来ている人たちに「こんなすごいこと、わかります？　このレベル、ついてこれます？」というような話し方だった気がする。隣に座っていた知らない人も、「上から目線を感じない？」と言っていたのが印象的だった……とにかく、そういうこともあるから、高山さんのにじみ出るような雰囲気が伝わってよかった。

終わって、高山さんも一緒にみんなで食事。

7月9日（木）

フェイスブックに、「執筆でこもるので、しばらくフェイスブックをお休みさせていただきます」のメッセージを書いて、スッキリ。これだけたくさんの情報が乱れ飛んでいる現代だと、外にあるよいものを吸収しようとする「入れる作業」ももちろん大事だけど、今ある自分のエネルギーを質よく守ることもすごく大事な気がする。

というか、そっちのほうが大事かも……。入ってくるものをきちんと制限して、エネルギーが漏れるのを防ぐことだよね。すると、冴《さ》える気がする。

明日から、楽しみなこもり生活。

7月13日（月）

楽しくヌクヌクとしたこもり生活は順調に進んでいる。

執筆の合間に、ＤＶＤの運動プログラムをしたりして。

友人に『キングダム』というマンガを借りた。誰かがテレビで話題にしてから売り切れになったそうだけど、そこで紹介されたとは知らず、別の人から聞いて全巻買ったという。

さっそく借りて読んでいるのだけど、たしかに面白いね。中国の戦国武将時代の話なので、簡単にスポンスポンと首が飛ぶのだけど、読んでいくと、人を動かす、人から受けるエネルギーの話だ。今の私のテーマと合っている。


友人のお母様からお琴をいただいた。

お琴をやりたいなと思っていて、何回か友人（師範）に習ったりしていたんだけど、自分のがないから家では練習できず、かといって、わざわざ買うほどでもないから、いずれなんとかなるでしょ、と思っていたところに、友人のお母様が「引っ越しをして処分するから」ということでまわってきたのだ。ありがたいなあ。

7月16日（木）

この数日、雨。こもり生活も一週間経った。

起きて、美味しい朝食を作って、本を書いて、お風呂に入ったり、『キングダム』を読んだりしている。この幸せな穴倉に、大好きな人だけが訪ねてくる。

「帆帆ちゃんって、ひきこもりだよね」と言われる。

そう、ひきこもり♪

考えてみると、けっこう前からそういうところ、あった。

「ジムで運動するっていう選択肢とか、ないでしょ？」

と言われ、それもたしかにそう。20代後半、ヒルズクラブのスパに入っていたけど、使えるヒルズの中で一番よく利用していたのは愛宕ヒルズで、その理由はとにかく人が少なかったから。あそこは愛宕ヒルズの住人がほとんどだったし、外国人が多いので朝は混むけど昼間は空いているし、全部の施設が高層ビルの上のほうだったので眺めがよかったのだ。最も苦手だったのは六本木ヒルズスパ。

　それもだんだん足が遠のき、今となってはうちのお風呂が一番快適だと思うし、知らない人と一緒に運動なんてしたくない……という……かなりの人嫌いかも。

『キングダム』を読みふける。そしてムラムラとやる気をみなぎらせて仕事に向かう。

7月19日（日）

朝、一瞬、セミが鳴いていた。

きのう、テレビで「早ければ、明日から東京は梅雨明け」と言っていた。セミってすごいと思う。

ゴム草履を履いてぺたぺたといつものカフェに出かけたら、奥の席でサングラスをかけているママさんと遭遇。

マ「あら～、ごぶさた♥」

帆「どうも～、ここ、座っていいでしょうか～」

とか言って、向かいの席に座る。

最近、ママさんは、自分が望んでいた状況を完全に引き寄せた。

詳しく経緯を聞くと、ポイントは、「私にとってぴったりの『それ』が必ずくる」ということを信じて疑っていないこと。もうそこにあるかのように信じ、その上で、今自分にできることを楽しく進めていく、という非常にシンプルな方法。でも、それを100パーセント信じ切っているというところが、すでに凡人ではないんだよね。

魔女ママ、サイキックママ。

でも、この意識の力はみんなにあるから、それを使いこなせば、みんなもう能力者のようなもんだ。

それから、ママさんの知人に最近あった話も聞く。

その人は、すごくストレスのたまる嫌な人（上司、先輩、上の立場の人）がいる職場で自分の能力をつぶされていて、いつ会ってもその嫌な上司が話題に出てきていたという。

それに対してママさんは、

「その職場、すっぱりやめてみたら？」

と前から言っていた。でもその人は、そこに属してきたこれまでのキャリアや、自分のやってきた成果をあきらめることができなくて（その職場を離れたら、それはなくなってしまうと思いこんでいて）、そこまで嫌な思いをしているのに、ズルズルとその環境につながり続けてきた。もっと言えば、その職場に属していないと仕事がこなくなる、と思っていた。「本当にその職場に執着がなくなったときに、絶対にあなたにぴったりの話がくるわよ」と言っていたママさんの言葉どおり、(数年経ってようやく)その人はその組織をやめることにした……ら、本当に、やめたあとにぴったりの仕事の話がきたという。

それは、その人が心からやりたいと思っていた内容で、これまでの職場にいたら、彼女にはまわってこなかったという仕事らしい。

この世の引き寄せの法則では、その人と同じ波動のものがやってくる。例外はない。今はそれが見つからなくても(なくても)、自分にぴったりのものが必ずくる、と信じている人のところには必ずくる。これをどの程度本気で、心配なく信じているかどうかにかかっている。「そうは言っても見つからないと思う」という人には、そうは言っても見つからない、という現状がくるのだ。

そうかそうか、今私が思っているあのことも「ぴったりの状況でそれがくる」と思おうっと。

新刊の原稿を書いているときはいつもそうだけど、その本に書くべきことが集まってくる。もうわかってるよ、というくらい同じ種類の話。

まぁ、いつもよりも自分の内を見つめて、完全に新刊の波動(エネルギー)になっているから、それと同質のものが引き寄せられてくるのは当たり前なんだけどね。

そろそろ、おこもり状態から抜け出ようかな。

7月22日（水）

夏になった。この朝の時間がすごくいい。今、7時半。窓からの大きな木をとおして、柔らかい朝日。部屋が暗く、外は真っ白、天国か？　サラサラサラと貝の風鈴。

幸せな気持ちで、今日の買い物をメモする。

本当に、そろそろおこもり脱皮しようっと。

夜は広告代理店の人と会う。ザ・代理店！　という感じ。

7月24日（金）

また、軽井沢へ。

久しぶりに玄関の掃除。積もった泥をこそげ落として、水をバシャバシャかける。

7月25日（土）

明日のバーベキューの買い出しに行く。炭やトングなど、足りない小物を買う。

お昼に東京から来る予定の友人からライン。東京駅へ向かうタクシーの運転手さんが、とってもノロノロ走る人で、予定していた新幹線に乗り遅れたそう。次が30分後なので、遅れる、とのこと。まったく問題なし。

Sorry
びえええ
こんなパンダのスタンプが来た
かわいい

無事到着して、友人と一緒に山の上のほうのカフェへ行く。

サンドイッチランチを食べる。モッチリしたフォカッチャが美味しい。

どれくらい運転手さんがトロトロしていたか（友人の家を出て、どう考えても東京駅に向かって逆の方向に走り出したり）、どれほどダッシュして、ホントに目の前でタッチの差で新幹線のドアが閉まったか、という話。

帆「たいてい、ギリギリだったけど、なんとか間に合った！　というオチなのにね」

「でしょ～（笑）」

帰りに、うちに寄って、ママさんと会った。

「帆帆ちゃんのママって、アーティストだよね」

と、あとで言っていた。それ、ママの一番喜びそうな言葉（笑）。

7月26日（日）

午前中から食事の準備。
テラスの机と椅子に布をかぶせ、バーベキューセットを出して、蚊取り線香も木に吊るした。大きな渦巻き状の蚊取り線香。ママさんはカレーを煮込み、私はサラダを2種類作り、野菜やお肉や魚介類を切ってお皿に盛りつける。
帆「友達によれば、今日は宇宙暦？　で言うところの『宇宙新年』なんだって」
マ「へ〜。それじゃあ、宇宙の年末（おととい）に玄関の掃除をして、今日は新年のお節の準備をしているようなものね〜」

4時頃、みんなが着いた。カッキーとコニーとK。これだけで楽しい。

ジュージューと焼きながら、シャンパンで乾杯する。

ひととおり近況など話して、そろそろ暗くなってきた頃に室内に移動、キャンドルに火をつけて、バースデーケーキを運んだ。カッキーとコニーの7月の誕生祝い。

ものすごく大きなバースデーケーキだ、フルーツもたっぷり載っている。中はしっとりしたスポンジケーキが何層にもなっていて、あいだにもフルーツやクリームがふんだんにはさまっていた。

さて、そこからおもむろに、カッキーの「こんなん見えます」が始まった。

彼女は、スピリチュアルな存在からメッセージを受け取ることができるのだけど、その力がこの一年くらいで急に強まったという。特にこの数ヶ月。

これまでも、ちょいちょい、未来に起こることを具体的に詳しく当てられたけれど、その量と信憑性がますます高まっているという。

さっそくやってもらうことにした。

「帆帆ちゃんの場合は、結果はあとからついてくるので、『この願いをかなえるためにはどうしたらいいか?』というようなことは思わず、やりたいようにやっていると成功します。いいですか? 何回も言いますけど。とにかく自分がやりたいようにやれば答えはついてきます。やりたくないことはやらないこと。向こうからオファーがきても心が乗らなければ断ってても全然かまいません。今年はオーバーワークのように執筆活動が山のように見えるのだけど、それは時間が解決してくれるので、時期的には大変かもしれないけれど、頑張って書いてください。来年の〇月に、今までのこととは別のことにシフトして行動することになる、今までよりもっと幅広くメジャーにアピールしていくことが起こる。

それから、国際貢献という文字が出てるんだけど、それは平和とかではなく観光という感じがするので、これまでは平和のためになにができるかを考えていたと思うけれど、国の利益に役立てる立場になるので、観光ウェルカムという王国からオファーがくる。王国以外にも、観光的に新しいことをしたいところからのオファー。自分から動かなくていいとは言ったけれど、自分の願いについては貪欲に。たとえば、神社仏閣でも、願ったら必ず次のメッセージがくるから、その中でピンときたことは動くこと、そうすれば必ず次の動きが出るから。

○○（私がやりたいと思っていること）について、これも来年の○月と出ているので、来年までに方向性や拠点、具体的な場所が決まると思う。本音のイメージを妥協しないで貫くこと、ラッキーアイテムとしては……これはなんだろう、フォトフレーム？　が見えていて、自分の好きなフォトフレームを、それは自分で作ってもいいのだけど、見つけて、そこに写真とか絵とか、自分がこれは力があるなというものを入れて部屋のどこかに置いてください。それから、写真集というのが出てる……写真と言葉というようなものが求められているので、それは第二弾、第三弾と続いていくような感じ」

カッキー、たしかにパワーアップしてる。前より情報量が増えて、しかも、いちいち言わないけど「当たってる（笑）」とつぶやくことがたくさんあったから。写真と言葉の本は、今、話がきていてやると決めたしね。

その他、今年バリ島に行く意味や、現地でするといいことや、今書いている本のことや、ハワイの家の話とか、いろいろ言ってた。それから、私は月からパワーをもらうんだって。

うん、よし、やるぞ。

本物のヒーラーとかメッセンジャーって、ここが大事だよね。聞いたあとに、晴々と楽しい気持ちになること。未来に対してやる気満々になること。

「勉強してヒーラーになる」とかいう人がいるようだけど、それってなんだろう？　ヒーラーなんて、勉強してなる（なれる）ものではない。もちろん、資格でもない。そもそも、「ヒーラー」なんていう肩書があること自体が違和感。

「癒し」というのは、「癒したい」と思ってすることではない。人を癒したいという目的であれば、自分の日常を真剣に生きているだけで、誰でも自然に他の誰かを癒していると思う。

たしかに、他の人にはない特殊能力がたまたまある人はいるけど、それを意識したことなく、「気付いたらヒーラーみたいなことをやっていた」というのが一番自然で、求められることなんじゃないかな。

7月27日（月）

今日も空は青く、軽井沢らしいさわやかさ。リゾート地はやっぱり朝がいい。

テラスに朝ご飯の準備。いろんなフルーツジュース、目玉焼きと厚焼きベーコン、ブロッコリーとパプリカ。

ここでもおもむろに、また、朝のカードリーディングが始まった。

3枚のカードを引く。私はきのうの続きのような内容だった。自分の本当にやりたいことだけに注目することだ。他に印象的だったのは、季節の中で夏がキーポイントで、夏になにかを企画したり次のことを考えたりするのが最適、とのこと。それわかる。だって夏が一番好きだから。楽しい時期に企画することはうまくいくに決まってる。

それから、ここ（軽井沢）にいるとこれからの方向性が見えたり、その方向性のオファーがきたりするんだって。へ〜、そう。

午後は、きのうのカフェにまた行く。2時すぎ頃に着いたら満席だった。一組目だったので、名前を書いて、風通しのいいベンチに座ってジーッと待つ。そうしているあいだにも次々とお客さんがやってくる。

ベンチの脇に群れていたクローバーから四つ葉のクローバーを探したけれど、なかった。このあいだホホトモサロンで、女の子が手紙に張り付けてくれた四つ葉のクローバーを思い出す。

店員さんがやってきて、「ご相談なんですけどね。店内ですと、5人が離れてしまうので、外のパラソル席ではいかがでしょうか？　できるだけ椅子を近づけてお話しできるようにしますので」と言う。まったく問題ない、むしろ外の席のほうがよかったので、みんなでうれしくパラソル席に陣取る。

前も思ったけど、このお店の店員さんは本当にいい人。いつもお客さん側の立場に立って考えてくれる。

ノンアルコールシャンパンで乾杯をして、丁寧な味のサラダランチを食べる。美味しいパンも、ひとり6切れついている。

ボーッとしていたら、カッキーが突然「オオカミがいる！」と言い出した。

そういうのに慣れている私たちは「そうなんだ、どこに？」と普通に対応。

帰るときには、「今、マックロクロスケみたいなのが足元をサササーッと通っていった」とか言ってた。

ママさんを別荘の近くで降ろし、私たちはスーパー「ツルヤ」へ。

今日の分のシャンパンを買う。カッキーは、東京では売り切れだったというハーゲンダッツのアイスコーヒー味も。

帰ってきて、カッキーはソファで昼寝。

私とコニーは、Kに「自分の人生曲線」のワークをやってもらった。

これまでの人生で印象的な大きな事柄を書き出して、折れ線グラフにする。「気持ちが落ちたこと」の内容が同じ場合、２回同じことが起きたときにクリアーし、３回目にまた同じ内容で落ちると人生のテーマになる、とか、落ちたときに抜け出したきっかけが、その人の強みになっている、など、細かく分析するといろいろ出てきそう。

お風呂に入っていたママさんにも勧めてみたら、

「私はやらなくていいわぁ〜。だって、過去を分析している時間なんて、もうないもの〜（笑）」

だって。たしかにね、先のワクワクにフォーカスすべし。過去のパターンを分析して、で、どうしようというのだろう。大切なのは今。そして、さっきまでのことは、もう過去。

ふとソファを見たら、カッキーの寝姿が仏の涅槃像のよう。

全身ピンク色でとてもかわいい。

誰も外に出たくない私たちは、きのうの残りのカレーと焼きそばと、ハワイのオーガニックチップスとディップという、子供が好きそうなメニューで夕食にする。

コニーの顔が、すすをかぶったみたいに黒くなっている。

「ねえ、顔、真っ黒だよ!?」

「ホントだ。どうしてだろう……」

「マックロクロスケじゃない？（笑）」

「……本当にそうかも。だって……黒いものなんて、なにもさわってないよ？」

食後、ケーキを食べて、くつろぐ。

再びウトウトし始めたカッキーは夢を見たらしく、「ああ、ビックリしたぁ！　どっちがホントの世界かわからなくなっちゃったぁ」とか言いながらムクッと起き上がり、ちょうどママさんがお夜食に置いたおむすびを、「お供えがあるではないか♪」と、ハグッとほおばった。

カッキーがいろいろなものとつながるようになった始まりは、実はこの軽井沢、万平ホテルの一室。フッ、やっぱり。あそこ、なんかあるよね。

いろんな段階を経験して、数年経ってパワーアップして、また始まりのこの地に戻ってきているみたい。

7月28日（火）

今日はシトシトと雨が降っている。みんなが帰る日でよかった。

朝起きたときからアイフォンをいじっているカッキー。カッキーにとって、アイフォンというのは本当に情報収集のツールなんだと思う。この小さな機械を駆使して、受け取った情報をいろいろ調べ、実行に移す。

私は、きのうみんなが話していた「自分にとって必要な神社へ行くとパワーアップするよね」という話を思い出し、「なにかを突破したいときに行くといい神社ってどこ？」と聞いた。するとそのとき、カッキーのアイフォンに「三峯神社に行きたい」という人から連絡が入った。

カ「あ！　日光もいいんだけど、この三峯神社！　ここここ、ここがいい！　転機になったり、なにかを拓いたり、今の帆帆ちゃんに必要な神社。どうしてこの人、三峯神社に行きたいって言ってきたんだろう」

しかも、そこはオオカミをお祀りしてある神社だという。またオオカミか。そして、「なんだか犬のにおいがしない？」と。するとママさんが、「え……今、テトのことを考えてた……。これホントよ!?　こじつけで言ってるんじゃないわよ!?（笑）」と言い出した。テトは昔飼っていた犬で、天に昇ってもう6年くらい経つけど、ママさんは今でもたま〜にテトのにおいを感じることがあるらしい。しかも、テトの鼻はとんがっていて、オオカミを小さくかわいくしたような外見……。

たったそれだけで、三峯神社に行くのがとてもいい気がしたので、さっそく明日、東京に帰るときに寄ってみることにした。関越道の花園インターから片道1時間半とあるから、家に帰るまで6時間近く運転することになるけど、すごく楽しみ。

きのうから、トイレの水の流れが悪くなった。Kがお腹の調子が悪くてトイレにこもったときに、トイレットペーパーをたくさん使ってつまったみたい。でも、今までもっとたくさん女性が泊まっても、一度もそんなことなかったのに。

今朝になっても調子が悪かったので、みんなが水をバコバコする道具を買いに行ってくれて、カッキーがバコバコしてくれた。

料理の準備などでは一切立ち上がらなかったカッキーだが、トイレ騒ぎを聞きつけて、「出番だね」とおもむろに立ち上がり、便器に棒を突っ込む姿はとてもたくましかった。「涅槃像、1年ぶりに立ちあがってトイレを直し、村人大喜びの図、だね」とコニー。

みんなが帰ってから、軽井沢銀座に買い物へ。

薪の配送をしてくれる新しいところを見つけた。前のところはトラック一杯分で4万円くらいしたそうだけど、ここのは3分の1以下。おじさんもとても感じがよかったので、ママさん、ここに決めたらしい。

そして、私もお目当てのものを見つけた。1ヶ月以上探していたあるもの。それについて、そろそろ見つけないと間に合わないなあと今朝思っていたときに、軽井沢にある、よく行くレースのお店が思い浮かんだ。で、行ったらそこにはなかったのだけど、その帰りにフラッと寄った別のお店で見つけたのだった。想像以上にピッタリ、こんなに都合のよいものがあるだろうか、と思うほど。

分析好きの私は、このお店を思いついたときのことを思い出してみた。

朝、ベッドの中で、「そろそろ見つけたいんだけど、○○はどこに行けば見つかるんだろう」とギューーッと意識を集中させて考えた。……このとき、必ずいいことが浮かぶはず、と期待していた(ここがポイントな気がする)。そのとき、キッチンに置いてあるレースのエプロンに目がいき、それは軽井沢のレース屋さんで買ったものだったことを思い出して、そこに行ってみよう、と思ったのだ。

で、そのレースのお店が空振りに終わったときに、〝でも、このレース屋さんをふと思いついたということは、必ずどこかにヒントがあるはず〟と思って、そのお店のまわりをキョロキョロと探したんだよね。ここもポイント。はじめに浮かんだことが答えそのものではなく、「おとり」……というか、答えにたどり着くためのヒントなんだよね。はじめに思いつくのがレースのお店（私の知っているお店）じゃないと、私がそこに足を向けなかったから、だと思う。

コツがわかってきた。

今日から、ふと浮かんだことはすべてテレパシー、というかメッセージだと思うことにした。フフフ。

7月29日（水）

朝の4時半頃に目が覚めて、パパッと片付けをして7時前に軽井沢を出る。

これから遠出をするというのは、楽しい。しかも、きっとなにか良いことがあるし。

上信越道から関越に入り、ひとつ目が花園インター。

なんと、「花園まであと1キロ」というときに走行距離を見たら、ちょうど100000キロになっていた（私は、1番や1並びの数字を見ると、今のこの行動や思いや考えていることがそれでOK、というサインと捉えている。詳しくは拙著『運がよくなる宇宙からのサイン』へ）。

「ちょっと見て!!」と興奮し、路肩に車を停めて写真を撮る。ということは、インターを出る頃には100001キロ……やっぱり、1番がくるよね～。それにしても、走行距離がこの数字というのは、車のナンバープレートや看板で1番を見るよりすごいことなので、「やっぱり三峯神社に来て正解なんだね」とうれしく思う。
花園インターからは、はじめは街の中を走り、次第に山の上のほうへ登っていく。思っていたよりも長く、山道をくねくねと。
山は白い霧に覆われていた。かつてニホンオオカミがいたところ、というの、納得。車の両側を、銀白のオオカミが一緒に走っているみたい。先導？
マ「わ〜、それ、すごくイメージできるわぁ」
帆「でしょ？ さっきからずっとその感じ。そのオオカミ、何色に見えてる？」
マ「白っぽい感じね」
帆「やっぱりね、私もそう、白銀」

10時前に到着。

最後の坂道を登って驚いた。そこは、観光バスが何台も停まれる大型駐車場。

そして、「こんなところにこんなに雄大な神社が!?」とビックリするほど雄大で広々とした敷地だった。木に囲まれた広い参道も、この霧も、荘厳な静けさも、とてもいい。人もほとんどいない。

特に、三つ鳥居から坂を上った左手に見えてくる大きな赤い門！ 白いモヤにつつまれて幻想的。ママさんはひどく感じ入っている。ちょうどモヤの向こうから地元の観光バスの運転手さんが歩いてきたので、写真を撮ってもらった。

はじめに、右手の遙拝所に登り、景色はモヤで見えなかったけれど、白い眼下に向かってお参りをする。いろいろなところにオオカミの像がいる。それからヤマトタケルの像を見にいった。

これはすごかった。思ったよりずっと大きく、植木で作られた高台の上に隆々と建っている。広げた大きな右の手の平から光がふりそそいでいるみたい。いいものを見た。

「この像が載っている台の部分（石と植えこみをたくさん盛り上げて台のように見せている部分）、すごく素敵ね。さっきの門のあたりの風景といい、この植えこみといい、この神社、センスあるかも」とつぶやいているアーティスト、ママさん。

本殿でお参りをしてから、祈祷を受ける。言われたとおりの「氣」守りを買い、お土産も買って満足。

次に、これも言われたとおりに隣のコーヒーハウスでコーヒーを飲む。

その土地で飲食をするというのは、その土地のパワーを採り入れるということ。その神様が繁栄するためにも、現地でお金を使うのだ。そのコーヒーハウスも落ち着いていて、たしかにここはセンスがあるかも……。

帆「なんか、すごいところまで来たね。こんな山奥」

マ「でも偶然はないから。私の中では、とにかくあのときにテトのにおいがしたってことが決め手だったのよね。どうしてここに来たのか、今に意味がわかるわよ」

「縁結びの木」の奥にあるオオカミの祠《ほこら》にも（これも言われたとおりに）お参りして、神社をあとにする。

帰り、東京にはない大型ホームセンターに寄ったり、ファストフードのドライブスルーなどに寄ったりして、とても楽しかった。

ずーっと運転して、4時頃、家に着く。

それから掃除をして、夜は、ドバイでお世話になったFさんと食事。

また、マダム・トキに行った。マダム・トキの館内には、私の好きな藤田嗣治の絵がたくさんかかっているのだけど、私たちが食事をした部屋は、オオカミのような黒い犬の絵だった。よし、今年のホホトモクリスマスパーティーはここでやろう。

やっぱり
テトがいた

7月30日（木）

きのうの6時間の運転の疲れで、今日は一日ゴロゴロと過ごす。

ママさんと電話して、「きのうの神社は、やっぱりテトが連れていってくれたのね」とか話していたら、カッキーからライン。

「どうやら、三峯神社はテトちゃんの導きで行ったようです。テトちゃんからのメッセージ、伝えるね」と、テトのメッセージが送られてきた。

そこには、私たち家族しか知らないであろうテトとの思い出が細かく長く、いろいろと書かれてあったので、ビックリ！

午後、家族でお墓参り。パパさんに三峯神社の話をする。こういうつながりを追って行動する話は、そのときにしておかないと感動が薄れるので。

7月31日（金）

仕事の一日。たまに、三峯神社の赤いお守りをさわっている。

夜は、パパさんの77歳の誕生日会。行きつけの料亭だったので、お店の人にお願いしていくつかサプライズを仕込んだら、本気で驚いていた。成功だぜぃ！

プレゼントも、気に入ってくれてよかった。

北の富士親方がいらしていたけど、いつ見ても、何歳になっても、ハンサムで格好いい。

今日の満月は3年に一度のブルームーンで、見ると願いごとがかなうそうなので、帰りにしっかりと見た。まん丸だった。そうだ、私は月からパワーをもらうとか言ってたな。

「満月とオオカミはセットなんだよ」というラインがカッキーからきた。

8月1日（土）

今朝は5時すぎに目が覚めて、あのお守りをさわりながらしばらくゴロゴロして、共同通信の原稿を書く。

そして、1日なので氏神さまにお参りしに行った。なんか、神様ごとばかりしているみたいだけど、考えてみると、私の尊敬する人たちは全員とても信心深い。宗派はそれぞれだけど、毎日読経をしていたり祝詞を唱えていたりしている。そういうことは「形」かもしれないけれど、それを信じていたり思ったりしていると、自然とそういう行動になるんだろう。

最近思うのは、「信じる力」というのは本当にすごいな、ということ。その神様をとおして、宇宙の大元とつながっているということだもの。その人にとっては、宇宙の采配や仕組みを知るきっかけがその宗派（神様）だったということ。

……暑い。

疲れてぐったりしていたのだけど、帰りに好きなパン屋さんに寄ったら涼しくて、急に元気が出る。買い物をして帰る。

このあいだカッキーに言われた、好きなフォトフレームにピンときた写真を飾ったり、本棚の整理をしたりして、夕方4時頃にようやく気持ちが盛り上がったので、そこから11時まで仕事。

8月3日（月）

今年は特に目標もなく、目の前の仕事を淡々とこなしている感じ。あ、そうか、それでいいのか。今年はそういう年みたい、ということを、前にここにも書いた気がする。

夜は、仲良しのCさん&Y子さんと食事。新しいスタイルのお鍋のお店。その家に伝わる鍋の味が評判よく、そこからお店まで開いてしまったお鍋。メニューはそれひとつ。普通の家……というか骨董屋さんのようなガラスの引き戸をガラガラ開けて入る。

とても美味しかった。けど、お鍋以外の小料理が、みんな少なかった。最後のデザートなんて、途中で私のには入れるのをやめちゃったのかな、みたいな少なさ。

同じお店に、Y子さんの知り合いで、洋服のお店をしているマダムがいらした。ちょうど今朝、Y子さんがそのお店で買ったパンツを、ずいぶん長いこと気に入って履いていて、また行きたいなあと思っていたところに再会したらしく、興奮していた。

イタリア人のように真っ黒なマダム。この方が着ていた白いブラウスが、すごくよかった。

8月4日（火）

週末に着る予定のドレスを試着して、あまりのムッチリさ加減にテンションが下がる。よし！と思い、今日から3日間、断食をすることにした。きのうの、CさんとY子さんの断食話に影響を受けた感もある。飲み物だけはOKにしよう。

お昼の打ち合わせはお茶だけにして、午後はネイルサロンだったので、どうにか持ちこたえる。お腹を鳴らさないようにするのが大変。個室なので静かだし。

でも、空腹感、ナシ。

夜は、体力がなくてなにも手につかないので、早目に寝る。

8月5日（水）

断食2日目。野菜ジュースとジンジャーティーを飲む。空腹感、ナシ。

午後、Cちゃんと帝国劇場へ『エリザベート』を見に行く。

尾上松也さんが出演とは、知らなかった。Cさんは劇中の演出で、松也さんからハガキをプレゼントされていた。

休憩時も、終わってからも、私は飲み物のみ。

空腹感ナシ。

8月6日（木）

一日仕事で出ていたので、食べずにすんだ。忙しくするに限る。

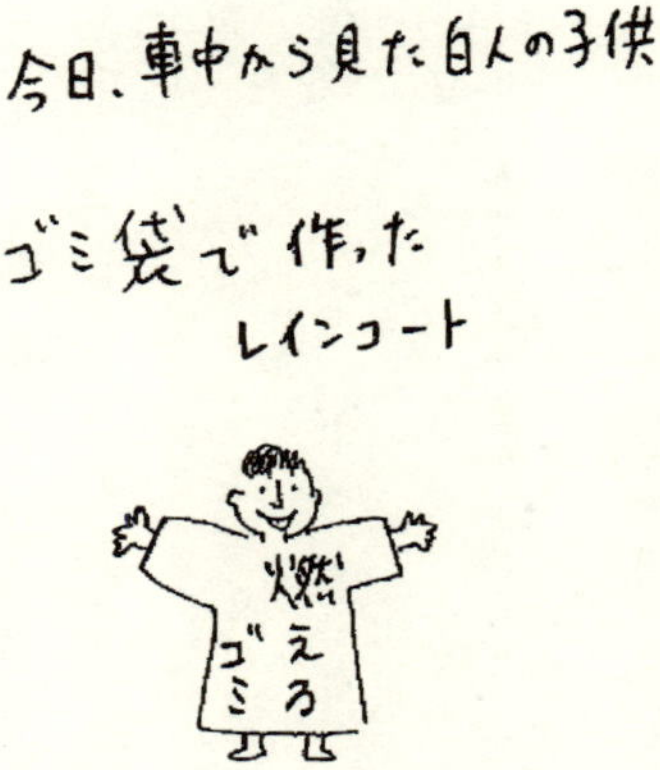
今日、車中から見た白人の子供
ゴミ袋で作った
レインコート
燃えろ
ゴミ

今は夜。空腹感、ナシ。野菜ジュースとお味噌汁。
今回の断食、まったく空腹感がなかったのはどうしてだろう？
やっぱり、目的があったからかな。追いつめられた太りっぷりだったし。

このあいだの三峯神社（に行くまでの経緯）を、京都検定一級を持っている歴史に詳しいママさんの友人に話した。もちろん、キーワードはニホンオオカミとか犬。

すると、仏教のある神様が中国から日本にやって来たときに「ジャッカル」に乗ってきたそうで、日本ではジャッカルに相当する動物がニホンオオカミやキツネなので、それが守り神としてお祀りされている場所があるという。しかも、うちの近く……ご縁がありそうなので、行ってみようか……。

8月7日（金）

2・5キロ減、達成。この方法、お手軽で簡単でいいかも……。

今日はサントリーホールでの「日本カンタービレコンサート」に朗読で参加させていただいた
第一部はクラシック、小田全宏さんが作曲の『大和』の演奏。

第二部は、演歌あり、ポップスありの不思議な会。

二部に登場した八代亜紀さんとイルカさんは、もちろんさすがの素晴らしい歌声だったし、チェン・ミンさんの二胡も衣装もいつもどおり、素敵だった。

リハーサルと違う（汗）というところがたくさんあったけれど、無事、役目は終了。

途中、壇上で足がつりそうになった。このままつっちゃったらどうしよう、と足を床に強く押しつけるイメージで乗り切る。

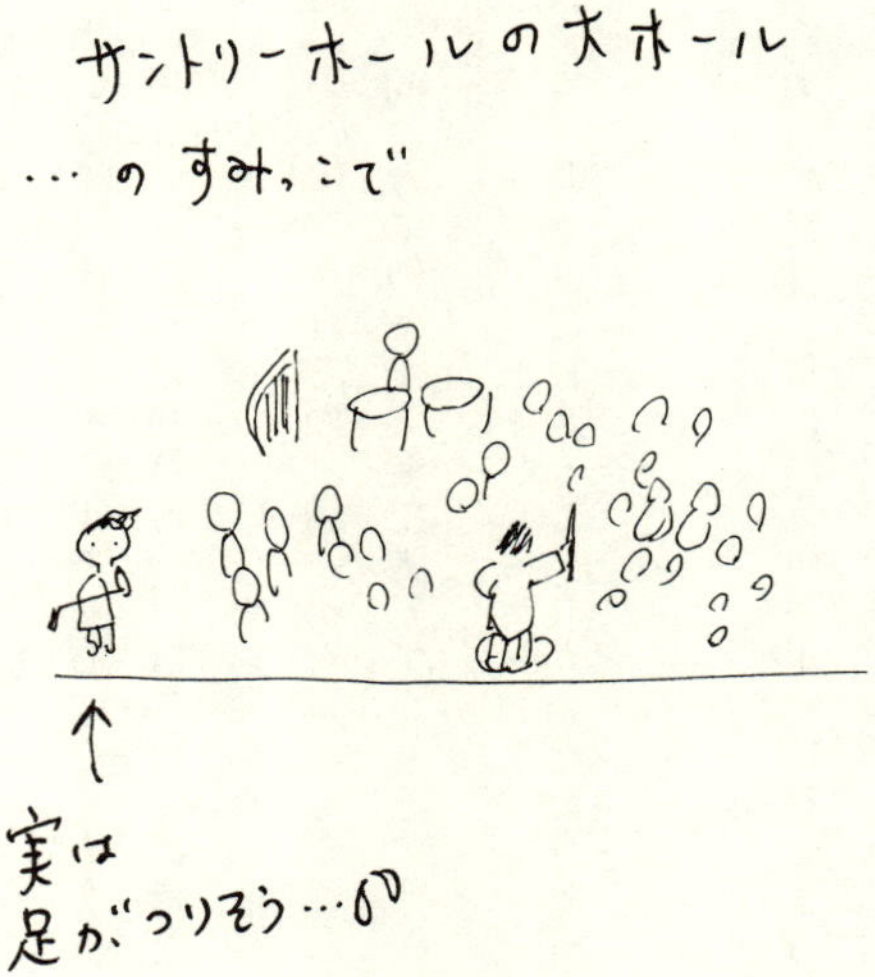
サントリーホールの大ホール
…のすみっこで
実は
足がつりそう…

8月8日（土）

きのうは、なんだか妙な疲れが残った。

極度の肩コリ。なんでだろう。舞台上でずーっと動かずに座っていたからかな。

お昼すぎ、美容院へ。私が16年もお世話になっているDさん。ニューヨークと東京のサロンを2ヶ月おきくらいに行ったり来たりする生活を始めて、もう5年も経つんだって。

帆「でも、お互いにぜんぜん変わってないですよね」

D「いや、ホントそう思います。浅見さん、年々綺麗になりますよね」

帆「お!? どしたの? そういうこと言われるの、はじめてだけど!?」

D「だって最初にお会いしたとき、イギリス留学から帰られた直後くらいで……」

帆「ええ〜!? ……あの頃と比べられるのは痛いかも。なんかまだ大人と子供のあいだ、みたいな顔だったし、向こうで勉強が大変で太ってたし……」

とか、楽しく話す。

ホント、Dさんとは合う。基本的に自由人でありたいという感覚が似ているのかもしれない。

「ボク、女性っぽいと思うんですよ〜」と言うけど、外見は筋肉質の男性（特にニューヨークに行くようになってからさらにしまってガッチリ体系になった）、そこがいいのだろう。たぶん、私が「私って男っぽいんだよね」という感覚の割合とちょうど合うんだろうな。

夕方から東京湾花火大会を見に行く。

ホテルで食事をいただきながら鑑賞する幸せな企画。

まだ明るい、夕暮れ前の時間に部屋に食事が届いたので、花火はまだだけど食べた。

シャンパンも開けて楽しい気持ち。

8月9日（日）

北原照久さんの佐島のお宅で、ホホトモサマーパーティー。

ここは何度来ても最高のロケーションだ。ハワイに行く必要ないな、といつも思う。

広い緑の芝生。大きなヤシの木とその向こうに広がる海。真っ白なパラソルと美味しそうなお料理。

裏側のプールのほうにまわったら……、なんと、水路を挟んだ向こう側にオープンカフェができていた。先月できたらしい。まるで北原邸を見学するかのようにカフェの外席から丸見え。これじゃあ、プールに入る人を鑑賞しながら食事をする感じじゃないか……。

「はじめは、ヤダ〜と思ったんだけどね、もう堂々と見せびらかすように入ることにしたのよ」

と笑ってる奥様のJ子さん。北原家のために、裏に食堂ができたと思ってもいいしね。

そうは言うけど、これはいくらなんでも見えすぎなのでは……と思い、プールにつかっているJ子さんを「見るなよ！」という感じで、向こうのカフェテーブルをにらんだら、なんと知り合いがいて、こっちに手を振っていた（笑）。

J子さんの今日のドレスもとても素敵♥
皆さまが到着するまで、久しぶりに北原夫妻とゆっくり話す。おふたりが横浜にやってきて、北原さんが「おもちゃの博物館をやりたい！」と言い出したとき、J子さんは36歳だったんだって。もっと若いときだったのかと思ってた。
なんだか、なんでもできるような気がするよね。ここに来て、同じような気持ちになる人ってけっこういると思う。

ホホトモの皆さまが到着。みんな、このロケーションに歓声を上げている。

乾杯のあと、炎天下で私と一緒の写真撮影がひとりひとり始まってしまい、50分近くヤシの木の下に立ち続けて……ヤシの木になるかと思った。

トークショーも楽しかった。
最後の賞品抽選会のとき、本当は面白いゲームをたくさん考えてきていたのに、時間がなくなって、ほとんどジャンケン大会になってしまったのが残念。また次回にやろうっと。

5時間近くあったのに、あっという間に時間が経って驚いた。

次回は私もプールに入ろうと思う。


終わって、夕日の落ちゆく庭の突端で、J子さんとおしゃべり。北原さんはアプローチの練習。写真を撮ったら、影絵みたい。

隣のあのカフェに、夜ご飯を食べに行った。

テラス席からの夕日と海は、ますますハワイ。

8月13日（木）

とてもショッキングなことが……。

軽井沢の家はWi-Fiがなく、これまで、なくて困ったことはなかったけれど（メールはアイフォンで見れるから）、急に欲しくなって、東京でポータブルWi-Fiを買いに行った。

軽井沢の場所によってはポータブルでも使えないところがあるようなので、店員さんがグーグルマップで地図を出し、電波があるかどうかを細かく見てくれた。私の家のあたりは大丈夫なので、感謝しつつ買った。

で、それを持って軽井沢に来たら、電波が入らなかった。窓のところに置いてもダメ、お店に電話して指示通りにいろいろいろいろ動いてみたけど、ダメ。

で、解約してもらって、このまま軽井沢にいても仕事が進まないので、トンボ帰り。

ぐったり疲れて、友達に電話。

最近痩《や》せたので、スタミナをつけるために焼き肉を食べに行く。

そこで出たお肉にあたったのか、帰り道でものすごくお腹が痛くなり、ソロソロと、でも大急ぎで家に帰る。スタミナをつけるはずが、逆にゲッソリ。

8月15日（土）

終戦記念日。フジテレビの「私たちに戦争を教えてください」という番組を見る。いい番組だった。絶対に戦争をしてはいけない、と改めて強く思う。

今日は新月だけど、今月から「絶対に戦争をしない日本人になる」ということも加えよう。ここに書いてかなっていないことはひとつもないから、今月から新月のたびに祈ろう。

8月16日（日）

今、「ちょっと休憩」とベッドにゴロンと横になったら、左足の指がつりそうになった。急いで起きてつらないように指を反対側に曲げようと思ったら、今度はスネがつり、あっという間に今度は右のふくらはぎがつって、右の指もつり、両足ともものすごい筋肉の張りで足が動かなくなってしまった。スネがつるなんて、はじめて。

改善するために、足をどちらかに倒すと、今度はそっち側がつって、どっちに倒してもものすごく痛いという……どうしたんだろう。

15分くらい、まったく動けずにジーッと待った。

思えば、このあいだの断食の次の日、サントリーホールで朗読をしたときも本番中に足がつりそうだったんだよね。

断食がなにかの原因かも……。


今日は絶対にこれをやらなくちゃ、と思っていることが毎日あるけど、たいてい、もっとギリギリの前日でも間に合う。けっこう、根が真面目なので、早くからとりかかろうとしちゃうけど、そうすると他のことが進まないので、雑用は締め切りの前日でいい、ということにした。今度から、そのときしたいことを優先させよう。ギリギリでもよかったんだ。

やらなくちゃ！
とルール縛りをしてるのは
自分！

「浅見帆帆子手帳2016」ができてきた。
今回は、ピンクのスエードの表紙に金の刻印の鳥。ドバイの国鳥を参考に。

8月17日（月）

今日も、ランチのあとのお昼寝から気持ちよく目覚める。気だるい。お風呂にでも入ってさっぱりしようっと、と思ったけど、お風呂から出たら、また眠くなる。

なんだかな〜、なにも進展のない今日この頃。私って、なにかにグングン向かって動いていないとダメみたい。次の目標というか、やりたいことに向かって着々と進んでいないと……。結果も大事だけど、その向かっている感が好きなのかも。

そうそう、だからたとえば、毎日好きなだけ買い物やエステだけをしていればいいような生活って、私には絶対に向いていない。そういう状態になっても、絶対になにか生みだす仕事を始めると思う。というか、ますます、すると思う。まあ、タイプよね。

そして、私の一族は（特に母方のほうは）、みんな女子がそのタイプ。女子がみんな夫とは別の会社をやっていたりする。別に、それを小さな頃から見ているとかそういうことでもないんだけど、ふと気付いたら……まぁ、タイプよね。

9月末の新刊、『出逢う力』を書き上げた。予定より、ボリュームたっぷりになった。

夜は小学校からの同級生が遊びに来る。

数ヶ月に一度開かれる、夜の秘密の会合。なぜかいつも、会場はうち。うちが落ち着く。私のいろいろなことを全部知っているM。口がかたいというのはそれだけで称賛に値する。

帆「これね、いまいちなんだけど、どうぞ」

と、ドバイのデーツのお菓子の詰め合わせを出す。

M「いまいちのものを勧められるっていうのが、友達のいいとこだよね……あ？　美味しいじゃん」

帆「でしょ？　そういうこともあるからね、一応出しておかないと（笑）」

8月18日（火）

午後、三笠書房の人に会い、午後は、あの「ジャッカル」というか「キツネ」が守り神となっている神社……ではなくて寺院に行ってきた。

へ～……こんなに近くにあったのに、今日はじめて来た。ゴチャゴチャしているのだけど、なんとなく、いい気がした。

8月20日（木）

今日は、大人の友達CさんとYさんとランチ。Cさんのお誕生日会。広尾のお花屋さんからランチの会場まで、大きな花束を持ってテクテク歩く。

この3人、年齢も仕事も外見もバラバラなんだけど、妙に噛み合っている。食事のあと、前回会ったマダムの洋服屋さんへ。そこでも、みんな自分にぴったりのものを選んでくるから、面白い。そんなの、どこにあった？　という感じ。

今、夜。今日、あの洋服のお店を見て、私の中でピンときたことがあった。そこから連想ゲームのようにいろんなことを思いつき、未来のやりたいことがまた少し固まった。軽井沢でカッキーが言っていた「来年の○月までに方向性が見えてくるから」のとおりになりそう。
こういうのって本当に不思議。
それを言われたときは「ええ!? そ~お~?（笑）」と笑いながら聞いているし、だからそのあともすっかり忘れているのだけど、少しずついろいろなパーツが集まってきて、ちゃんとその気持ちや状況になっていくのだ。

今、『出逢う力』の表紙を考えている。イメージはある。「月」を使いたい。

8月21日（金）
午前中、お琴のお店の方がいらした。お琴にぴったりのお顔、「柔和」という言葉が浮かぶ。
譜面台を組み立てて、弦を調律して、調律する機械の使い方を教えてくださった。
この機械、便利。使うたびに、「……そして最後に電源を切ります」と、いちいち言うのが面白かった。つい入れっぱなしにしていてあっという間に電池がなくなる、ということがよくあるそうで、どうしても電池のことが気になるようだった。

夜はそのお琴の先生（22歳）の誕生日のお祝いをする。

ガッツリとお肉。彼女とは、「共通の言語で話せる」という感覚で話が噛み合う。

途中、彼女のお父様から電話あり。９月に行く家族旅行でスキューバダイビングをするそうなのだけど、旅行に一緒に行く友達夫婦の奥さん（全員、私もよく知っている）が、「スキューバダイビングは水着でしょうか。着ぐるみでしょうか。水着だったらちょっと遠慮させていただこうかと……」

と聞いてきたらしい。で、

「だいじょぶ、だいじょぶ、着ぐるみのほうだから」

とか話していた。

着ぐるみって、ボディスーツのことかな。

「これからも、守秘義務を発動させていろいろ話そうね」と言い合って別れる。

8月23日（日）

今日は尾上右近さんの初の自主公演「研の會」に呼んでいただいた。

白地に雲が描かれた絽《ろ》の着物に、黄緑色の蝶々の帯を締める。

今日着つけをお願いした人ははじめての人だったけど、なかなかよかった。前は東急文化会館の資生堂のエステにいたらしい。ウエストにタオルを入れて補強をするようなことはしないで、そのまま着るところもよかった。またこの人に頼もうっと。

右近さんは若いのでやっぱり綺麗、清潔感、初々《ういうい》しさの中にある凛々しさ。

「春興鏡獅子」の最後のところ、お決まりの、首をグルグルまわすシーンでは、このまま一体何回まわし続けるのだろう、と拍手しながらドキドキした。まわす回数に合わせてどんどん拍手の音が大きくなっていく。

それから、この演目の途中に出てくる「胡蝶の精」には笑った。二羽の蝶が人間に宿って舞う、という設定なのだけど、年配の歌舞伎役者さんが蝶に扮している姿は、もう完全に「おとこおんな」で、おかしくておかしくてどうしようかと思った。ひとりは研ナオコさん、もうひとりは「笑点」の木久扇さんにしか見えない。顔を見ないようにしていたのだけど、チラ見するたびに噴き出しそうになり、途中でママさんに「ちょっと、あなた」と言われる。

帰りに、ママさんにニューオータニまで送ってもらい、友達と食事。

せっかく着物を着たので庭園で写真を撮る。けっこう、風が強かった。

8月24日（月）

午後から編集長Kさんと打ち合わせ。

ドバイに行く前からから続いているやっかいな問題が、まだ解決していないことを聞く。それは、ドバイに行く直前に私も一部報告を受けた「ええ〜!?　それはおかしくないですか？」という謎の事件。

そこで、私が最近行ったあの寺院の話をした。ここからも近いし、なにかを突破するときに力強い神様だからおススメな気がしたのだ。

そのほか楽しく話をして、今後のスケジュールを聞いて帰る……忙しくなりそう。8月はずいぶんのんびりしたので、そろそろ過密スケジュール大歓迎という気分。

そういえば、今、恵比寿アトレの有隣堂さんのフェアで、私の本がたくさん展開されているということを、まったく別の人たち3人から聞いた。

恵比寿の有隣堂さんは、以前からいろんなフェアをしてくださることをよく聞いていたので、一度遊びに行こう。

8月25日（火）

今日は9月から始まるスマホサイト「帆帆子の部屋」の動画撮影をした。

この日に備えてダイエットしようと思ったのに、この日に備えて太った気がする。

私の携帯サイトは、リビングとかダイニングとかバスルーム、書斎など、サイト全体が私の家になっていて、いろんな部屋に分かれているのだけど、スマホサイトから、「秘密の部屋」と「トランクルーム」が追加される。

秘密の部屋では、私の美容、グルメ、ファッション関係のいろいろなもの（場所）を紹介する。トランクルームには、2015年からの旅行の写真がたっぷり。

フォレスト出版で新しくお世話になるTさん、仕事も早いし、パキパキしているし、いろんなコンテンツのアイディアも出てくるので、楽しみ。

午後はランチのあと、ちょっとお昼寝して、新刊の最後のツメ。

あんなに熱中していた『キングダム』も一通り読み終わり、気がすんだ。

8月26日（水）

編集のKさんから連絡があり、あのやっかいなことが、あの寺院に行った次の日に動きが出たらしい。ほぼ解決、とのこと。

ビックリ！　素晴らしい！　あの寺院、本当に力が強いんだな……。そしてなによりもKさんの行動力が素晴らしい！　結局、それだよね。

最近ホント、神様にお願いして力を貸していただく、という感覚がわかってきた。私たちのすべきことは、自分のエネルギーをよい状態に維持しておいて、神様たちが本来の力を発揮しやすいように（守りやすいように）しておくことなんじゃないかな。そのためにも、『出逢う力』に書いたような、自分のエネルギーを質よく守ることが大事。

新刊の最後のツメのあたりなので、バイク便が飛び交っている。

Kさんとは、毎日キャッチボールをしている感じかな。今は、球が向こうにいっているので、私はつかの間の休憩。

K「私のイメージでは、キャッチしたらできるだけ早く次の人にパスをまわしたいんですよね～。バレーボールのトスのような感じです」

とか言ってた。

8月27日（木）

編集のKさんと、恵比寿アトレの有隣堂さんへ。入り口を入ってすぐのところに私のコーナーがあった。女性の店長さんといろいろ話す。

売り場で、何年振りかに写真を撮った。こうやって眺めてみると、私の本、けっこうな数があるな、と思う。

それからKさんとお茶。

K「浅見先生って、原稿書くの、早いですよね」

帆「そうですか？　でも今回は、いつもよりかかっちゃってますね。8月が思ったより用事が入ってしまって、朝からずっと集中できた日が少なかったし」

K「集中するときは、朝からバーーーーッとずっと書いているんですか？」

帆「そういうときもあるけど、それを毎日続けられるわけじゃないから……。それに、ちょっと時間をおいて熟成させると、前に書いたものがまた違って見えたりするから、その時間も必要ですよね」

K「私もファッション誌でモノを紹介するとき、同じようなアイテムに対して何十個もキャプションを書かなくちゃいけないときとかに、朝からず～っとやっていると、『ああ、やるき様が降りてこない～』っていう状態になるんですけど、それを次の日に読むと、『けっこういいじゃ～ん』というものを書いていたりするんですよね～」

とか言ってた。やるき様って（笑）。Kさんって、な～んか面白いんだよね～、動作とか、表現とか。引っ越しで家の荷物を整理していたら、Kさんが小学校のときに書いたという物語が出てきて、

K「『お月さまと女の子』っていうタイトルで、その女の子がちょっと浅見先生に似ているんですよね～」

とか話し始め、

K「女の子にすごく困ったことが起こって、それをお月さまに相談したら、竜の目玉と引き換えにかなえてやろうって言われて、遠くに住む竜と戦うシーンが延々と、かなり細かく書かれているっていう、けっこうグロテスクな話なんですよ～」

とか言ってた。フフ。

なんか、気分転換になった。

Kさんと別れて、駐車場に行ったら、駅の近くのタイムズだったからか、駐車料金が5000円近くになっていた。最近、駐車場の金額が全体的に値上げしたから仕方ないけど、今日のところは20分600円、ひとつ向こうのパーキングなんて10分400円になっている。ビックリ。

地方に行ったときに、一番金額設定の違いを感じるのが、この駐車場料金。移動中に看板などが見えるから感じやすいのだろう。30分100円とか、ビックリする。無料のところも多いよね。

帰って、すぐに仕事再開。今、キャッチボールの球がこっちにきている番で、明日までに仕上げないといけないので、今日の夜の食事はリスケさせてもらった。

ちょうど、「行きたいお店にキャンセル待ちしてるから」という連絡が今朝あって、まだ決まっていなかったのでよかった。しかし……、キャンセル待ちしてでも行きたいお店があるということに、このグルメな友人の「食」への情熱を思い出した。

友人に、高額セミナー（100万円以上、いや、もっと?）にはまってしまった人がいる。そんな高額のセミナーに行く（行く気になって本気で迷う）って……なんなんだろう。しかも、それほどお金に余裕があるわけではないと思うけどなぁ……。まあ、それはその人の自由なのでいいのだけど、高額セミナーというのは、たいていの場合、その大金を払ったことを悔やまないように、「すごくよかった、お金を払っただけのことはあった」と自分に思いこませるし、「ここまで払ったんだから、次も（続きのカリキュラムを）受けよう」みたいな、後戻りができなくなっていく仕組みになっていると思う。

もちろん、はじめはそんな高額から始まるのではない。でもだんだんと、その場にいる人たちに洗脳され、同じようなエネルギーに引っ張られて、よくわけのわからないものにお金を出していくことになるのだろう。

正確には、「わけのわからないもの」ではなく、その内容はどこにでもあるし（極端なことを言えば私の本にだって書いてあるし）、これまで世の中になかったビックリするような新しいものではない、ということ。もちろん、そこで刺激を受けたり感心することはあると思うけれど、そのひとつの部分をそれだけ引っ張って時間を稼ぎ、その金額をとるのは、おかしい。だいたい、そのセミナーに通って、実際にあなたの生活は豊かになった？　とその話を聞いていた私たち（そのセミナーに通うことに疑問を持っている人たち）は聞きたかった。

結局は、自分の行動。それを聞いて、なにをするかということ。

8月28日（金）

部屋にこもって仕事。たまに目につくところを掃除したり、好きな本をパラパラッと見て、先のことに思いを馳せる……。

8月29日（土）

早朝、あの寺院に、また行く。

今日はこのあいだ行かなかった奥の社も、ひとつひとつ全部まわった。ここにお祀りされている「ダキニ」という神様に、今、私と母はとてもご縁を感じている。これは、一時はまった『聖なる予言』という本の最後のほうのページに出てきた「ダキニ」っていう言葉じゃなかったかな……。どの宗教でも、どの教えでも、やはり最後（基本）は同じことを伝えていると思う。

すっかり涼しくなって、素足だと寒いくらい。

午前中、スタッフと打ち合わせ。

終わってから、友達のジュエリーの展示会。

8月30日（日）

自分にとって本当に必要なアドバイスをもらったのに、そして、それを言ってきてくれた人たちは、あなたのことを心から思っている愛ある人たちだったのに、そこに素直に耳を貸すことができず、それを言われたことの悔しさのほうが勝ってしまって、腹立ちまぎれに全然別のことを持ちだすというやり方は……どうだろう？

たとえ前からそれを思っていたとしても、今あなたが言われたこととそれとは、別のこととして話さないといけなかったのに……。

さて、今日は久しぶりにママさんと買い物へ。

行く先々で気に入ったものが見つかるというご機嫌な日だった。

これからやろうと思っている仕事（本と違う仕事）の話で盛り上がった。盛り上がりすぎて、そのままうちに来て、資料を見ながらあれこれと考えを話し合ったほど。

8月31日（月）

今朝のこのスッキリ加減はどうだろう!?

とっても清々しい気持ち。

どうしてだろうと考えてみると、きのう新しい仕事の話をしたからだ。

友達と、「サンシャインジュース」というジュースのお店に行く。

日本初のコールドプレスジュース専門店。野菜や果物をゆっくりプレスすることで、体に負担をかけずに野菜や果物の栄養素を吸収できるジュース。もちろん、無農薬、減農薬の野菜と果物ばかり。

私はデトックスの3本コースにした。ドロッとした感じで、楽しみ。

9月1日（火）

数日前からシャネルについての本を読んでいるけど、今日はこれ、『ココ・シャネルという生き方』（山口路子著）。シャネルの特徴的な行動の中で「人との距離を保つ」というところにあった「誘われればどこへでも顔を出す人に、魅力的な人はいない」というところに大きくうなずく。誘われればどこへでも顔を出すある人を思い浮かべた。

つくづく、起こることはベストだなあ、と感心する。

このあいだ、「それはちょっと困るかも……」と思うことが起きたけど（これからの私の状況が変わりそうに思えたから）、よく考えてみたら全然困ることじゃなかった。むしろ、そうなってくれたお陰で、今まで微妙にあった違和感がなくなった。それがなくなってみてはじめて、今まで違和感があったんだなあと気付いた。今回のことがなかったら、ここまで大きく状況を変えることはできなかった。なんていうか、スッキリ。実は望んでいた変化だったかも。

それをママさんに話したら、ある著名な経営者（戦後の日本を作った人）が、人生に思ってもいなかったいろいろなこと（普通はめったに経験しないような珍しいアップダウン）を経験していた話をしてくれた。そんな思いがけないことが、ひとりの人にそんなにたくさん起こる？　……というようなこと。

マ「いろ〜んなことが起こると、その人の人生は魅力的になるのよね」

帆「なるほどね～。魅力的になるかぁ……それ、いいね、私の好きな表現かも。私が言われて一番うれしい言葉かも」

前に、動物占いで、「自分のことを表現されてうれしい言葉はどれか」というのがあって、「優しい人」とか、「頑張れる人」とか「頼りがいのある人」「誠実な人」などいろいろあったけど、私は「魅力的な人」だったな、と思い出す。

まあ、その人に比べれば、今回起こったことなんて「ありんこ」みたいなものだけど、私の人生に深みが増したことはたしか。

この話を友達にしてみたら、もっと驚くかと思ったら、まったくだった。

「あ、それ、わりと自然。だって、すごく違和感があったもん」

だって。そして別の人も、

「いつかそうなるだろうと思っていたけど、意外と早かったわね」

だって。

カッキーとコニーも、「いろいろ無理があったもんね～」と納得している。

その違和感があったときに進めていたホホトモバリツアーを、思いきってやめることにした。あの状態のときに企画したものを実行しても、前回のときのようなエネルギーの高いものにはならないと思うから。

代わりに、皆さまとゆっくりとお食事しよう。少人数で何回かに分けて。

9月5日（土）

9時半に東京駅でスタッフと待ち合わせ、大阪に向かう。今日は大阪講演。新幹線の中、ふと窓の外を見ると、そこには金色に光る稲穂……その瞬間スイッチが入り、幸せな気持ちが一挙に押し寄せた。感謝と幸福の波、ダダ漏れ。その稲穂の写真をフェイスブックにアップ。

この講演会も、今年で3回目。担当のFさんもNさんも3年目。ホテルエルセラーンの会場も、相変わらずいい。会場の担当の男性も、「ああ、この方だ！」といつも同じ気持ちになる。

無事終わる。今日の講演、なんだか一段ステージが上がったかのように、とてもいい感じだった。あの違和感あるものがなくなったからかな。30分くらいの短さに感じた。思えば、終わってからのFさんたちとの話も、今までと違った感じがしたし、大阪駅でうちのスタッフとお茶したときの感覚も、これまでにないほど楽しかった。

帰りの新幹線で、行きにアップしたフェイスブックを見てみたら、すでに今日の講演についていろんな方からコメントがきていたけど、「いつも以上に楽しかった」とか「新しい感じがした」というような、私と同じような感覚のコメントが多くて面白いなと思った。

そしてなにげない稲穂の写真でまだ数時間しか経っていないのに、すでに「800いいね！」を超えている。いつもそうだけど、私の気持ちが乗っているものは共感を得られやすい。やっぱり、その人のエネルギーがどれだけ乗るか、だと思う。

ああ、あの寺院に御礼参りにも行かなくちゃ。

9月7日（月）

憑《つ》き物が落ちたかのように流れがいい。

午前中、楽しく仕事をして、午後は茶道へ。車でブーンと戻ってきて、お茶でいただいたお赤飯と、きのうの残りの煮物を食べる。味が染みていて美味しくなっていた。

今週は、毎日本当に頑張らないと仕事が終わらないかもしれない。

9月8日（火）

だんだん、明け方が涼しく寒くなってきた。きのうまで、寝るときにベッドの近くの窓を細〜く開けていたのだけど、もうやめよう。

時間と闘いながら、仕事。

午後、そのやる気も途絶えた。

だらだらしつつ、パッと手帳を開けたら、その絵カットのやる気のなさにさらに脱力する。

9月11日（金）

友人たちが作った新作能のお披露目公演で、京都へ行く。せっかくなので、友人たちに勧められた神社仏閣もまわってこようと思う。

ママさんと、10時頃の新幹線で京都に着く。

まずは今回のホテル、ハイアットリージェンシーで荷物を預ける。フロントに寄っただけだったけど、このホテルのよさそうな感じが伝わってきた。入ったロビーのあたりの大きさも、そこにいるお客様たちも、雰囲気がいい。

待っていてもらったタクシーで、八坂神社へ行く。

ここは、今までいつも来ようと来ようと思いながら、お参りしていなかったところ。中国人がたくさんいた。

本殿で祈って、その右横にある小さなお社をひとつひとつまわった。こちらのほうが今回

のメインで、特に「帆帆ちゃんは美《うつくし》御前社《ごぜんしゃ》にお参りして」と言われたので。でも、ここって美の神様らしく、美容外科ののぼりのようなものが建ってる……どうしてここがいいのだろう？　と思いながらも、祈る。

そこから知恩院へ歩き、国宝の「山門」に吸い寄せられるようにしばらく眺めた。これはすごいね。ここを着物姿のたくさんの人が出入りする姿が見えるよう。山門は通りすぎたけど、「やっぱり中に入ろうよ」ということで、次の門から上に上った。

階段を上る途中の景色が素晴らしく、ママさんとふたり、またも見入る。

法然上人御堂で法然上人を拝む。奥に続く廊下を渡ったら、足で踏んだところがキーッと音を立てた。

「鶯《うぐいす》張りね」とママさん。歩くときに「キュー」と音が出ることで、敵の侵入を知らせる造りの廊下。ゆっくり歩こうとすればするほど音が鳴るんだって。

ちょうど私の後ろで英語が聞こえたので、観光の外国人ふたりに、この廊下の意味をさも前から知っているかのように教えてあげた。

そこからさらに歩いて、山中コーヒーで白玉と抹茶のかき氷を食べる。居心地のいい造りだなあ、と思ったら登録有形文化財だった。山中商店がやっているカフェなんだね、納得。

窓に向かった席から、青蓮院《しょうれんいん》の門が正面に見える。「青蓮院門跡」という立派な石像が立っていて……とそこへ、スタスタ歩いてきた観光客のおばさんが、あっという間にその石碑に腰掛け、リュックから水筒を出してお茶を飲みだした。

帆「ああいうのって～（笑）」

マ「度胸あるわよね～（笑）」

と笑う。

そこからタクシーでホテルに戻り、着替えて能を見に行った。河村家の能舞台へ。

そこで、今回お誘いした真葛焼きの宮川さんと合流。

「普通のご自宅に、こんなに立派な能舞台があるなんて、さすが京都ですね～」

と言ったら、

「いや、普通はないでしょ……」

と笑ってた。まだ始まる前だし、せっかく2階席の正面の席だし、とふたりで舞台の写真を撮っていたら、始まりのアナウンスで「開始前でも写真はお控えください」と言われ、テヘへと笑う。

はじめに能の説明をされた河村純子さんのお話がとてもよかった。特に、「この舞台よりこちらは、異次元の世界のものを見ていると思っていただき、」というあたり、なるほどね、と思う。神様へ捧げる異次元の舞。続いて「ですので、携帯電話の音などが突然鳴りますと、せっかくの異次元から一気に現実世界に引き戻されますので、どうぞお切りくださいますようへ」というあたりも、上手だった。

そう、「音」って、どこかの世界に入るときの合図になると思う。鈴の音も。天界からやってくる雲に乗った神様たちも、天界の音楽や鈴を先導にしてやってくる（と思うし）……。神社での神楽の鈴とか、お賽銭箱の前の鈴なども、なにかの合図だ。

新作能は「祖の神」というタイトルだった。

自然、人々、自分（祖先）、すべてに感謝の心を持ち、より豊かで充実した精神性を手に入れていただきたい、という思いをこめて作られたらしい。

童子の面をつけた祖神が初々しくてよかった。

終わってから、三嶋亭でみんなで食事。陶芸家の田端志音さんのお皿がここで使われているので、そのご縁で三嶋亭。

みんなで「それぞれが自分の王国を作る」という話で盛り上がる。

9月12日（土）

朝から、伏見稲荷へ。

実はここ、参拝するのははじめて。はじめの鳥居から、奥の院までがこんなに遠いとは思わなかった。「ここから奥の院まで80分」というところまで登り（そこまでも十分長かった）、「もうこの辺でいいんじゃない？」という当たりで顔を上げたら看板の1番という数字が目に入ったので、目の前の池（の手前にあるお稲荷さんがたくさんいるところ）にろうそくをお供えして、引き返した。

お勧めしてくれた友達に「まさか奥の院まで登ってないよね。私たちは、『もう限界！』っていうときに、ちょうど目の前の看板が1番だったからここまででいい、ということにしたんだけど」とラインしたら、「そうそう、そこでいいの。そこの池が話していた池。かなりおどろおどろしいんだけど、私はすっごく好き」と返信があった。

それにしても、よくちょうどいいところで止まったな。あそこが友達から聞いていた池だなんて、全然わからなかった。すごい人だったし。

京都駅の伊勢丹の地下で、美味しいものをいろいろ買って新幹線に乗る。

帰りの話のまとめは、「人は本当にひとり」ということだった。そして、「人は本当にひとり」ということを思っても寂しさを感じないことが、本当の「自立」ということだ、と。

ひとりは寂しいから仲間が欲しいなあと思ってしまうのは、まだ本当には自立できていないということ。ひとりの世界から、たまに仲間や大事な人と交流するのはとても楽しいし、人とのふれあいっていいなと思える。

今の私は「人はひとり」という言葉にとても癒される。

9月15日（火）

さて京都に引き続き、今日は日光東照宮に行く。

これは、カッキーが「ぜひとも帆帆ちゃんママをお連れしたい」と言っていたところだったのだけど、それに加えて、最近ずっとママさんとご縁のある「摩多羅神《またらじん》」という神様がここにお祀りされていることがあとからわかったので、とても楽しみにしていた。

車で2時間くらいで着く。

着いて、まずランチ。東照宮の隣にある「明治の館」へ。

木々の茂った高台に建つ明治の洋館、とても素敵。唯一、玄関に立ててあった「徳川家康生誕400年」というノボリだけが残念。雰囲気を壊してる。

メニューは、想像どおりの洋食屋さん。オムライスとか、カレーライス、海老フライ、ドリアなど、さんざん迷って、私とママさんはカニクリームコロッケ、カッキーはビーフタンシチューにする。

あ、「ウィリアム・モリス」のカーテンがかかってる、この白い窓枠にぴったり。このカーテンがかかっているだけでも、ああ、なるほどね、と思える。ウィリアム・モリスの「美しいと思うもの以外を家に置いてはならない」という言葉、好き。

東照宮は、とても立派だった。考えてみると、ここも来るのははじめて。最近、有名どころにあまり行っていないことに気付いた。

日光は関東の小学生は遠足で一度は来ることが多いそうだけど、青学初等部は、年に何回もある泊まり旅行で一度も日光に来たことはなかった。飛行機で長崎の平戸とか、船で日本一周とか、3年から6年までの全員が雪の中にキャンパスを移す「雪の学校」とか、今思い出してもけっこう大胆な経験をさせてもらったけど、日本の歴史や仏教系のどこかをめぐる旅行というのはあまりなかった。

まあ、とにかく東照宮がこんなに立派なところだとは知らなかった。ここがお墓ってことが、なにより驚く。東照宮は、エネルギーラインの上に建っている、とかよく聞くけど、徳川家康はすごいよね。あの東京を作り、最後は日の光の日光に眠るという……ね。

骨が納められている場所の近くに建っている大木が、ものすごいパワーのある場所で、木の前に小さなお賽銭箱が置いてあるけれど、みんなそこは素通り。

私たちがそこで祈り出したら、後ろに長蛇の列ができていた。

ここは、大きく動き出したい望み、大志、新しいことを始めるようなパワーなので、それに合っている（と勝手に思っている）私の望みをお願いする。

あとは、観光ルート順にひととおり全部まわったけど、あの大木が一番よかった。

東照宮、かなりいいね～。ここは、大いなるものの力強い意志を感じる、と思ったら、カッキーが同じようなことを言った。そりゃあ、そうですよね、だって、家康おじさまご自身がそういうエネルギーで動いた方なんだから。

今まで、実在した人がお祀りしてある場所は、神様と違っていまいちお祈りをする気がしなかったのだけど、今回はじめてそのパワーがわかった。そして、人がお祀りされているほうが、親戚のおじさんに「ひとつお願い、助けて」と頼みごとをしに行くような感じで親しみが湧く。

入口にいた
小学生の男の子
かわいかった
と～しょ～
グ～！

上島コーヒーでコーヒーとアイスを食べる。

カッキー「家康おじさまっての、いいね」

帆「でしょ！　親戚のおじさまに頼みごとをしに行く感じでしょ？」

と、それからはすっかり家康おじさま。

休憩後、パンフレットを見て、輪王寺の「常行堂《じょうぎょうどう》」にあるという「摩多羅神」を見て帰る。

9月17日（木）

高校時代の同級生3人でランチ。恵比寿ガーデンプレイス。ひとりがここで働いているので。

「この子って、こんな感性を持っていたんだぁ」と感動した。きっと向こうも同じように思ったはず。学生のときは、お互いに子供だからわからなかった。あのときに見ていた基準は、まったく別もの。もうひとりは、学生時代のイメージそのままだったけど、そのものすご～く普通な感じが、またよかった。

帰りに、三越の地下で夕食の買い物をして帰る。

雨が降っている。あの頃からずいぶん遠くまできたな。

9月18日（金）

東照宮の隣に「二荒山《ふたらさん》神社」という神社がある。次回はここもゆっくり来たいので、誰か

詳しい人いないかな、と思っていたら、私のフェイスブックの日光東照宮について書いた日に、

「お隣の日光二荒山神社にご奉仕しております。次回はぜひともお声がけ下さい」

と、権禰宜《ごんねぎ》のK様からコメントが入っていた。

ワオ！　さっそく48時間以内に、次回の日光行きの計画をたてる。

お琴がきてから2ヶ月ほどが経ち、ようやくお琴の爪を先生と一緒に買いに行った。

渋谷の路地の奥に、恐らく当時のたたずまいのままで、お琴のお店があった。玄関の向こうはすぐに畳になっていて、職人さんがなにかを作っていらした。

爪をいくつかはめてみて、これがいい、というものを選ぶと、職人さんが指のサイズに合わせて輪の大きさを調整してくれる。

私が「これは右手用、とかあるんですか?」と聞いたら、職人さんがホエッという顔をして「……みぎてよう?」と聞き返していた。

ごめんごめん（笑）、だって、お琴の爪って、右手の親指と人差し指と中指の三本だけにはめるものだって、知らなかったの。

え?今なんて?
先生
さっすが帆帆子ちゃん
ぶっ飛んでる!

9月19日（土）

シルバーウィークの始まり。快晴。ものすごくさわやか。

午前中仕事をしてから、買い物へ。このあいだ、いろいろいいものを見つけたお店にまた行く。しばらくここにはまりそう。

読者からの質問で、よく「どうしても○○になりたいけど、なれない」というようなことがある。でも、よく話を聞いていると（読んでいると）、そもそも「本当にそれになりたいのかな」と感じることがある。

たとえば、アナウンサーになりたいという場合、本来のアナウンサーというのは、なにかを「アナウンス」する仕事なので、言葉を正確に伝えることに役目がある仕事だ。だから、自分の意見を入れずにそのままその言葉を伝える、という作業に興味がないといけない。それを、タレントとたいして変わらない部分を含めた現代のアナウンサーになりたい場合、よく聞いていると、それになりたいのは「テレビに出たい」というような思いを含んでいたりする。であれば、アナウンサーにならなくても他にいくらでも方法がある。

たとえば飲食関係のお店を開きたい、という場合、その目的が「なんでもいいから食に関わる仕事をしたい」という場合もあれば、「コーヒーなど、なにかひとつの食材にこだわった専門店を出したい」という場合もあれば、「人が集まる癒しの場所を作りたい」という場合もあれば、「チェーン展開をしてビジネスをしたい」という場合もある。

レストランを開く、という形以外でもその欲求は達成できることがある。

その職業や形を実現したあとにやりたいことに、その人の本当にやりたいことがあって、それがその人の人生の中で好きな種類のことなんだよね。そして、どの動機が良いか悪いかではなく、「自分はそういうことを望んでいるんだ」ということを理解すること。

そこをわかっておかないと、見当違いのことで悩むことになる。

9月20日（日）

穏やかな連休2日目。

午前中、仕事をしていたら、開け放した窓から多人数の子供たちの声が遠くに聞こえてきた。近くの介護施設を訪問しに来ているみたい。どこからともなくピアノの伴奏も聞こえてきて、讃美歌「主、われを愛す」が聞こえてきた。子供たちの無邪気な声……泣けた。

次は、施設の人たちと子供たちが一緒になにかのゲームをしているのが聞こえてきた。

先生「落〜ちた、落ちた♪」

子供「な〜にが落ちた♪」

先生「りんご！」

とか言うと、たぶん子供たちが競争でそれを拾っているんだよね。大人と子供の歓声があがってる。楽しそう、見に行きたい。

私、こういう子供の世界、本当に好き〜。でも、洋服やジュエリー（自分好みのもの、限定）みたいな世界も好き〜。どっちにも関わっていきたい。

9月24日（木）

いろいろと迫っていて、早朝から仕事。

このあいだ受けた取材の原稿チェックを時間ギリギリにメールで送り、新刊用の原画を時間ギリギリにバイク便の人に渡し、午後、こちらも締め切りギリギリに完成した原稿を宅配便に出す。無駄のない動き、とも言える。

ひとつ、気になっていることがあった。最近、室内ではいている短い靴下の跡が消えない……思い返してみると、1ヶ月くらい前から急にそうなった。「まあ、老化のひとつ？　これくらいは仕方ないのかも」くらいに思っていたけど、そのむくみがだんだんとひどくなっている気がする。

そこで、足のむくみの原因について検索した結果、一番当てはまるのは運動不足。それから塩分摂取過多。思い当たることがありすぎる。この数週間、本当に「私、ちょっと塩分とりすぎかも」と思うことがあったのだ。まずい……この私としたことが。学生時代、体育と運動会が大好きだった私としたことが……。

そしてもうひとつ、とっても気になっていたことがあった。それは、おでこにできる小さな「ぶつぶつ」。痛くも赤くもかゆくもないので放っておいたけど、まったく治らないし、だんだんとひどくなっているような気がして……考えてみるとこれも1ヶ月前頃から始まっている。

で、これも調べてみたところ、当てはまるのは「むくみからくる老廃物の蓄積」だった。また、むくみ……。東洋医学の方向からも、「おでこにできるぶつぶつは腸が疲れているから」とある。

すべての原因として思い当たるのは、先月の断食！　断食自体はともかく、終わってから普通の食事に戻すときに、ゆっくりと「回復食」の期間を持たずに一気に普段の食生活に戻してしまった。

あのあと、何回か足がつったこともその影響だと思う。運動不足、塩分とりすぎ、血液循環の悪さによる老廃物の蓄積。

やっぱり、そういう無理なピースが少しずつ集まってしばらく続くと体に出るんだね。体ってすごいなあ。

さっそく、足のむくみをとるマッサージ、おでこ（顔）のリンパを流すマッサージをして、半身浴をして汗を出す。これ、しばらく続けよう。

9月25日（金）

朝から重い雨。天気予報どおり。

一瞬、「御礼参りは別の日にしようかな」という思いが頭をかすめたけれど、思いついたら48時間以内だ、と思い、実行する。

お願いしたことの中で（いくつかある）、ひとつは完全にお願いどおりになったことへの御礼、ひとつは動きが出たことへの御礼、そして新たに新しいお願いをひとつ、する。

思えば、私も親も尊敬しているある人（90代）が、よく「〜〜がうまくいかないので、今神様に一生懸命お願いしているところなんですよ」というようなことをよく話されている。

今までも、このお宅が本当の意味で豊かに楽しく繁栄しているのはこの信心深さにあるな、と思っていたけれど、今ほど納得して感じたことはなかったような気がする。

神様の側から見たら、自分を大事にしてくれて、自分を信じて毎日お参りしてくれたら、やはりその家族を守護するよね。そういう当たり前のことの意味が日に日に深まる、納得感が増す。


お昼すぎから宝島社の雑誌の取材をひとつ受けて、夜はカッキーとコニーと薬膳鍋を食べに行く。そして、あのかなったお願いごとを報告！

みんな大喜び。こうしている今も、じんわりとうれしさがこみ上げる。

9月26日（土）

朝、窓を開けると、秋の虫の声。それを聞きながらまどろむ。

今日から血液の循環をよくするために朝のストレッチもとり入れることにした。

やってみたら、たしかに体がスッキリする。でも、おでこのブツブツはまだよくならない。

トゥルシーのハーブティーを淹れて、リンパマッサージをして、ウォーキングへ出る。

金木犀《きんもくせい》が香ってる。

ＡＭＩＲＩの新作についてちょっと思いついた方法があったので、それをためすために、あるお店に行ってみた。

でも、予想していたものはなかった。もともとの方法でやればいいか……。

帰り、車のガソリンがギリギリになったのにガソリンスタンドが見つからず、住宅地の奥にやっと見つけ、しかも家からすごく遠いエリアだったので、とても疲れて帰宅。

フ〜。気を取り直してＡＭＩＲＩの新作にとりかかる。

9月27日（日）

朝ご飯にパンケーキを焼く。きつね色。

スマホサイトの新コーナー、「シークレットルーム」のはじめのテーマは「私の朝ごはん」。このパンケーキは絶対に入れる予定。それから定番の酵素玄米。有機栽培のシリアルやフルーツも。私が本当に食べているものだから、別に新製品とか新しい発見のすごいもの、とかでなくてもいいんだ。

「むしろ、昔からある、ずっとやっていることのほうが興味あるんです」

と編集さんが言っていた。


今、すごく大変なことになっているらしい友達の話を聞いた。

たしかに大変だけど、関係ないところにいる私から見ると、意外とよい方向に進んでいるような気がする。この人が前から望んでいた方向へ。心の準備ができていなかったから、急にそうなってビックリしちゃっただけで。

「もっとビックリなことが起こっても、これはよくなるための動きだな、って思うといいよ。それが起きた直後に思うことが一番強くて、その展開に影響を与えるから」

と言った。

マイクロソフトのWindows10のCMで、世界の子供たちが映って、「誰が知っているでしょう? この子たちの誰かが世界を変えていくかもしれないことを」というナレーションが入るのがある。

あれを見るたびに、軽い違和感を覚える。あそこにも出てくるように、ものすごい発明をする人や、歴史に名を刻むアーティストや、すごい研究をした人だけが世界を変えるわけではないのに……。どんな人だって、ただ生きているだけで世界を変えているんだよ!? と思う。

9月28日(月)

最近、私が最もその動向を興味深く見ている知人Nさん(まだ、友達と言えるほどではない)と、YちゃんとFちゃんと4人で食事。

Fちゃんは小さなおじさんが見える人(男性)なので、それが見え始めたあたりの話をN

さんにしてあげる。その他、小さなおじさんの特徴など、いろいろ。

これについては知っている歴史の長い私が、声をひそめて、

「でもね、小さなおじさんはおじさんばかりで、おばさんはいないの」

と言ったらNさんがウケテいた。

えっ？
どうして
そんなに笑うの？
N
だって
そんな神妙に
重大発表みたいに
言うから（笑）

Nさんも、小さいときはかなりいろんなものを見ていたらしい。Fちゃんの「小さいおじさん、見たことある？」の話をずいぶん長く聞いたあと、Nさんがおもむろに言いだした。

N「じゃあさ……ダチョウ、見たことある？」

「ダチョウ!?」

Nさんが小さい頃、寝ているときに、突然部屋の中をダチョウが横切っていったことがあるんだって。それはすごいね。

で、「待って！」と通りすぎるダチョウの後ろ脚を捕まえたという。それもまたすごいね。

みんな、なんか、持ってるね〜。

今日はスーパームーンらしい、大きく見えるお月さま。うちのテラスからは普通だったけど、一応、月の光を浴びる。

なにそれっ！笑
N
見たことはあるけど、
そういう"見た"じゃ
ないよね！？(笑)

10月2日（金）

ある事柄を神様（宇宙）にお願いしたとする。お願い、というか、その夢の実現に向かって進み始めたとする。

すると、たしかにそれに関係することが起きたけど、それはその人の望んでいたこと（想像していた展開）とは違った……これはどんな分野のことでも、大きなことでも小さなことでもあることだと思う。でも、すべてが終わってみなければ、はじめに「違う」と思ったその動きがどんなふうに作用するかはわからない。実はそれがきっかけになって、その人がはじめに想像していたよりもっとよい方向に向かっていくかもしれない。

私自身の過去のいろいろなことを思い出しても、だいたいそうなっている。もっとよくなるためには、その展開が必要だったということだよね。

大きく変えるには、思いもしないようなことが起こる必要があったりする。破壊のおかげで変われること、本来のあるべき場所におさまること。不自然なものが軌道修正されること。

毎日、素晴らしい秋晴れ。お散歩日和。

緑って、すごいね。見ているだけでなごむね。リビングの窓からの木。

私のパワースポット。

夜、下町にもんじゃ焼きを食べに行く。

お会計のときに、商店街の福引券を渡される。福引……下町情緒溢れるこの雰囲気はどうだろう……町の人たちが行列していた。妙なストラップをいただく。

10月3日（土）

東照宮で買った「叶え鈴」という鈴がある。本当にいい音で、気が向いたときに「リンリン」と鳴らしている。ちょっと指が触れただけですごい響き。このあいだなんて、この鈴をマンションの一階で落としたら、「リーンリンリンリン〜」と静かなホールに響き渡り、コンシェルジュの方が駆け寄ってきたほど……。真ん丸のボールみたいな鈴が跳ねてたもんね。

「私もこれまでの鈴を全部まとめてぶらさげてあって、出かけるときとか帰ってきたときに鳴らしてる」と、コニーから鈴の写真が送られてきた。

これは……ひっ絡まりすぎだろう……。

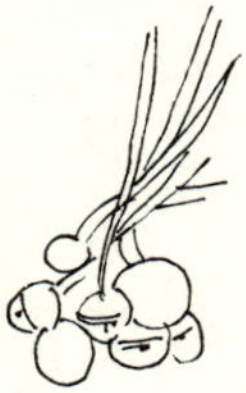

さて、今日は非常に充実した一日。朝5時に起きて仕事、9時からお風呂に入って10時から共同通信の原稿を書き、家中の掃除をして買い物をして料理をして、夜は友達が遊びに来る。

みんなでラグビー観戦をする。日本×サモア。

弟夫婦が、一週間ほど前からフランスとイギリスに旅行に行っていて、この試合を現地で見ているらしい。顔に日の丸のペイントをした写真が送られてきた。

勝った。勝ち試合の現場は盛り上がったよね、きっと。

10月4日（日）

今朝目が覚めたとき、覚める前から気が重かった。

なぜだろうと考えてみると、気がかりなことがいくつかある。ひとつ目は、「はじめはなかったことにしようとしたけれど、これについては今きちんとさせないとまた同じことが起こるな」とわかったので、すぐに対処した。で、スッキリ。

次に気になるのは、間に合わなくなりそうな作業について、だ。本当は先週半ばに発注する予定だったのだけど、いろいろな行き違いがあって、まだできていない。

それが間に合うかどうかと考えたら、ちょっと憂うつになったのだ。

今は、今年最後の水星の逆行期間だそうだけど、その影響はたしかにあるなあ、と思う。

水星の逆行期間は、通信関係のトラブル（出したはずのメールが届いていない）とか、交通機関の遅れ（だから、早目に家を出ましょう！）とか、人とのコミュニケーションの分野などで行き違いが起こりやすくなるらしい。そして全体的に向かい風なので、一度で用事が終わらない。

先週、ひとつ目の打ち合わせをあやうくすっぽかされそうになり、次の待ち合わせも思わぬ行き違いがあって、相手となかなか出会えなかったりしたけど、あれも水星の逆行だと思う。

でも、すべて逆行の期間が終わったら元通りになる（それが気に入っている）。今回は10月8日までなので、もうすぐ。

10月6日（火）

今朝、夢うつつの時間に、窓の外から小さな鈴の音が聞こえてきて、「ついに神様の一団がやってきたか」と寝ながら思ってよく聞いたら、虫の鳴き声だった。秋だね。

足のむくみは治ったけど、似たような原因と症状を検索し、オルビスの化粧水がよさそうなので注文したものが、さっき届いた。

「薬用」と書いてあるものは一切使っていなかったけど、こういう緊急時にちょっと使うのは効果的かもしれない。普段、そういうものを体内に入れていないからよけいに効きそう。

今年のホホトモクリスマスパーティーで、全員へプレゼントするトートバッグのデザインを考えているところ。「おまけ」ではなく、私が実際にいつも使えるようなものにしたいので、何度も何度も考え、試作品を作って検討中。

夜は、友人に誘われてウィーンフィルを聴きに行く。

クリストフ・エッシェンバッハの指揮。タクトの先から糸が出ていて、弦楽器をすべて操っているのじゃないかと思うくらいにそろっていた。ピアノを弾きながらの指揮も、とても楽しそうだった。やっぱり、いいものはいい。

10月7日（水）

血流をよくするために、久しぶりにリンパマッサージをお願いする。

もうずいぶん長くうちに来てくれている彼女は、調子のいいことを絶対に言わないから好き。変な営業も一切しない彼女が、

「帆帆子さん、どうしたんですか、背中も足も、石みたいになってます」

と言うからには、やはり異常事態なんだろう。

断食をして、足がつって、おでこがブツブツになる話を一生懸命した。

夜、北原照久さんの奥様（J子さん）と、T子さんと食事。大人の魅力に混ぜていただく。

知り合いの80代のカップルが、最近結婚してラブラブ、という話が一番面白かった。キラ

キラした時間。

10月10日（土）

フォトグラファーRitsukoさんの写真展示会「あかるいほうへ」で、トークショー。

今回は「起きた事柄をすぐにジャッジしない」という話をメインにした。

そこで話した実例、数ヶ月ほど前に、私の友人（Uさん）に起こったこと。

Uさんが、ある物件（自宅マンション）を購入しようとしていた。その物件は知る人ぞ知る、ほとんど表には公開とならないヴィンテージマンション。Uさんは以前からそこに住みたいと思っていたけれど、なかなか空きがなかったところへ思わぬところからご縁があり、一番手で購入希望を出した。ところが、もうほぼ決まった（だろう）という契約直前のところで、突然、売主が売却をやめてしまい、Uさん本当にガッカリ、の巻。ところがそれからわずか数週間後、Uさんの会社が、これも長年希望していた海外進出が突然決まり、しばらく現地に住むことになって、最終的に一家全員そっちに移ることになったのだった……。

「あのときあのマンションを買えてしまっていたら、それはそれでうれしかったと思うけれど、順番としては長年の夢だった海外進出が先だから、ギリギリで買えないことになって本当によかった」という話だった。

はじめに起こった「そのこと」は、実はもっとよくなるために必要なこと、という話。

ここで重要なのは、あとちょっとで購入できなかったとき、Uさんは（はじめはもちろんガッカリしたけれど）すぐに「これもきっと意味があるのだろう、よい流れへの幕開けにすぎない」と思ったという。それがポイントだよね。直後に起こったことの思い方はピュアで力が強い。これはどんな面白いことになるだろう、とパッと切り替える。

後半のRitsukoさんとの対談は相変わらず元気いっぱいで、エネルギッシュだった。

会場の「デイライトキッチン」もとてもよかった。オーガニックにこだわった味のあるカフェ。オーナーご夫妻が味のある素敵な方々。

10月13日（火）

再び日光へ。今回は、カッキーとコニーとジャイアンも一緒。

前回と同じように日光東照宮の大きな木の下で祈り、「明治の館」でご飯を食べて、二荒山神社のK権禰宜を訪ねる。

このK権禰宜が素晴らしく面白い方だった。二荒山神社の境内を歩き、社務所でゆっくりお話する。

一番印象的だったのは、「それぞれ自分の自衛隊を持つ」という話。

自分が本来の動きをきちんととれる環境を整えるべく、自分のエネルギーをきちんと守ること、という話に通じる。それから、「人が動かないと祀りはできない」という話。神様は、人間の私たちをいろいろと動かして、もっと大きな意味（神様レベル）での「やるべきこと」をやっているんだよね。

私が思うに、自分だけの意志でやっていることというのは思っている以上に少なくて、ほとんどが、神様とか、後ろについているなにかによって動かされているんじゃないかな、ということ。そうそう、3月のカンボジアもそんなふうにして、なにかの思惑で動かされた旅。

10月19日（月）

ニュースによれば、ある会社が、マンション建築の基礎工事でずさんな管理をしていたために、その建材を使ったマンションにゆがみが出たり、傾きそうになっているらしい。たしかに、聞けば聞くほど、ずさんな仕組み。それがその会社（業界）の、ある意味文化や慣習になってしまっていることがなにより恐い。たぶん、そこに関わっていた人たちは、そんなにまずいことをしている感覚はなかっただろう。だって、自分が入ったときからそうやってきたからだ。

「どうせわからないだろうから、ちょっとくらいのごまかしなんて、なんとかうまくやろうぜ」というような行動って、必ず、必ず明るみに出る。逆に言えば安心。そういうマインドでやっていることは、必ずうまくいかなくなるから。

今日、うちのマンションから、「〜〜について、疑いのある会社の建材は、当マンションには一切使われていないのでご安心を」というようなお知らせがきた。対応、早いな。

10月20日（火）

今、12月に出す『心がらくになる　ほっとする言葉』という本を作っている。すでにあるものを編集する作業なので、はじめから作るより、ある意味大変。写真はとてもかわいい。言葉もいい……気になるのは、レイアウトね。バッサバッサと赤を入れさせていただいた。

テレビのアナウンサーというか、キャスターというか、この人、自分を前に出しすぎだな、という人に対して、テリー伊藤がイライラしているのが画面上からわかった。と思っていたら数日後、その人に対してマツコ・デラックスが同じことを言っていた。そういえば、友人コニーのこと。彼女はお酒が入ると急に感性が冴えて、カッキーもびっくりするすごいことを言うんだけど（カッキーいわく、それは少しのお酒によって頭で考えることをやめるから、らしいけど）、マツコ・デラックスの番組を見てボーッとしながらちょっと酔っぱらって笑っているときにスイッチが入りやすいんだって。

完璧に緩んでいて、笑いがあって、なにも考えないでボーッとしているときは、たしかに宇宙につながりやすいと思う。そうかぁ、コニーにとってはマツコかぁ。

10月21日（水）

ママさんと銀座へ。

バーニーズでパンツを3本買う。ジバンシーのニットワンピースでとっても私好みのものがあったんだけど、試着したら悲しいくらいにイメージが違った。

疲れたのでトラヤカフェに行こうと思ったけど、「あそこって、いつも混んでいて落ち着かない」ということで、カフェ・ド・銀座みゆき館でケーキを食べる。ここも古いよね～。和栗のモンブランとチョコレートケーキを食べる。

あれやこれやおしゃべりして、今日の癒しの時間、終了、という感じ。

10月22日（木）

最近の親（小さな子供のいる親）って、自分で考えることができない、という話をよく聞くけど、ある程度、マスコミも誘導しているよねと思う。

たとえばきのうも、「足の裏からバイ菌が入る病気がある」ということをテレビでやっていて、それを聞いて慌てて「裸足で遊ばせるのがいいと聞いて実践していたけれど、やめさせる」みたいなことを言っている主婦がいた。

でもそんなこと、はじめから考えればわかることだ。いくら裸足が健康によいといっても、状況と限度があるし、家の暮らしの環境が土の床で裸足ではないのに、あるときから突然いつも裸足にして傷でも作れば、そこからバイ菌が入るのは当たり前。みんながやっているから、ではなく、自分の考えと判断の上で選択するべき。

最近、ゲームの攻略本が流行るように、なにかの使い方、遊び方まで指示されないとできない、というような親が多いみたいだけど、社会や世の中も、そういうものを提示するからだよね。提示されなかったら、自分で考えるしかないじゃない。

10月26日（月）

新刊『出逢う力』が出た。

後半にドバイ旅行記もついている。今回は、かなり思いきって書いた。これまでのものより、エネルギーが鋭いような気がする。

そうそう、初版印刷時に、珍しいミスがあったらしい。珍しいと言ってもミスはミス。出版社から、「原因究明、お詫び、対処」という焦りの報告があった。

が、これは明らかに「ミス」とわかるものだから、大丈夫。読者だって、これはミスだな、とわかるから。たとえば1行抜けているとか、内容が微妙に間違っている、ということのほうが困る。

「増刷になったときに直すということで（笑）」

と言っておいた。

10月29日（木）

きのう、私の中で3本の指に入る本当に本当にグルメなY氏に誘われて、感動するイタリアンに行った。今まで食べた中で一番かも……。

6人が一斉スタートのオープンキッチンスタイル。

最近、この形、増えてきたよね。

もうなんと言ったらいいのか、すべてのお料理が素晴らしいのだった。ボリュームもたっぷりで、素材そのものの味。お酒のマリアージュも、そのお料理に完璧に合っているのでいつもより酔わなかったほど。シェフのうんちくもほとんどなく、素朴。

当日の私のフェイスブックより。

「きのう、とっても感動的なイタリアンと出逢いました。一日6人までで、オープンキッチンに向かって二人掛けのテーブルが一直線に並ぶ、面白いスタイル、7時半から一斉スタートでした。

はじめに出てきた分厚い醗酵バターから感動し（本当に良いバターってまったくしつこくないですよね！）、軍鶏を丸ごと一羽煮出したブロード（トリュフがたっぷり入ったスープ）、さつま芋の上のフォアグラ（温かいものの上の程良い冷たさのフォアグラに、「温度の妙」を感じました）、5種類の生ハム（これが一番感動！　それぞれが「綺麗な味わい」で、プロシュートもサラミも、モルタデッラも、いつも食べているものと同じものとは思えなかった！　生ハムの王様〝クラテッロ・ディ・ジベッロ〟は、分厚くカットしたものと、透き通るほどの薄さのものをバターたっぷりのパンの上にこんもり載せて味わうのと、どちらもほっぺたが落ちそうでした。普段は7種類出てくるそうですが、今日は5種類）、ボルチーニのフリット（ボルチーニと言えば、のハーブ「ネピッテッラ」（はじめて聞いた）が効いていました)、吉野の大鰻(蒸さないので肉のような歯ごたえがよかった)、卵とバターとトリュフをからめた手打ちのタリオリーニ(これ、今までのパスタでNo.1かも♥)、パザス種の牛リブロース芯の紀州備長炭炭火焼(つけ合わせの洋ナシのマスタードシロップ漬けとのマッチも素晴らしかった)、そしてデザートのバニラ風味パンナコッタ(トロットロ♥、これも今までのパンナコッタNo.1かも)……そして一皿ごとに選び抜かれて出されるワインが、素晴らしかったです。どれも、この一皿あっての「このワイン!」だったし、ワインにまったく詳しくない私も「こんなすごい組み合わせの味わいを知ってしまうと、恐ろしいことになるなあ」と思うほど……。

この友人、私のまわりで3本指に入るグルメな人なのですが、さすがでした。だいたい、衣食住の中で『食』のプライオリティの低い私が、こんなに一生懸命思い出して書くだけでも、ビックリです☆」


オルビスの化粧水、すごいかも。おでこのブツブツがきれいになくなった。

今回のことで、血流というのは大事と思い知る。

そして私は、断食は合わないかも。回復食などのルールを守ったとしても、なんていうか、実行すると、本当にギューーッと全体が小さくなっちゃう。

それを知った父に、珍しくキツク言われた。「そういうことはやめなさい」と。

新刊、増刷になった。よかった、これで修正できるね。もう一か所気になる直したいところもあったので、よかったよかった。

10月31日（土）

一体、世の中のこのハロウィーンブームはなんなんだろう。

さっき、渋谷のスクランブル交差点を車で通ろうとしたら、すでに混んでいるようなので、抜け道で早々に退散。

夜、うす〜く仮装をして友達の家に集まる。私はバニーちゃんガール。

他は、セーラームーンとかスパイダーマンとか、マリオとか。

その格好で普通の話をしていると、けっこうおかしい。

11月2日（月）

きのうと今日は、バリツアーが中止になった代わりのディナー。

ひとりひとりとこんなにゆっくり話ができるなんて、うれしかった。

みんな、心を開いていた。

11月5日（木）

先月ランチした高校の同級生がやっている漆家具のお店「匠工芸ギャラリー禅」に行く。

ウォーキングがてら、テクテク歩いて。

お母様がはじめられた漆家具のお店……その「好き、こだわり」の様子が店内に溢れている。これは絶対に好きだろうと思って、ママさんも呼ぶ。

大箪笥《たんす》のちょうつがいのところとか、中国の古代文字の屏風《びょうぶ》など、いいよねえ。漆職人が直面している現状など、いろんな話を聞く。

「モノも、出逢いだよね」

「モノこそ、出逢いだよね」

「だって、一生、それに囲まれてすごすんだよ」

「手は抜けないよ」

「最近の大型家具（チェーン）店は、たしかに、どうしてこれがこの値段でできるようになったの!?　というところに感動するし、便利だとは思うけど、そこに出逢いはないよね」

ああ……もう、こういうものを見ると、これを自分の家でやるか、お店でやるか、とか、いろいろ考えちゃう。


ひとまず、今考えなくてはいけないことは、来月のホホトモクリスマスパーティーに着るドレス。

この数年、ホホトモ関係はほとんど自分でデザインしてきたのだけど、今年はもともとある洋服にリメイクしようと思う。前から、やりたい形があったんだ。

11月6日（金）

今、来年出る予定の物語を書いている。ちょっと一時停止していたけれど、さっき突然、話の続きが出てきた。

明日の「王様のブランチ」のブックランキングで『出逢う力』が9位で出るらしい。

この番組、出るの3回目だけどいつも9位なんだよね（笑）。

「王様のブランチ」って、ランキングの対象にする書店が毎週変わるから、たとえばその週に別の書店のランキング1位でも、対象書店に入っていなければ放送されない。なので、か

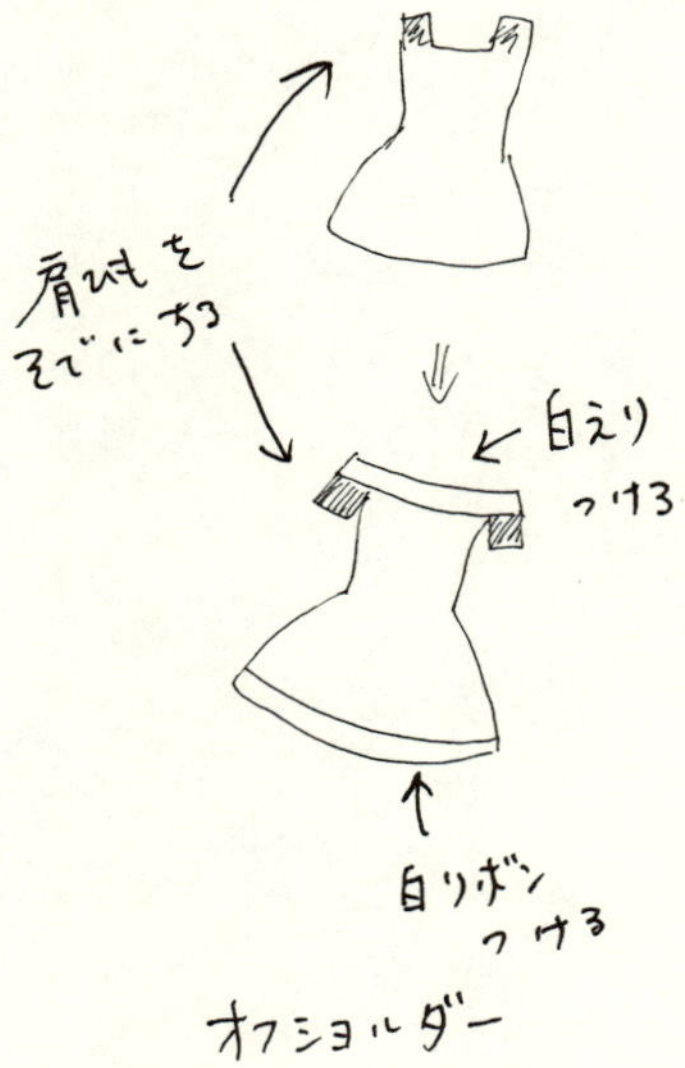

なり運に左右されると思うから、うれしい。

11月9日（月）

茶道、あっという間に炉開きのシーズン。今年は、夏前からお休みしていたので、とても久しぶり。お茶室に座って、ボーッとする。

11月11日（水）

トートバッグができてきた。いい、すごくいい。まだ使っちゃダメかな。

JFNラジオの収録をする。午後、打ち合わせ。

11月12日（木）

今日も、肩コリが抜けない。

血のめぐりが悪くなっているのが、これまでにないくらい続いて、これまでにない世界に入ったような気がする。38歳、いろんなことが体に出るお年頃（第一弾）な気がする。

朝ご飯は、わかめのお味噌汁と、有機のシリアル。

今日の夜は、運動不足解消のためにお店まで歩いて行こう。

女子3人で、六本木の鉄板焼き。

ふたりとも、それぞれにおしゃれ。女子と会う時は、それも楽しみのひとつ。今日私が着ていた革のショートジャケットをYちゃんが褒めてくれた。でもそれ、わかる。Yちゃんの好きそうな感じだもん。

びっくりなことがあった!! Kちゃんが婚約したのだ。

Kちゃんは40代後半、お相手はKちゃんにぴったりの人で、とても豊かな素晴らしい出逢い。「うれしいのかどうか、よくわかんない」なんて言っていたけど、本当に本当によかったと思う、英断だと思う。その方を紹介してくださった方にも感謝だよね。

今まで待っていて、本当によかったね。こんなベストマッチングがあるとはね。

1年半くらい前? 一番はじめに、「こういう人と会った」と聞いたときは、え? それって……? とドキドキしていたけど、こうなって本当によかった。

伊勢エビもアワビもステーキも食べて、そんな話も聞いてすごくいい気分になっていた私たち、ふと気付くと、目の前には私たちの鉄板を担当していた若くて格好いいシェフがいた。どう考えても20代前半くらいの幼さ、年齢を聞いたらやっぱり23歳。2年の訓練期間を経て、今、デビュー1年目らしい。とても顔が小さく、肌もツルツル。

「いまどきの子って、みんなあんなに顔小さいのかな」

「たぶん、そうなんだと思う。私がよく行くフレンチのシェフもね、25歳なんだけど、顔が小さくて、コック帽の後ろをピンでつめていたもん」

「っへ〜、やっぱり肌だね、肌!」

とか、いろいろとその子に話しかけ、いじってしまった……。このあいだチラッと見たドラマ「オトナ女子」みたいだった。

帰りも歩いて帰った。行きも歩いたので、往復100分！　よし！

11月13日（金）

お昼、ある会社の会長さん（仮にTさん）と食事をした。70代。ご自身が立ち上げたベンチャー会社は、日本のある業界に改革を起こした。それを卒業され、今は自然エネルギーのベンチャー会社の会長をされている。業種は違うけれど、それぞれ、その時代に必要な新しい産業であり、宇宙に応援される仕事。

今、なにをしている時が一番楽しいか、という話のときに、Tさんは「そりゃあ、若い人たちと仕事の話をしているときだね」とおっしゃっていた。Tさんは本当にその仕事（その時代のベンチャーのトップとして）が一番力を発揮できるんだよね。

それぞれの人が幸せを感じることって、本当に人それぞれで、だからそれを追えばいいんだと思う。たとえば、経済クラブなどに入って、そのクラブライフや社交がなにより好き（合っている）という人もいるし、孤高にいつまでも新しいなにかを追うのが好きな人もいるし、仕事とは別に趣味活動に打ちこむのが好き、という人もいる。みんなそれぞれ。

自分が、どういう種類の人生が好きかを知るのは、大事な気がする。どういうことをしていて、どういう人付き合いをしているのが、自分の性に合っているか。

最近の私の仕事の話など、はじめてTさんときちんと話をした気がする。ああ、ようやく大人扱いされるようになったということか。

さて、明日は久しぶりのゴルフ。春に一緒にまわったメンバーで。

全国的に雨らしいので、絶対に寒くない格好を時間をかけて考えなくちゃ。

11月14日（土）

雨は、覚悟していたような降りではなかった。後半のはじめに雨足が強まっただけであとは曇り。1・5ラウンドする。

ゴルフの師であり、人生の大先輩であるPさん（仮）は、ふと気付けばひとりサクサクとアンダーでまわってらした。寡黙で、自分にも人にも厳しく（予想）、ゴルフを愛していらっしゃるPさんから私への唯一のアドバイスは、「クラブ、変えたほうがいいんじゃない？」だった（笑）。

たしかに、私のアイアンのシャフトはS（スチール）。20代はそれがちょうどよかったけど、さすがにもう重いかも。今日も、よっこらしょ、と持ちあげる感じだったし。最近のクラブの進歩はすごいからね。

帰りにマッサージに寄る。

新橋のマッサージ屋……ここは……という古い古～いビル。昔から知っていて信頼しているこのふたりと一緒じゃなかったら、絶対に入らないだろう。マッサージ屋さん（隣には、靴屋さんとか、あやしい占い屋さんとか、ある）に入る前に、お手洗いへ行く。急いで出てきたら、男性トイレの前でふたりがニヤニヤと待っていて、

「いろんな人がいるよね。今さ、トイレの洗面所でなにかを洗ってる人がいた」

「後ろの個室から、爪切りの音もしたし（爆笑）」

とか言っていた。ここはもう来なくていいかも……マッサージのタオルもしめっていたような気がする。

「割引チケットあげようか」

「いらない」

11月15日（日）

きのうのゴルフの疲れで、午前中は寝た。とても気だるく、気持ちがいい。やっぱり、ゴルフのクラブを取り替えようかな。すごく筋トレをしたあとみたい。

11月16日（月）

朝早く起きる。今日から軽井沢。

やり残している仕事をすませて、ベランダの植木に水をあげて出発。

まず、代官山のクリスマスカンパニーで、クリスマスパーティーのプレゼントを見に行っ

たけど、ピンとくるものがなかったので、やめた。

私が最近よく行く洋服のお店で選ぼうっと。

それから茶道のお稽古に行って、夕方、軽井沢へ出発!!

3時半なのにもう夕暮れ。空が冬の空だな。


今日はあったかい。軽井沢もあったかい。家の中のほうが寒いくらい。

床暖房をつけて、薪を運んで暖炉に火を入れる。

まずは焼き芋を仕込まなくちゃ。

テレビでは、連日、フランスのテロのことをやっている。お芋を食べてから、キャンドルに火をともして、フランスのことを想った。

11月17日(火)

6時半に起きて、暖炉に薪をくべる。

フリースのパジャマって、よくないと思う。これは、このあいだテレビで見たこととも関係ある。フリースは風を通さないので、寝汗を吸収してくれず、それが冷えて寒くなる、というのを今日感じた。

朝ご飯を食べてすぐに仕事。

途中、行き詰まってママさんのアトリエをのぞいたら、絵を描きながらため息をついている。

マ「ああ、ここにコピー機がほしいわぁ」

帆「え？　私もそう思ってたとこ」

ということで、ブーンとヤマダ電気に行き、家庭用コピー機を買った。

帆「これが東京だと、ちょっとコピー機を買いに行くのもすごく面倒に感じるのよね～。なんでだろう」

マ「う～ん、やっぱり……ちゃんと着替えて、ちょっと混んでいる道を通って駐車場に停めて……とかいうのが億劫なんじゃない？」

地方に出ると、そういうところがすごく気楽。

駐車場も、お店より大きいのがついているし。コピー機を設置してから、散歩へ。今日から毎日最低30分は歩く予定。

外は、モミの木や冬の森のにおいでいっぱい。造園屋さんや管理人さんが落ち葉の掃除をしている別荘がたくさんあった。「落ち穂拾い」の景色。

普段あまり行かない森の奥へ入ってみたら、黒い鉄柵の門が出てきた。落ち葉いっぱいの敷地で、鉄柵の向こうに洋館……なんてあったら素敵なんだけどなあ、と思ってのぞいたけど、建ってなかった。

でも、奥はとても広そう。鉄柵の左右のてっぺんについている大きな松ぼっくりのような彫りモノが好き。今書いている物語のはじめみたい。

11月19日（木）

朝ご飯用のパンを買いに行く。

ついでに、あの森へもう一度鉄柵を見に行く。

軽井沢の宅急便の人やタクシーの運転手さんって、基本的にみんな優しい。

前も、宅急便の人は、雪で門扉が開かなかったときに、中身が落としても大丈夫なダンボ

ールだったので、「門の上から落としても大丈夫です」と言ったのに、わざわざ雪の中を庭へまわり、テラスのほうまで何度も往復してくれたし、タクシーの運転手さんも、忘れ物を取りに戻るあいだ、メーターをとめてくれたり、植木屋さんも、暇なときに前に植栽した木の面倒を見に来てくれている。

いつものレースのお店に寄って、イギリスやフランスの小物のお店に寄って、アンティークの調度品のお店に寄って、サンモトヤマに行って、一通り、寄るところに寄った。

11月20日（金）

東京に戻って仕事部屋に行ったら、宅配便の数がありえない山になっていた。玄関にうず高く。安倍昭恵さんから、日本酒「やまとのこころ」が届いていた。

それから、バイタミックス、来た!! 前は、ミキサーに10万円近くというのはどういうことよ……？ と思って、アボカドの種も粉砕する破壊力で、ジューサーミキサーで作ったときにある野菜や果物の食感などもなくトロトロのスムージーになる、という話を聞いても、ちっとも心は動かなかった。

ところが、今年の後半、断食以降、ちょっと体調の変化を感じていた頃に、私の尊敬しているあのおばあさまもバイタミックスを使っていると聞いて、即、買ったのだった。

さっそく、小松菜とバナナとキウイでジュースにしてみたら、あっというまにトロトロのスムージー。美味しい。これはいいかも。

『出逢う力』がいろんな書店で、ずーっとランキング上位に入っているらしい。

人間関係で悩んでいる人って、多いんだろうな。

「出逢う力」というと、どんどん良きものと出逢っていこうとする外向きのエネルギーに感じるけれど、この本に書いたのは、むしろ逆。

自分が違和感を感じる人やモヤモヤする人とは距離を置き、今の自分の状態を質良く守ること、すると本当に必要な豊かな出逢いがやってくるという、まずは自分の人間関係をデトックスする本なのだ。しがらみや、大昔の義理や、なにかの恐れ（会わないようにしたらこうなってしまう）で、モヤモヤする人とつながっておく必要まったくナシ、と思う。

今年のはじめから3月くらいにかけて、自分の本音に正直に人間関係を見直したら本当にスッキリしたし、さらに夏の終わり、さらなる整理が行なわれたことで、私がずっと望んでいた未来のあることに大きな動きが出た。今、それが着々と動いていることを思うと、人から受けるエネルギーはいろいろな意味で絶大、ということがよくわかる。

11月23日（月）

今日もバイタミックス。ホウレンソウとブロッコリーとバナナとパイナップルとキウイ。またまた「おっいしー♥」。カッキーとコニーも買ったらしい。

『毎日、ふと思う⑭ 自分を知る旅』が出た。あれ？ 書店に並ぶのはあと数日後だった気がするけど、ホホトモさんたちのフェイスブックの写真をたまたま見て、知った。

自分を知る旅……年々、自分というものがわかっていく。

ますますマイペースにいきたい。

夜は、バイタミックスでカボチャのポタージュを作る。もう少し生クリームを入れてもよかったな。健康志向でいらないものをカットしそうになるけど、美味しくないと続かない。

料理ガイドにはいろんなレシピが載っている。ジュースやスープはもちろん、ソースや赤ちゃん用の離乳食まで、分厚いレシピ集。

11月24日（火）

『心がらくになる　ほっとする言葉』（三笠書房）の見本ができた。最後は表紙もかわいくなって、よかった。この中で好きな言葉をひとつ選ぼう、と思って改めて読んでみたら、どれもいい（笑）。


午前中は、住吉美紀さんのラジオに呼んでいただいた。生放送。美紀さん、久しぶり。

「今年は体調の変化が気になった」

「私も」

ということで、マイクがオフで皆さんに音楽が流れているあいだにバイタミックスのことを話す。

もう、クリスマスツリーを出した。

街はかなり前からクリスマスのデコレーション。アドベントカレンダーは12月1日から。

11月26日（木）

人はみんな、その人の思いこみの世界を生きていると思う。

「絶対にこういうことが素敵、いい！」と思いこんでいる生き方も、意外と隣の人から見たらそうでもない。同じコミュニティに属していれば、ある程度同じ価値観だろうと思っていても、実はそれも、それほど同じでもない。

ある人が、会話の途中で突然ママさんに言ったらしい。

「浅見さん……人はなにを考えているかわからないものよね」

名言だと思う。普段、決して人のことを悪く言わず、物事を斜めに見ない彼女のこの言葉は、ものすごく力がこもっていたらしい。きっと、思い当たるなにかがあったんだよね。

それが悲しいということでもなく、本来人間はそういうものだと思う。

ある集まりで、自分のことをペラペラペラペラと、ずーっとしゃべり続ける人がいる。自分の家族のこと、孫のこと、ペットや体調のことなど、他人にとってはどうでもいいことをものすごい早口で、他の人に話す隙を与えず、相槌すら打たせず、ずーっと話し続ける。

なにか意見を聞かれるわけではないし、これが彼女の趣味だと思うので、とりあえず聞いておけばいいので害はないのだけど、彼女は、まわりの人たちが「困ったもんだね」と眺めていることをまったくわかっていない。うるさいなあ、と思っている人がいることも気付いていないだろう。

でも、それでいいのだと思う。無理にわからせる必要はない。気付かないほうが幸せ。完全に自分の幸せな世界を生きているんだもの。思いこみやひとりよがりって、悪いときに使われることが多いけど、良い意味で、これほどパワフルな意識の使い方はないと思う。

「私はあの人に好かれているだろう」というのも、「こんなふうに思われているだろう」というのも、ただの思いこみ、だって本当に確かめることはできないから。それをいいと思うのも、これを最高と思うのも、良くも悪くもひとりよがり。そして、そう思いこんだとおりに物事は流れて行く。

だったら、自分が楽しくなるように思いこんだほうがいい。

相手のことを勘ぐらず、好きなものは好きで、苦手なものはできるだけその影響がないところまで離れ、他人の目を一切気にせず、好きな世界を追求するような、「一生ひとりよがり、万歳！」という気持ち。


さて夜は、滝川クリステルとMキが遊びに来る。どっちも青学の友達。

この3人メンバー、10年以上前から、忘れた頃にうちに集まってお互いの近況報告をしている。

11月27日（金）

東京駅の前の鉄鋼ビルの内覧会に呼んでいただいた。見学用に開放されている薄暗いフロアーから下を見ると、東京駅の通りの真上に浮かんでいるみたい。ものすごく大きなお月さまが見えた。

11月28日（土）

真葛焼きの宮川さんに呼んでいただき、真葛焼きの作陶展を見に自由が丘の大塚文庫へ。カッキーとコニーも一緒。カッキーはこういうものにあまり興味がないので、サササーッと見て、縁側近くの椅子にもう座ってる（笑）。

私はコニーと一緒にじっくり見た。取っ手がついている盃《さかずき》もよかったし、干支茶碗にも目がいく。これまで真葛焼きの茶碗や柄杓《ひしゃく》置きなどを購入したけど、飾っていないで使わなくちゃね。

終わってから、予約してあった焼き肉屋さんへ。

一度行ってみたかったのだ、このメンバーで焼き肉へ。

タン塩と特上カルビをメインに、その他一通りの部位を食べて、私もけっこう食べるほうなので、たくさん食べて満足……という頃に、カッキーが第二ラウンド開始。というか、「あ、モツ、忘れてた」から始まって、そこから特上ステーキ、ミスジをもう1ラウンド、それ以外に同じものをもう一回ずつ、今食べたモノのたっぷり倍は食べている。私もつられてもう少し食べる。絶対に、店員さんがこっちを見てる。
「これでもずいぶん量が減ったのよ〜」というカッキー。
私が8000円、コニーが13000円、残りを全部カッキーがお支払い、という割合になった。

12月5日（土）
安倍昭恵さんのお店、「UZU」の人たちが主催のクリスマスパーティーがあった。
ラッフルで、昭恵さんの新刊『「私」を生きる』が当たった。「私を生きる」っていい言葉〜！

12月6日（日）
今日は、「マダム・トキ」でホホトモクリスマスパーティーをした。
今年は、今までの中で一番味のあるいいパーティーだったんじゃないかな。
お料理は言うまでもなく、とてもよく考えられていたし、なにより美味しいし、内装も歴史があるからそれはもうよかったし、ギュッと凝縮されていて、会場の雰囲気がすべて心地よく、私が皆さまと一緒に楽しめた。
皆さまのあまりの熱気で、会場にクーラーが入ったほど。
はあ、来年もここがいいな。

12月11日（金）

今日は、台風のような大雨。窓ガラスが曇っているので、外はすごく寒いだろうと思ったら、逆。開けたら、生温かい風が吹いていた。

へ〜と窓を閉めて、曇ったガラスにダイジョーブタを描いた。たまに、サーッと太陽の光が差す。

今年の仕事は、もう終わったなという感じがする。少しゆっくりしていいような。といっても、今年は全体的にすごくゆっくりしていた。

考えてみると、去年と今年、私は一般的には「天中殺」とされる時期。不思議とこの時期に入った2014年くらいから、それほど活発な気持ちがなくなった。そしてたしかに、気持ちもウツウツとする。それはたぶん、その人なりの考えさせられる時期に入るからなのだろう。でもおかげで、ものすごく整理されて、この2年は私の最近の中で一番大きかった。すごくいい出逢いもあったし。

天中殺って、自分を見直して整理して、次からの新しい10年に向けて準備をするといい時期でもあるらしいから、知らないうちにやっていたんだね。というか、意識しなくてもそういう気持ちと動きになる時期が、この時期なんだと思う。

夜、宝島社のKさんと、あの感動的なイタリアンへ行く。2回目も期待を裏切らない美味しさだった。もう1テーブルのカップルが知人夫妻だった。

12月12日（土）

今年の仕事はもういいかな、と思っても、やることはけっこうたくさんある。

毎週の連載やスマホサイトの更新やこの日記や、メルマガや来年の企画や、新しい本の打ち合わせなど……、まあ、生活と仕事は表裏一体だからなぁ。

面倒な雑用はなくならないし、生きている以上いろいろなことが起こる。これが終わったら、こうなったら、もう少し時間ができたら、いよいよ自分の好きなことをしよう、というのはあり得ない。今やらなくちゃ。

私の未来にやりたいあのこと、気持ちが100パーセントになるまでもう少し待っている。気持ちが100になったらあとは簡単、動くのみ。

12月16日（水）

いざというときに、人の本性は出る。自分が本当に困ったとき、ピンチのときに助けてくれた人、親身に話を聞いてくれた人、無条件に応援してくれた人、というのがいる。

逆に、普段は「友達」という距離にいたのに、黙って見守ってくれるどころか悪い噂を流したり、事実を知りもしないのに批判したりする人もいる。

でもそういう人は、必ず自分の口から撒いた種が自分のところに戻ってくるから大丈夫。悪口を聞いた側が、悪口を言っている側と同じように思うとは限らない。意外と、悪口を言っている目の前のその人を冷やかに眺めている、ということも多い。

どんな状況でも、当事者ではない以上、人からの又聞きと想像でなにかを判断するのは絶対にしないようにしたい……反面教師のよい学び。

さて、今日のお昼は占星術師の「キャメレオン竹田さん」と、会う。どうしても「キャメロン竹田さん」か、「カメレオン竹田さん」になっちゃう。

私の本をずーっと読んでくださっているようで、「浅見帆帆子手帳」も使ってくださっているようで、うれしい。

今の私は未来に対して聞きたいことはないので、雑談ばかりしてた。同い年だし。

写真を撮るときになったら、「ちょっと待ってくださいね」と後ろを向いて、大急ぎで金髪のかつらをかぶってた（笑）。

12月19日（土）

今日は、友人の家でクリスマスパーティーをする。

女子3人、男子2人。お料理はシェフが作ってくれる。

その前に、ここのレジデンス1階のイルミネーションを見に行った。青い光の波。

ひとりの経営者の本当にぶっ飛んだこれまでの人生を聞く。

変なしがらみや考え方の枠がなく素晴らしいな、と思ったり、でもそれは絶対に女性には無理だな、と思ったり、この人やっぱり変人だな、と思ったり、よい意味で、枠が外れた素晴らしくトンチンカンな夜。

12月24日（木）

今年ももうすぐ終わり。

この数日にやったことといえば、ベランダの掃除、新刊200冊分のサイン、クリスマスのお買い物、親と食事……以上。あとは、ちょこちょこ掃除をした。

今晩のディナーに備え、鴨のコンフィを煮込み、野菜を蒸し、フィンガーサンドとフルーツボウルを作る。

12月25日（金）

去年の今頃、なにをしていたっけ？　という話で、家族と盛り上がる。あの頃から比べると、一年後にはなにが起こっているかわからない。私の好きな言葉のひとつ、先にどんなに面白いことが起こるかわからない、という意味で「一寸先は闇♪」だ。

それぞれの感想のまとめが、みんな似ていた。「すごいことが意外と簡単にそうなった一年」というもの。

そのうれしい出来事が、こちらが準備万全の状態のときにやってくるとは限らない。そうなる前は「そうなったらじっくり味わおう」なんて思っているのに、実際に起こってみると他のことも忙しくてバタバタで、それだけを味わっていられなくなる。でも、その突然の感じも面白い。人生はいつも本番。

自分から動くような活発さはなかったけど、少なくとも、全体的に私が望んでいたほうへ動いてる。それはそうだよね、だって、選択の瞬間瞬間に自分の本音で好きなほうを選んでいるんだから。

「特に後半は祝い事だらけだったね！」と誰かが言ったときに、思い出した。今年のはじめに書いた私の書き初めが「祝い事の続出」だったことを！（もうひとつは「創造性の進化」）

書き初めって、「その年をその言葉で縛る」という究極の言霊《ことだま》の力だと思う。なんとなく思いついた「祝い事の続出」という文字を寝室に貼り、毎朝毎朝起きたてに目にしていたということは、知らないあいだに私の意識に刷りこまれていたんじゃないかな。

来年も書き初め、やろうっと。

クリスマスなので、キリスト教の神様と、6月に出逢ったドバイのイスラム教の神様と、神道の神様と、バリ島のヒンズー教の神様と、今年お世話になった寺院の神様と、それらをとりまとめている大きな偉大なる光のようなものに祈る。

12月28日（月）

なんでまたこんな年末の押し迫ったときに……という今日、久しぶりの友人ふたりと忘年会。銀座のお寿司屋さん。

ひとりが、ある海外ブランドの代表となったので、そこにくるまでの物語を、前回から順を追ってじっくり聞いた。３人とも、進んでるね〜。

面白かったのは、最近私が強く思っていることが、この社長とまったく同じだったこと。

聞けば聞くほど酷似しているので笑えた。今、このタイミングで会ったのは、この話をするためにあったたね。人との出逢いって面白いね〜。と叫んで終わった。

一番最後に、ほんの少しだけパティシエの辻口さんがいらした。

12月31日（木）

大みそか。きのうも今日も、家でダラダラとすごす。うちは、お嫁さん含め、全員田舎がないので、年末年始はけっこう暇。特に、両方の祖父母が亡くなってからは、お正月がそれぞれの家単位になりつつある。

もう昼間から飲んでいるので、夕方頃にはお腹もいっぱい。

紅白を見ているところ。年越し蕎麦も、もう食べちゃった。

来年はね、来年はけっこう変化があると思うな。でもそんなこと、毎年思っているからな、と思っていたら、また誰かが日本酒をあけた。

あとがき

2015年の私は、前半と後半で大きく変わりました。前半は、まだ半分霞《かすみ》の中にいましたが、夏以降、突然ステージが上がったかのように、まわりに起こる事柄も、同じ物事に対して見える風景も、大きく変わりました。

それはやはり、「モヤモヤするものは遠ざける（遠ざけていい）」とはっきりわかり、それを行動に移したからだと思います。モノや環境についてはともかく、「人」に対してもそれをしていいかな（どこまでそれをしていいかな）……と思っていたところにドバイ旅行があり、世界のセレブ（ただのお金持ちではなく、新しい価値観を提案して時代を引っ張るリーダー、という本当の意味での「セレブリティ」）の枠のない考え方に触れ、「モヤモヤを遠ざける」というのが、どれほど流れをよくする秘訣かを痛感しました。

今、翌年の2016年にいますが、その後の動きを思うと、やはり2015年はひとつの大きな区切りだったと思います。

今回のタイトルは、「宗教」とされている教えにも、今日会う人の言葉の中にも、通りすぎる見知らぬ人のつぶやきにも、木にも草にもいろんなところにハッとさせられるものはあって、そういうのを全部ひっくるめて「いろんなところに神様はいるなあ」と思ってつけました。モヤモヤを感じた事柄や人も、それをきっかけに大きく方向転換ができたので、まさに「神様！」。いろんなものが、次に自分が進む方向を見せてくれていると思います。

15年の節目にあたり、改めて、長きにわたって見守ってくださっている編集のIさんはじめ、廣済堂出版の皆さま、本当にありがとうございます。私の事務所のスタッフたち、家族、この日記の登場人物の皆さま、そして読者の皆さま、「つたない毎日のつぶやき」にお付き合いくださり、ありがとうございます。これからも、こっそりのぞき見する感覚で読んでくだされば、幸いです。

目に見えるもの、見えないもの、すべてのものに感謝☆

浅見帆帆子

著者へのお便りは、以下の宛先までお願いします。
〒104-0061　東京都中央区銀座3-7-6
株式会社廣済堂出版　編集部気付
浅見帆帆子　行

公式サイト
http://www.hohoko-style.com/
公式フェイスブック
http://facebook.com/hohokoasami/
浅見帆帆子デザインブランド AMIRI
http://hoho-amiri.com/

本書は書き下ろしです

こんなところに神様が……
毎日、ふと思う⑮　帆帆子の日記

2016年9月10日　第1版第1刷

著　者 —— 浅見帆帆子
発行者 —— 後藤高志
発行所 —— 株式会社廣済堂出版
〒104-0061 東京都中央区銀座3-7-6
電話03-6703-0964（編集）　03-6703-0962（販売）
Fax 03-6703-0963（販売）
振替00180-0-164137
http://www.kosaido-pub.co.jp
印刷・製本 —— 株式会社廣済堂

ブックデザイン・DTP —— 清原一隆（KIYO DESIGN）

ISBN978-4-331-52050-5 C0095

定価はカバーに表示してあります。
落丁・乱丁本はお取り替えいたします。